中国艺术研究院基本科研业务费项目资助
立项号：2019—补—5

THE
BLEND
OF
CIVILIZATIONS
JIGU
FORUM
2019

文明以止

汲古论坛
2019

喻　静
谷　卿　主编

文化艺术出版社
Culture and Art Publishing House

图书在版编目（CIP）数据

文明以止：汲古论坛2019 / 喻静，谷卿主编. —
北京：文化艺术出版社，2020.12
ISBN 978-7-5039-6937-9

Ⅰ. ①文… Ⅱ. ①喻… ②谷… Ⅲ. ①文艺理论－文
集 Ⅳ. ①I0-53

中国版本图书馆CIP数据核字（2020）第114108号

文明以止：汲古论坛2019

主　　编　喻　静　谷　卿
责任编辑　蔡宛若　廖小芳
责任校对　董　斌
书籍设计　姚雪媛
出版发行　文化艺术出版社
地　　址　北京市东城区东四八条52号（100700）
网　　址　www.caaph.com
电子邮箱　s@caaph.com
电　　话　（010）84057666（总编室）　84057667（办公室）
　　　　　84057696—84057699（发行部）
传　　真　（010）84057660（总编室）　84057670（办公室）
　　　　　84057690（发行部）
经　　销　新华书店
印　　刷　国英印务有限公司
版　　次　2021年10月第1版
印　　次　2021年10月第1次印刷
开　　本　710毫米×1000毫米　1/16
印　　张　19.75
字　　数　200千字
书　　号　ISBN 978-7-5039-6937-9
定　　价　78.00元

目 录

序

喻　静

“汲古得修绠，开源引万流”乃赵朴初先生题词，悬在中国文化研究所老学术厅西墙。2018年一个秋日午后，谷卿叩门而入，西面而坐，形容沉静清朗，仿佛来自朴老字里行间。此系我首次见到这位未来的小同事。他是朴老同乡，安庆人氏，曾为朴老立传。这年冬天，中国文化研究所创所所长刘梦溪先生荣休，不久又一位年轻同事彭志加入。

2019年仲春，依然在文化所老学术厅，与谷卿商量建立一个学术对话平台，把文化所暂时无力承担，但未来必将承担的学问与道义，通过论坛形式援引进来。每回一个题目，邀三五学者，切磋应和，嘤其鸣矣。谷卿就近从朴老处拈取“汲古”两字，令我顿觉欣慰。“汲古得修绠”，刘梦溪先生经营此地30年，也确实为中国文化研究所积累了贯通古今的“长井绳”。

其时日本东京国立博物馆展出颜真卿书《祭侄文稿》引发坊间热议，海外汉学著作《中正之笔：颜真卿书法与宋代文人政治》首次出版中译本。谷卿专程观摩展览，颇有心得。便又商量，如何从中提炼问题意识，把这一事件置于思想史研究视阈中予以观照和讨论。我们确定了“‘中’与‘忠’：作为文化典范的颜真卿及其书法”这个题目，为“汲古论坛”第一期启幕。

“中”既指颜体特征的“中锋”，也指与颜真卿忠义形象匹配的正直书风。《中正之笔：颜真卿书法与宋代文人政治》一书中，作者提问：“如果颜真卿的书法并不美，为什么还在书法史上有如此重要地位？”由此，作者讲述了后世宋儒是如何超越作为“文化标准”的王羲之书法，建构“中锋是恰当的书写方法”“颜真卿是忠贞的人格典范”这种价值判断，从而使“中”“忠”等儒家道统寄身颜体书风而得以流布。

康有为以为，对于学问而言，文艺只是“末事”；学者蓄德器，穷学问，有用之岁月，不必耗之于无用之末事。而隶属于全国最高艺术研究机构中国艺术研究院的中国文化研究所，素有执持“末事”以发明“圣道”、法乎“高明”而取道“中庸”的传统。唐时颜真卿“忠”名远播，确立其书法价值，实乃确立隋重新统一中国以前有所失落的“忠”，这是从“末事”到“圣道”一途；人能弘道，非道弘人，颜真卿其家族、事迹和书风中承载的忠孝德范，正是宋代学人要恢复的儒家道统，这是从“圣道”到“末事”一途。以展览和专著为契机展开讨论，呈现“颜真卿”和“颜体”从艺术实践到文化典范到价值载体的内在理路，这样的路径、方法与关怀，对文化所而言，乃应有之义。

2019 年 3 月 11 日，“汲古论坛”第一期在中国艺术研究院老院址举行，谷卿担任主持人，参与讨论的四位中青年学者亦应他所邀。中国文化研究所同仁们悉数到场，本院硕士生、博士生以及闻风而至的陌生听众济济一堂。我在致辞中说：“想把话筒交给年轻一辈的学者，希望他们的锐利、新颖和训练有素，能够给我们艺术研究院带来新意。”至此，“汲古论坛”的几个要素——“中青年学者”“中国文化”“思想史与观念史”“艺、学、道”——已然呈现，有趣而有料的讨论现场正在生成。“从艺术作品、图像遗存到伦理制度、文化礼俗，再到普遍观念和最高价值，我们想梳理出那些能够引起当代中国人心灵共鸣的文化基因，是如何穿越历史时空、契入我们的身心，从而让此时此刻的我们日用而不知”，“汲古论坛”以此初心，踏上探索中国文化真精神的行旅，期待与古圣人之心相遇、与天地之心相通。

近些年，打通佛教义理、观念、制度、礼俗和图像遗存这种研究范式颇为吸引我。犹如寄居果实的小虫，不甘于仅在果实外皮啃啮成文，而努力于从核心向表层穿透。譬如研究佛教石窟，视其为艺术渊薮固然重要，返身经藏更不容易也更不容回避。从“真谛”到“俗谛”而一层一层向外拓展，始知图像和造型只是表法的“方便”。石窟遍布丝绸之路，丝绸之路所承载的古代中西交通和多元文化互鉴对中华文明的生成和推进具有非凡意义。

2019 年 4 月，“器服物佩好无疆——东西文明交汇的阿富汗国家宝藏”展览在清华大学艺术博物馆开幕。这批国宝自 2006 年起在世界 20 多个国家巡回展出，我亦曾在敦煌研究院与其偶遇。展览以四处阿富汗考古遗址为线索，勾勒出古代阿富汗从新石器时代文明到希腊文明到草原文明再到贵霜文明的历史进程。作为“文明的十字路口”，阿富汗呈现出多元文明交融的图景。由于丝绸之路一些支线从境内通过，阿富汗亦与中国文化有千丝万缕的联系：具有希腊文明特征的巴克特里亚王国覆灭之后，产生于贵霜时期的大乘思想和佛教造像向东传入中土；以大乘思想为主体的中国佛教，在中国历史进程中参与了中国文化的建构。谷卿建议第二期“汲古论坛”讨论“文明交融：在阿富汗宝藏里发现中国”，真是个好主意。6月，他组团的年轻学人们果然带来又一组有趣话题，殊方异域的神秘光彩穿透时间隧道，照亮在场的每一位听众。

如果说中国佛教的主体是大乘佛教，丝绸之路即佛教得以传入中国的“大乘”（大道）；如果说佛教为中土带来开放和包容，丝绸之路沿线大小石窟即“新文化”生成的见证；如果说佛教为中国艺术带来全新样式，敦煌就是其中之“大也”“盛也”。北响堂山《唐邕写经碑》曰：“缣缃有坏，简策非久，金牒难求，皮纸易灭”，唯有把佛的形象和“佛说”镌刻在石上，信念才能久远——“金石之躯寓慈悲”，古人选取金石守护永恒的价值。“金石”“佛造像”“丝绸之路”“敦煌”，这四个关键词，关联起第三场、第四场和第六场“汲古论坛”。三期论坛主题分别是：“格古鼎新：陈介祺与晚清金石文化的振兴”“与华相宜：多学科视野下的邺城考古新发现”“敦煌历史文化与敦煌古代工匠”。

陈介祺是晚清金石学的杰出代表人物，他集藏古、鉴古、释古、传古于一身，收藏最富、鉴别最精、传拓最佳，贡献多方，对古器物及铭文考释多有创见，研究成果丰硕，其交游也囊括了当时几乎所有重要的金石学者，直接影响和推动了晚清金石文化的振兴。“格古鼎新：陈介祺与晚清金石文化的振兴”以纪念陈介祺逝世135周年为契机，聚焦其以金石为中心的鉴藏、研究和交游活动，以期在当代“金石复兴”的文化背景下，重新理解晚清金石学。

邺城乃“六朝古都”，“六朝”中，十六国时期的后赵、前燕，南北朝时期的东魏、北齐皆“胡化”政权，以佛为“胡神”，把佛教作为建构意识形态的资源。6世纪中期，邺城取代洛阳成为中原地区政治经济中心和佛教文化中心。杨坚废邺，隋朝以后，“佛都”邺城渐渐隐没。于因缘具足之时，从历史的深井中打捞一段曾经的辉煌，实乃“汲古”应有之义，第四期“汲古论坛”即以“和合共生——临漳邺城佛造像展”在中国国家博物馆开幕为契机。“与华相宜”取自汉代瓦当，“华”虽指华山，此处解作“华夏”“诸华”也未为不可。2019 年 8 月一个炎热的午后，我前往位于王府井大街的中国社会科学院考古所旧址，拜访该所邺城考古队副队长何利群，一时相见如故，相谈甚欢。10 月，主题为“与华相宜：多学科视野下的邺城考古新发现”的论坛如期举行，听众逾百。余音袅袅，一年后的 2020 年 8 月，中国文化研究所邀请中国人民大学、中国社会科学院和中国艺术研究院专家学者，亲往“邺城”所在的邯郸临漳县，及周边的峰峰、安阳、涉县等地考察石窟，何利群又一次为大家介绍邺城考古，随宜讲解，随方释疑。

“汲古论坛”第五场的主题是“视点·焦点·拐点：数字人文与古典文学”，由彭志召集。这是六次论坛中我参与最少的一次。记得彭志打电话商量细节时，我刚刚参与了一次有关华严文化的讨论，正在返京的高铁上；论坛召开的那日下午，我作了简短致辞，即飞奔北京西站，可丁可卯地赶上火车，带着八旬老父和七旬老母，三赴龙门石窟参访《华严经》中的卢舍那大佛；回京次日，马不停蹄，又随团去了西天印度。“数字人文与古典文学”是我不熟悉的话题，光临论坛的学者，有彭志崇敬的前辈老师和敬佩的同门师兄。彭志走出校门未满一年，作为文化所最年轻的同事，他能独立提出论题、组织讨论，能独立克服困难、解决问题，能有始有终有体面地做完一件事，这足以令我们这些坚守文化所的老同事们感到欣慰。

转眼到了2019年底，我邀请十几位学者来所里参加“多元文明交流互鉴工作坊”，研讨“丝绸之路佛教文化”，其中年纪最长者乃敦煌研究院研究员马德先生。他新出版了专著《敦煌古代工匠研究》，我便请他在“汲古论坛”讲“敦煌历史文化与敦煌古代工匠”。那天迫近冬至，天寒地冻；又恰逢硕士研究生全国统考，进惠新北里甲一号大门也成为很困难的事。我在忐忑不安中看着会场听众渐次增多，终于满满当当。马德先生把“敦煌精神”总结为“包容”“奉献”和“创造”。“精神是需要传承的”，他说，“我给大家看一些敦煌老前辈的老照片，他们‘献了青春献终生、献了终生献子孙’……”大屏幕上，年轻时的常书鸿、段文杰、史苇湘、欧阳琳、孙儒僩、李其琼等敦煌守护者，在洞窟里搭梯爬架，就着小油灯临摹、分辨；也就切换幻灯片的刹那，他们已风华褪去、须发皆白，却依然还在洞窟里孜孜矻矻……马德先生指着一张合影说，“这些是40年代的老学者们，现在基本不在了，前面蹲着的孙儒僩老先生还在。他现在还整天看微信，95岁了，手不抖、眼不花，还写字。我每天在朋友圈发的很多东西就是给他看的……”

一时心有戚戚。我每天在朋友圈发图发信息，很多也是给老人们看的，比如我的父母。刘梦溪先生和我父亲同庚，有时他也点“赞”。刘先生30多年前创办了中国文化研究所并一直担任所长，2018年退休。“汲古得修绠，开源引万流”，便是1998年《世界汉学》创刊之际，他从赵朴老处求得的勖勉和加持。2019年，谷卿、彭志加入文化所，协助我创立了“汲古论坛”。这幅字并顾廷龙老先生91岁时所书“张载四句教”，作为“镇所之宝”，始终悬挂在中国文化研究所学术厅。21世纪初启之时，中国艺术研究院自前海西街十七号恭王府院内搬到四环边的惠新西街，文化所则另从新源里搬入；70 年院庆到来之际，中国艺术研究院再次搬到五环路边的来广营西路八十一号，文化所学术厅随迁并复原样。新房间朝南，落地大窗，阳光久驻而通遍。无论西墙的“汲古得修绠，开源引万流”，还是东壁的“为天地立心、为生民立命、为往圣继绝学、为万世开太平”，其声色不仅未曾褪去，在 21 世纪进入第三个十年之际，在五环路车流轰鸣的上空，在无尽的微尘和绚烂的夕照中，这一屋子的老物件甚或时有放光的瑞相呢！

在本文的最后，我要写下一连串“感谢”，然而列得再多，也难免挂一漏万：感谢参与“汲古论坛”的所有嘉宾，这本书无法再现那些难忘的讨论现场，只能分享他们的“文字般若”。感谢中国艺术研究院副院长祝东力老师，他分管文化所，以睿智和悲悯护佑了新枝条的生长，没有他，“汲古论坛”第一期无以启动。感谢文化艺术出版社社长杨斌先生以及中国艺术研究院的诸多同事们，他们在“汲古论坛”最困难的时刻出手相助。感谢媒体的朋友们。感谢中国文化研究所的同事刘军宁、摩罗、秦燕春、周瑾、霍明宇、朱蕾，以及退休的任大援老师、梁治平老师、张红萍老师，他们诚恳而善良，且有令人感动的侠肝义胆，他们是我在犹豫中接下这副重担的理由。感谢谷卿和彭志，虽然谷卿承包了论坛“主持人”的“大任”，而彭志做着公众号“汲古论坛”的“小编”，“汲古论坛”终归是“长大”了。我们二人的工作群居然叫“悉昙”——合作的过程中我们的确做到了悉心相谈、守望相助。文化所还会有更年轻的新同事加入，他们长成什么模样，文化所的未来就是什么模样。

2020 年 12 月 23 日

1

“中”与“忠”：作为文化典范的颜真卿及其书法

时间：

2019 年 3 月 11 日

主谈人：

祝　帅　北京大学新闻与传播学院

史　睿　北京大学中国古代史研究中心

李　川　中国社会科学院外国文学研究所

管　琴　《北京大学学报》编辑部

主持人：

谷　卿　中国艺术研究院中国文化研究所

评议人：

喻　静　中国艺术研究院中国文化研究所

谷　卿：尊敬的各位来宾、各位学者，大家下午好。今天是我们中国文化研究所主办的"汲古论坛"的第一场，主题是"'中'与'忠'：作为文化典范的颜真卿及其书法"。

首先请允许我为大家介绍一下远道而来参与今天论坛的四位发言人，他们是北京大学新闻与传播学院研究员、现代广告学研究所所长祝帅老师，北京大学中国古代史研究中心副主任史睿老师，中国社会科学院外国文学研究所副研究员李川老师，《北京大学学报》编辑部副编审管琴老师。欢迎四位嘉宾。今天来到我们现场的还有中国艺术研究院书法院副院长杨涛老师等学者、书法家。担任本场论坛评议人的是中国艺术研究院中国文化研究所副所长喻静老师。

在论坛正式开始前，我想用几分钟为今天的论坛做一个解题，我们的论坛取意赵朴初先生的题词"汲古得修绠，开源引万流"，它既标明本所学术研究的领域和向度是古典和传统，同时喻示"开源"的方法和立场，"汲古论坛"研讨古代文、史、哲、艺的相关具体问题，关心跨文化、跨语境和跨学科的议题，了解前沿新知，兼顾冷僻旧学，注重研究方法的更新和反思，力图促进人文与艺术相关专业学者的学术互动与深度沟通。在 2019 年 1 月 16 日到 2 月 24 日，日本东京国立博物馆举办了题为“颜真卿——超越王羲之的名笔”的特别展览。展出包括《祭侄文稿》在内的一共 177 件公私藏品。我们知道《祭侄文稿》号称是“天下第二行书”，同时也是颜鲁公传世唯一一件可靠的墨迹，非常珍贵，现藏于中国台北故宫博物院。这次特展引起了很大的社会反响，主要原因之一，也是在于中国台北故宫博物院和日本东京国立博物馆之间的一些合作。据悉，这次展览参观人数接近 20 万人次，中国参观者在 5 万人次以上。与展览最初公布消息的时间几乎同时，2018 年下半年，汉学著作《中正之笔：颜真卿书法与宋代文人政治》首次出版中译本，是江苏人民出版社“海外中国研究”系列的新书。这本书出来之后，刚好与特展的消息形成了一个共振，引发关注和热议。本次论坛，就以一场展览和一部专著为话引——但不仅限于此，展开有关颜真卿及其书法的对话和讨论。

作为“汲古论坛”的首场活动，今天我们讨论颜真卿这样一位具有卓越成就、重大影响和特殊象征意义的人物，可谓开宗明义，也表达了文化所的研究兴趣和文化关怀。接下来我们就进入正式的讨论环节，首先邀请北京大学的祝帅老师作发言，祝老师也是《中正之笔：颜真卿书法与宋代文人政治》一书的校译者。

祝　帅： 谢谢主持人。接到邀请还挺意外的，因为我不是这本书的作者，只是校译者，最应该请的是作者，但作者本人没有来。我才拉大旗做虎皮，斗胆来介绍一下这本书的背景。

我先说一下这本书出版的台前幕后吧。最早知道这本书是2009年前后，应该说是出版的10年以后——这本书1998年出版，到今天整整20年。2009年前后在我参加的很多书法界的学术论坛和讨论会上，都经常听到有人引用这本书、谈观点，于是我就找到这本书看。看了以后我就等着，等什么呢？等着有人翻译它。因为大家知道，前段时间，对海外中国研究的引介特别热门，基本上外国人研究中国的书是出一本翻译一本，于是我就等。等了很久，好像都没有出版这本书的意思，于是我就找到“海外中国研究”丛书的主编，现在任教于清华大学的刘东教授，我跟他讲有一本书法方面的书，我不光推荐给你们，而且我想翻译这本书。刘老师当然知道这本书，而且也和我认识很久，所以就答应让我来翻译了。

这本书的翻译时间比较长，我是找学生翻译，我自己做校译的，因为翻译开始的时间比较早，最初根本不知道日本东京国立博物馆要举办这场展览，等到这本书出来，我们看样书的时候，展览就开始宣传了，我跟江苏人民出版社的人说，你们这本书可以和日本的颜真卿大展一起宣传，一开始他们都不知道要办这个展览，结果后来发现展览的宣传盖过了这本书的宣传。对于这次展览，其实江苏人民出版社和我们都没有做具体的工作，但很多人去日本东京看展览的时候提到这本书，网上很多公众号说“带本书去看展览”，指的就是带这本书，有很多人把展览和这本书的出版放到一块儿，感觉好像是蹭了热点，其实最初翻译的时候我们并不了解这个情况。

我自己也去日本东京看了这次“颜真卿——超越王羲之的名笔”的大展，应该说这次展览和这本书的出版只是时间巧合，二者并没有什么直接联系。日本的展览主办方也没有拿出颜真卿在宋代形象的建构来说事儿，只是将前后左右有关系的一些作品，拿出来进行共同的展示。这本书和这次展览能够凑到一块儿，纯属巧合。这是背景。

另外谈一下海外中国研究，特别是海外中国艺术史研究，现在两者都很热门，除了“海外中国研究”丛书外，生活·读书·新知三联书店还有“开放的艺术史”丛书，专门引进翻译出版西方的关于中国美术史研究的著作。但我经常跟这些丛书的出版方提，我们翻译的书可能太局限于欧美，特别是美国，其实日本有很多关于中国书法史和美术史的研究，我们引介非常少。另外我们翻译的书里面艺术史，特别是有关书法的比较少。我自己从 2004 年前后有意识地在引荐和推广海外中国书法研究的一些情况，在我们中国艺术研究院主办的《文艺研究》杂志上写过一篇文章，介绍美国王羲之研究的进展，当时也提到这本书，但还没有确定《中正之笔》的译名。这是欧美的情况。

对于日本的情况，我国的引介相对独特一点，自 20 世纪80年代开始就有日本研究中国书法史的书翻译过来，陈振濂先生翻译过，北大中文系的卢永璘先生也翻译过，所以说在日本这块儿，我们还是有一点引介的，后来还有一些中国书法史的出版。所以关于日本的书法史，我们有起码的了解，但我们国内翻译过来的数量非常少。如果你去日本的图书馆，或者神田旧书街，你会看到书法研究的著作简直汗牛充栋，我们引进的只是极少的一部分。

我想这是有原因的，因为日本和中国都是用汉字。在美国不是这样，在美国用的不是汉字，所以对于很多的海外的西方的美术史家来说，他们研究中国画，研究中国的美术、雕塑，至少脑子有形象，能够谈。而对于书法，很多人望而却步。白谦慎先生写过一篇文章，介绍中国书法史研究的时候，引用了高居翰先生的一句话，说西方人去研究中国美术史，如果明智一点，最好不要碰书法，因为太深奥。画呢，我们大家都看得懂，基本研究中国绘画，海外运用的是西方术语。高居翰本人是不碰书法的，但还有一些海外华人，特别是从中国到美国去的这批人，他们写书法、研究书法，也收藏书法。收藏这块儿不用说，美国有许多的中国艺术品的大藏家，包括大画廊。在研究这块儿，很多到了西方的华人在西方开辟了书法的研究领域，从早年的蒋彝到后来的方闻，可以说把书法研究的传统在西方发扬光大。所以海外的关于中国书法史研究虽然少，但还是有一些的，只是容易被我们忽视罢了。更重要的是关于海外的中国书法史研究的入手点，外国学者大多是带着问题来研究的，应该说与我们有很大的不同。

再说一下我们现在正在做的，一个是把这本《中正之笔》翻译过来了，另外准备和江苏人民出版社合作引进一本书，就是石慢的《米芾：风格与北宋的书法艺术》。石慢先生精通中文，对这本书的翻译质量要求非常高，他自己要读一遍译稿，所以一直没有出版。还好倪雅梅没有向我们提出这个要求，所以我们提前把《中正之笔》做出来了。另外，其他的出版社也在做海外书法研究的东西，据我了解，熊秉明先生的《张旭与狂草》也已经翻译出来了，即将出版。

这是总体的情况。

另外我说一下这本书出版后学术界的批评和争论，以及我自己的看法。到目前为止，看到的学术界的批评、争论、讨论都没有超出我们之前的预料。我在该书中文版的“译后记”中就写过，关于这本书的问题我们并不是不清楚，为什么我们在知道有问题的情况下还要翻译过来？我想除了海外中国书法史研究非常少是一个原因外，更重要的是，这本书有非常好的问题意识，和国内其他的书法研究著作的问题意识或者说入手点非常不一样。

我先说这书存在什么样的错误。确实有几处很明显，一个是书出版比较早，1998 年 2 月出版，而写完也就是杀青是 1997 年，1997 年关于颜真卿有许多的重要资料还没有出土。一个是《郭虚己墓志》，出版的时候倪雅梅可能还没有看到这个资料发表。然后到了 2003 年又出土了《王琳墓志》，作者在写这本书的时候不可能知道。出版这本书后，倪雅梅的主要精力是研究龙门石窟，所以也没有修订它。我们跟她联系的时候，她也没提出此书的一些问题。

但另外一个问题是她自己提出来的，那就是这本书里有许多史料缺乏辨伪的情况。像我们中国的学者去做研究，首先肯定是用的资料是经过考据的，这是真的资料，我才拿来用。但倪雅梅这本书里面有个一看就是假的材料，在美国收藏有传苏东坡临的《争座位帖》，后面有一段署名苏轼的跋，这里提出来颜真卿“锋势中正”，我们也就从这个跋里借鉴了“中正”两个字作为这本书中译本的名称。那么像这些东西，我从倪雅梅的行文中看，她显然是不知道的，这应该说是一个硬伤，或者说明显的错误。这点在倪雅梅写的中译本序中已经提到了，那就是石慢写书评的时候提出来，不该利用苏轼临《争座位帖》这么一件不可靠的作品。

既然这本书里面有这样的硬伤，为什么我们还翻译这本书？我想除了刚才说的问题意识以外，还有一个非常重要的原因，就是虽然作者在写这本书的时候，用了错误的论据，但不等于作者的论点就是错误的。我们大家都学过形式逻辑，你否定了一个人的论据，并不等于否定了他的论点。所以我自己用了一个翻译策略，那就是在翻译的时候，我们加了校注、译者注，做了一些技术上的处理。

还有一点需要说明的，就是有许多的人批评这本书研究方法陈旧。为什么说方法陈旧？因为海外的汉学家经常陷入福柯所说的“权力关系”，很多的汉学家在写书的时候，还没有开始研究，结论已经有了，那无非是找支持自己结论，找对自己结论有利的证据。倪雅梅的书也是这样，我们这些年的海外中国美术史研究里，有一种叫作“知识生成学”的研究方法特别热门，那就是说本来不存在这样的事实，后来到了某个时代之后，有了掌握话语权的人，一些大的收藏家，他们建立了一种权力关系，来说明、指认一个东西和另外一个东西的逻辑关系。这样的研究这些年特别热门，其实和倪雅梅的著作都是一个路数。

那为什么还要把这本书翻译过来呢？因为出版比较早，1997 年，可能 1997 年用这种方法还是比较新潮的，另外一个，把这种方法用在颜真卿身上，应该说倪雅梅此书还算一个开山之作。

以上是这本书出版的台前幕后，作为抛砖引玉。先说这么多，谢谢大家！

谷　卿：谢谢祝老师！祝老师作为这本书的校译者，发表了一些感言。我想在座很多朋友们都很熟悉这套江苏人民出版社“海外中国研究”丛书，丛书已经有 30 年的出版历史了，我本人也很受惠于这套丛书，我在《中正之笔》这本书的校译后记当中也看到，祝老师说自己在读书的时候开始接触这套丛书，没想到后来成为丛书的校译者之一。刚才祝老师提到，之所以要引进翻译这本书，不是因为这本书的论述多么全面、毫无瑕疵，而是它可以给我们提供很多新的思路和启示，我想这也是从一个角度阐释了我们“汲古开源”的宗旨，赵朴老当年的题词，实际上是在《世界汉学》杂志创刊的时候，他提的一个勖勉和要求，纵向维度是汲取古典的精华，横向维度来看，就是要开源引流，这本书可以视为我们所引的“万流”之一。

刚才还谈到“知识生成”的问题。确实，在当今艺术史研究领域，这也是个非常热门的话题，国内引领“知识生成”研究之风的学者，我想应当是中央美术学院人文学院的尹吉男老师，他做的有关董源和《杏园雅集图》的研究，是非常好的有关“知识生成”研究的标本，实际上他也是在福柯所谓“知识考古”的这个思想脉络当中进行生发的。

今天我们讨论颜真卿，当然不光是针对一本书和一场展览而已，也会涉及颜真卿人生经历、书法艺术、文化形象、历史影响等方面。我们知道，书法在唐代实际上还是一种类似于“不传之密”的技艺，最能影响一个书法家养成的因素，我想可能是家族。我们发现，唐代很多书法家他们都是亲戚，比如虞世南是陆柬之的舅舅，而陆柬之之子陆彦远又是张旭的堂舅，颜真卿的舅祖殷仲容也是当世有名的书法家，所以这里有一个庞大的家族网络。有关唐代家族的艺术研究、艺术鉴藏、艺术创作的相关问题，想请史老师发表一下高见。

史　睿：谢谢主持人！我很惭愧，今天这个话题无论是这场展览还是专著，我其实都还没有认真学习过，展览没有亲临现场，专著也只是刚看了开头。这本专著的指向，其实正如副标题所说的，是颜真卿书法与宋代文人政治，研究宋代的文人是怎样认识和再造颜真卿形象的，等于是颜真卿的“后史”。我其实对这个问题没有特别研究过，我一直在做隋唐史研究，所以我关心的，在一定程度上是颜真卿的“前史”：唐代早期，颜真卿的家族如何进入关中，如何在长安定居，他的艺术活动空间是怎么样的，他和哪些人形成人际关系的网络，等等。

我以前写过一篇小文章《唐代长安通化坊江南士族的书学传承与法书收藏》研究这个问题。如果展开一幅长安地图，我们看到长安北部是核心区，即宫城和皇城，宫城是皇帝居住和举行典礼的地方，皇城是王朝机构办公区域，之外的区域叫作“外郭城”，是从皇亲国戚到普通老百姓居住的。出皇城南门朱雀门，大街右侧第二坊叫通化坊，隋代建大兴城的时候，有特殊的城市区域功能规划，主要安排来自江南的士人居于此坊，所以通化坊又称为“吴儿坊”。

大隋帝国建立前，是400年长期分裂的南北朝局面。在长安建立的隋帝国，是以关中关陇氏族和北方鲜卑军事首领结合成的一个政治团体为中心建立的，但在文化上，他们非常重视江南文化。因为400年的分隔中，新文化在江南开花结果，完成了中国文化大转型。北朝末期之后，关中地区引入大量的江南文化，从衣冠文物、书籍经典到书法绘画。这个时候南方士大夫在北方的朝廷里占有一定地位，他们所代表的江南文化，风靡整个关中地区。像书法这样的艺术形式，当它从比较高的地方向比较低的地方传播的时候，风靡程度和速度都非常惊人。就像我们今天看到法国巴黎、意大利米兰发布了新的流行色或者样式，全世界都在模仿。那从江南开创的新书风进入关中地区的时候，也完全是和流行时尚的情形一样。

长安城内通化坊，有来自江南的颜氏、殷氏、沈氏、欧阳氏家族居住于此。此外可能还有很多来自江南的士人，只是我们不太清楚，因为材料不足。

冯承素也住在通化坊，他是因为擅长摹写书法作品被选入宫中，称为太宗御用拓书人的，他在青少年时代有机会见到重要的“二王”或其系统的南方书家作品，这很可能与他居住在通化坊有一定关系。通化坊的几大家族，皆长于书法，且相互之间有特殊关系，例如颜、殷两家世代联姻，自颜之推起，六世娶于殷氏，殷氏至少有三代娶于颜氏；最晚从颜思鲁、殷峤一代开始同居通化坊，两家以各自所藏法书名迹、文物古器互相借阅观赏，同以书法之学传家。我们看到姻亲关系在书法传承上的意义和作用。

他们这些家族，之所以能出颜真卿这样的改变中国书法史的重大意义的书家，主要是因为他们有非常多的法书收藏，这些收藏对于他们的书法书学的传承和书法风格的形成有重要的意义。刚才祝老师提到从颜真卿的《王琳墓志》中可以清晰看到虞世南书法的影响，也可以联系到他们的收藏知道他对虞世南法书风格的学习吸收，形成自己书法风格。

再有，如果仔细读颜之推的《颜氏家训》，可以看到关于书法的部分他放到《杂艺篇》。颜之推在家训里特别嘱咐子孙千万不要字写得太好，这看起来有点奇怪。中古士族的身份地位有三方面的外在表现，就是言语、礼容和书法。首先看他是不是能说标准的雅言，就是以洛阳音为基准音的普通话，当时是作为士族通用语。讲究礼容，就是举手投足要符合士族的基本礼仪，选择官员，选择女婿，都要看其人是否“言动徐缓、意态蕴藉”，有士人风致。至于书法，在士族大家交往当中，如果不能够亲自出席共同的礼仪场合，一定通过书信表达礼法关系的，书信既要除了讲究书写规范，包括称谓、格式，更要注重书法。南朝士人常说：“尺牍书疏，千里面目也。”尺牍、公文所见书法是给其他士人留下印象的重要内容。中古时代，碑碣是书法应用的重要社会场域。中唐时期，如果当时的士大夫家里有亲属去世，不请柳公权书写碑志就被社会舆论斥为不孝。颜之推说，我见到的很多江南名士整日为人书写碑志，崎岖碑石之间，非常辛苦，所以希望子孙不要字写得太好，但至少要有能够表现士族文化的书法水准，不会丢世家大族的身份。

从这个角度来理解书法，我们可以看到一个更全的书法场景、线索，和他们在什么样的社会功能和场合中使用书法，表达什么样的社会功能。以往的书法史研究，说得尖锐一点，比较重视重要书家及其作品。这样的书法史研究当然是非常基础和必要的，但我们也觉得，只注重最伟大的书家及其作品是不够的，我们还要追问伟大书家是在怎么样的环境中产生的，他们有怎么样的社会关系网络？海外的中国艺术史研究，无论是欧美的还是日本的，他们其实在一定程度上是比较强调场景和线索的，正像祝老师说的，我们应该多学习他们的问题意识和方法，发挥我们对于书法作品、文献、历史等方面的优势，用新的方法和范式来研究中国书法史。希望能够涉及中国书法史各个不同的侧面，深入进行专题的、专门的研究，使书法史变得更加丰富。这是我这样的外行，给中国书法史研究者提的一点点建议。

谢谢大家！

谷　卿：谢谢史老师的发言！在“前史”和“后史”当中，我们发现一个共性，就是士人对于书法有比较一致的看法：它是文化身份的表达。从宋代的士大夫欲求建构颜真卿的形象这点来看是如此，从以颜氏家族为代表的南朝士人的观点来看，也是如此。

我们知道，从宋代的欧阳修开始，他树立了一种关于书法或者说艺术的典范，就是特别强调书法的“非职业化”，他希望在书法当中体现技巧以外的意味，不管是理论还是实践，他本人也是身体力行来做这样的工作。在宋代，“宋四家”当中我们最熟悉的当然是苏轼和黄庭坚，他们对颜真卿都有不同程度、不同方式的学习和继承，米芾对颜真卿的看法比较矛盾，认为他的一些楷书是“恶札之祖”，但又很推崇他的行书，比如《争座位帖》。按照倪雅梅的意见，她认为蔡襄是融合王羲之范式和颜真卿范式最好的书家。而苏、黄、蔡，又都是和欧阳修关系非常密切的人。

史老师的发言给我们很多启发，接下来请李川老师，就颜真卿的问题也好，就《中正之笔》这本书的翻译也好，来谈谈想法。

李 川：大家好。我完全是个外行，我平时的研究，主要侧重于中西文化的比较，我就从这个角度聊一下。

这本书刚出版不久我就买来看了，大意记得，具体的细节忘了。后来那天跟谷卿兄谈起，他说你来聊一聊，我又重翻了一下。我觉得这本书，选题视角是中国学人比较容易接受的，具有泛政治化的特点，这是我们相对熟悉的。论著对颜真卿的生平，宋代文人集团与其书法的关系，都做了全方位的勾勒。观点其实也比较新颖，有它自己的论证逻辑。

我仅谈读后感，不那么学术。我认为第一章是核心理论，书法中的政治。立论的逻辑起点，应该是所谓的“性格学认同”。这种所谓的性格学，就是中国传统里风格与人格的关联，倪雅梅有个在我看来相当深刻的洞见，即“书法正是一种有关个人笔迹的道德和政治意义上的古老信仰”，她的研究在于揭示一种机制，即艺术能够包含且呈现哲学、文化和政治之间的张力。就她本身的学术宏图来说，我认为完成得非常好，观点也新颖，材料搜集得非常丰富。我对译者和作者都表示钦佩，译者下了很大功夫。这本书，基本上都查对了原文，所以我都表示钦佩。另外也还有一些个人的想法，提出来和大家交流。

我觉得论述上，整体来说略微有些隔膜。首先从技术操作上，具体的学术观点上，有两处可能给我们留下进一步商讨的空间。一是有关颜真卿的成就是宋人建构的，这是受到攻击比较多的一点，倪雅梅为了证明其观点，在怀素《自叙帖》《藏真帖》等名帖的真伪问题上含混不清。一方面为了证明张旭、颜真卿确实有过会面，从而得以将颜真卿纳入到王羲之传统之中，并以《藏真帖》为证；而另一方面不知何故，又强调《自叙帖》这篇文章乃“宋代炮制”的。实际上，谱系本身就是传承的一部分，也是其地位的表征。这是第一个需要我们去进一步论证和思考的。二是，将颜真卿的“中正之笔”和王羲之的“欹侧之笔”对立起来，是否有二元论思维方式的痕迹？王羲之的侧锋运笔、遒媚流丽的书风和颜真卿中锋运笔、宽博刚健的书风，在中国人看来，乃是风格多样书风的两类代表，是审美风格中两种“极致”和高峰，互补性远大于其对立性。然而倪雅梅的书中，却刻意强调了两种书风的对立性，并将其视为“11世纪政治宣传计划之一部分”，这就未免求之过深。以哪位书家作为时代风尚的代表，乃是历史性和逻辑性辩证统一的结果。王羲之的学术地位不会仅仅因为唐室的提倡而奠定，颜真卿的书法史地位也不可能纯由宋代文人集团“有意识”制造而成。对政治因素强调得太过，可能是这本书需要进一步思考的问题。

从论著的立足点和书法的逻辑起点上来看，倪氏可能和大部分中国人的看法还是有一些分歧。个人谈些外行之见。我认为书法之所以被视为华夏文明的核心，它其实应该基于汉字以及汉字反映的文化传统之上。但倪雅梅不讨论传统，而以性格学作为立足点，那么这个立足点是否正确，是否毫无疑问？这其实是个问题。性格学与其说是科学观念，毋宁说是礼乐观念。倪雅梅所谓“性格学”的渊源大概可追溯到华夏文化奠基之初，比如《逸周书·文王官人》的篇目，孟子“存乎人者，莫良于眸子”、三国魏刘劭《人物志》等，都是传统政教语境中择人、用人的方法，这种学问本来就是古代政治运作的步骤。“书为心画”，书法风格之所以和人建立关联，其反映的是华夏文化看待世界、把握世界的方式与西方之不同。也就是说，更多的是世界观、方法论的问题。但是，倪雅梅毕竟是西方人，她是以艺术的眼光介入颜真卿的书法，而艺术是个现代学科概念。在西方，你可以说我专业为艺术史研究，可以为艺术而艺术，这是典型的西方艺术观，用一个建立在西方世界观基础上的学科概念进入异质文化传统中的书法史领域，是否不需要做任何批判性反思就可径直使用？对中国学者而言，书法作为艺术，不过百年历史。

就传统论传统而言，很难说颜真卿就是个书法家，他不是某个专业的、学科领域的“家”。倪雅梅的论述之所以隔膜，就是在以艺术介入书法后，华夏书学传统之主题实践意义很大程度上被弱化甚或消解了。比如论书法中的政治、书法如何来陈述政治观点，这个问题相当有意义，很值得我们深究。但最后论述中逐渐脱离了这种文化背景，而变成了单纯对笔墨和书法技艺层面的讨论。她提出的问题非常精彩，但在解决过程中，走得越来越窄，这个可能就是中国与西方学者视角上偏差导致的。笔墨、笔法，并不是单纯的技法存在，与人之整体意义、社会意义密不可分。

《中正之笔》讨论《争座位帖》时，认为“中正”之笔和“正直”的关联，推导出书风和人格关联，并且将选择何种笔致，视为道德和政治认同的宣言。但是“中正”和“正直”只是偶合，王羲之虽侧锋取妍，却并非不正直。人之内在德行，乃是其多方面行为的综合表现，颜真卿的中正，恰恰在于其偶然性的选择了这种表达方式。这就意味着，何种笔法形态体现出何种道德，乃是实践出来之物，也就是被指定之物——即由于颜真卿偶然选取了中正之笔，中正之笔才被视为道德的表现。这里重视的是实践论，而非科学主义的分析。

从更宽广的视野来看，我们讨论颜真卿的话，可以放到中国文化漫长的历史长河里来探究。史前出土的书迹、画记，已经有笔法的意识。书写意识的发达，在中国是很早的，最早可见于陶器上的图案、绘画以及符号，用的是软笔，和西方的压印传统不同。书法则是传统和书写意识结合的产物，笔法之中正与否，是从书法技法层面、工具层面来说的，实际上传达的却是华夏精神重“心画”“心法”或者“立象以尽意”以探天地之赜的文教精神。颜真卿以其人格成就了书格，而中正之笔只是偶然的呈现而已。可以说，倪雅梅的论著虽则细腻，却不体贴。

谢谢大家！

谷　卿：谢谢李老师！他认为书法是作为一个以文字为核心的艺术或者文化形式，那么引入性格学来讨论书法是否可行，以及如何才可行，这是一个问题。我们很容易想到文学批评当中有很多这样的话语，比如元好问在论诗绝句当中提到的"心画心声总失真，文章宁复见为人"，关于艺品和人品的关系，是书法史上比较经典的问题。在之前讨论筹备这场论坛的时候，我记得跟喻老师和杨涛老师聊到颜真卿，杨老师第一时间的反应就是应该注意人品和艺品之间关系如何的问题，欢迎杨老师给我们讲讲。

杨　涛：唐朝建立后，以王羲之作为典范，认为他的书法是一种中正之笔，可以作为中国书法的典范，后来我们称王羲之为"书圣"也是从这儿来的。但把王羲之作为中正的典范，更重要的是气息上面的，跟文化的理想、政治的理想等是有关联的。在盛唐，唐玄宗以后，中国书法的风格明显地偏向于个人情绪的中正。我们这次在日本看展览，有唐玄宗的《纪泰山铭》，有跟颜真卿同时的徐浩，他们都带有个人的情怀，从虞世南到欧阳询等，在我看来，都属于"正"的范畴，或者说都是我所理解的中正的范畴。但除了颜真卿之外的几家，我觉得有点偏向于中国书法的审美上的中正，就是我们说的追求的是"神仙之风"。比如说王羲之，作为"书圣"，你能说他的书法是秀气吗，是苍老吗，是沧桑吗？无法具体描述他书法的风貌或者说形态，我们只能说，像他自己说的，真的是“神仙之书”。因此，我说的另外几家，他们的书法偏向于中正，更接近于“仙”的感觉，总而言之，有一种不可触摸的、遥不可及的感觉。颜真卿恰恰跟他们的路数不一样，他是接地气的。中国书法史上，两个系统，颜真卿是王羲之之后的代表人物，把外形推到了极致，制造了一种不可撼动的大力神般的外形，他用外部的笔法，把他的字能够扩张到的领域全占领了。另外刚才大家提到，颜真卿是有一些笔法谱系传承的，他的笔法，据说是张旭所授，大意就是说，令大变小，令小变大。因此，颜真卿书法里有核心的东西，他提到书法不按艺术特征分，按实用性分，分为俗的、通的、正的。这里面就是说，字怎么样接近于实用性，这是他一辈子正视的东西。

颜真卿的字作为一种楷则，被全民族接受，因此群众基础特别好。他字形的结构开张，给我们带来一种直观的感受。我这次去日本看展览受到了非常直观的视觉冲击。我们进去的时候，看到颜真卿作品作为一个重点，布置得像是祭坛，挂上幡，有招魂的感觉。我在台湾也见过很多次他的作品，因为私底下拿出来的，能够看得很仔细。作为颜真卿，他的成功有他技术方面的原因。

宋代以后，士大夫整体意识觉醒，其实唐代本来观念已经是很开放，但安史之乱以后，又回到了保守，到宋代完全是中央集权了。但宋代的知识分子的生活和思想是很宽松的，他们很有荣誉感，王安石当年有跟神宗皇帝说士大夫与君王共治天下，没有说我是给皇帝打工的。宋人是通过颜真卿学习“二王”。

其实中国历史上，书法史上，还有不少人对颜真卿有意见，第一个是米芾，他说颜真卿的字是丑陋、丑怪的祖先，他不是从伦理角度，是从书法审美角度，他说他瞧不上颜真卿，他觉得颜真卿失去了天然、自然的东西，因为他把不该变大的东西变大，不该变小的东西变小，把远古的气息丢得太多，这样是不行的。

谷　卿：刚才杨老师提供了很多很有意思的信息和想法，比如说颜真卿实际上相对于“神仙书”而言，是个更接地气的人。我想，但凡是接触过书法的朋友们，没有不知道颜真卿的，或者说练习书法的朋友们，可能 90% 是从颜体开始入门。确实，颜真卿是个群众基础非常好的人。但这样一个群众基础好的人，是唐代的众多书法家中一个绝无仅有的例子，这就跟他的身世有关，跟他的悲壮之死有关，跟他家族与朝廷的关系有关。安史之乱给他的家庭、家族以及整个唐帝国带来翻天覆地的变化。陈寅恪先生说，安史之乱不仅是李唐王朝的分水岭，也是整个封建时代的分水岭，对于中国的各个方面，都产生了特别重大的影响。

杨老师给大家描述了日本东京国立博物馆展览现场的状况，确实，我们在现场很容易感受到这种庄严的仪式感，特别是在《祭侄文稿》陈列的展厅，上面挂着红底黑字的长幡，很有“魂兮归来”的意味。管琴老师也去参观了这场特展，她在朋友圈发了很长的感言，我对最后两句印象颇深，如果不介意的话我想跟大家分享一下。她说：“难得一次看到这么多珍贵的书法，尤其是与鲁公手迹相对，精神耿耿处见几见微。想到这些文物在特殊年代辗转人手的无常命运，往事即今如梦，此生到处为家，真是感慨何如！”今天我们能够看到这样一份手稿——还不是当时的书法成品，真的是非常难得和幸运，《祭侄文稿》的收藏史，也值得注意，唐五代时期可能是在家族间流传，后来被私人收藏家珍藏，宋代进入内府，南宋以后又被几位文人和藏家鉴藏、著录，清代再次成为皇室藏品，最后又到了台湾，去过美国一次，这次出借给日本，我想颜真卿生前恐怕完全不能想象。接下来，我们请管琴老师结合她的观感，和她研究所涉及的宋代文学与文献，谈谈宋代文人士大夫是如何建构颜真卿的形象，以及宋人心目当中的颜鲁公究竟是什么样的。

管　琴：谢谢主持人和中国艺术研究院，提供这样一个难得的机会和大家一起讨论颜真卿。我本人完全是书法史、艺术史研究的门外汉，只能谈谈一个普通读者眼中的颜真卿。

大家都感受到了今年颜真卿展览的热度，特别是这个展览上 20 多年来未离开过台北、10 年来未公开展出的《祭侄文稿》，颜真卿其人其书又重新回到了我们的视野。这个时候来谈颜真卿，来总结颜真卿之前之后的时代，谈他那个时代的书法美学以及对后世典范地位的确立，是有必要的。日本东京国博开展以后，我第一时间去看了，展览的很多方面令我印象深刻，一方面感觉主办方用心地搜集了许多书作，包括日本国内各地的收藏以及从台北借来一些珍贵文物。同时也注意搜罗不同版本，如《九成宫醴泉铭》就有 7 种版本，另外像《启法寺碑》《孔子庙堂碑》等均展示有唐拓孤本。日本的“三笔”也展示了东亚文化圈所受唐文化的影响。展览上我重点看了宋代单元，宋四家的作品都有，有意思的是蔡襄作于仁宗皇祐年间的楷书《谢赐御书诗表》，一般认为这个作品是直接学颜真卿的。苏轼、黄庭坚、米芾的行书、草书作品，也都和颜真卿有千丝万缕的联系。唐代部分，褚遂良的《伊阙佛龛碑》被认为是颜真卿直接从中取法的。展览上还有一些明清人直接临摹颜书的作品，这许多细节都很贴合这个展览。

这个展览最热门，也是受到慎重对待的是《祭侄文稿》，为什么这一作品如此激发国人的热情，当然，因为它很珍贵，它是极罕见的、以手稿形式保存的鲁公真迹。不过我想最根本的原因，还是因为它是如此深厚地符合传统书法的美学。我们知道，“书为心画”是中国书学的传统，蔡邕称：“书者，散也。欲书，先散怀抱，任情恣性，然后书之。”《祭侄文稿》即是一部用情之作，是“先散怀抱，任情恣性”的产物。中国的书学还有一个传统是重视书法的起草文本。元代的张晏说：“告不如书简，书简不如起草。”就是因为起草出于无心，才能达到心手两忘的程度。清人也同样认为：“颜公三稿皆信手点窜所为，故谓不加意之书更妙。”这样的一个起草文本展现的力量着实惊人。像颜真卿这样的大家，他的书法展现的雄浑博大的气质，与他的出身、家族、经历、气节等不可分割，他性格中的中正也与他选择的刚健典雅的书法美学一致。他的抒情之作，像有名的“三稿”，也完全符合儒家传统的家国、忠义观念。所以颜真卿在后世成为典范，不是偶然的现象。

儒家的这种家国思想，到了宋代的文人士大夫社会，发展到极致。这里我想举个例子作为类比，我们知道，陈寅恪先生在他很有名的《论韩愈》这篇文章里说：“韩昌黎之在北宋，可谓千秋万代，名不寂寞者矣。”其实颜真卿的经历跟韩愈很相似。他们都是到了宋代，被承认，被确立为典范。从中唐、晚唐到五代，当然也有人学颜，但并没有将他树立为典范。到了北宋，情况发生了变化，并且这种典范的意义是多方面的。唐代文人士大夫中除了杜甫、韩愈，我们好像很难找到像颜真卿这样一个如此完美的合乎宋代审美理想的人物，无论他的家世、气节、书法等，甚至他还是天宝文儒的成员，他的友人李华、萧颖士是唐代古文运动的先驱；他自己的文章也是文质相兼。这些恰合的地方也说明，颜真卿从各个方面都符合宋代的审美理想，他在宋代的被发现，绝不是历史的偶然。

在宋代，身体力行地推举韩愈的关键力量是欧阳修，而实际上也是他，最先身体力行地推举颜真卿。《集古录》里有20多篇跋文是为颜书所写。欧阳修说颜真卿的书法“挺然奇伟，有似其为人”。评《麻姑仙坛记》时又说：“其为人尊严刚劲，象其笔画。”从人想到书，从书想到人，确立了一种对于颜真卿的观看、评价的典型。北宋初年，像曹彬、释梦英等人就评价鲁公书奇绝、绝妙，只不过多从书艺上说。欧阳修之后，这种说法就很多了。

这种对人格的想象，在宋代人的诗歌评价中很常见，比如黄庭坚《书陶渊明责子诗后》说：“观渊明之诗，想见其人。”从陶渊明的诗里感知他的人格力量，从颜真卿的书法里感知他的忠正之气，其实是一回事。黄庭坚说他看到颜真卿被李希烈囚禁时写在墙壁上的字，泫然流涕，说：“鲁公文昭武烈，与日月争光可也。”就是对颜鲁公气节真诚的推崇。

欧阳修对颜真卿还有批评，他不喜欢颜真卿学佛道的那一面，而对苏轼来说，则完全没有这样的顾虑，颜真卿的书法十分合乎苏轼的审美理想。他说：“我书意造本无法，点画信手烦推求。”又说：“颜公变法出新意，细筋入骨如秋鹰。”苏轼最为提倡自出新意，不践古人。他有一个著名的论断：“诗至于杜子美，文至于韩退之，书至于颜鲁公，画至于吴道子，而古今之变，天下之能事毕矣。”颜真卿对于苏轼的审美意义，如同杜甫和韩愈。杜甫诗在他看来是“凌跨百代”，韩愈之文在他看来是“文起八代之衰”，而颜真卿的书法在他看来，则是“雄秀独出，一变古法”，正如杜子美的诗一样，格力千纵。

苏轼早年学王羲之，中年改学颜鲁公。我们知道，很多文人和书家在中年时选择的取法对象往往合乎他们在成熟期的审美理想，是其较为心仪的。像苏轼，他早年的行书就从“二王”中来，中年学颜鲁公，特别是真书，受

《东方朔画赞》影响很大。他说：“颜真卿写碑，唯《东方朔画赞》为清雄。”黄庭坚评价苏轼的书法，也是说他中年喜学颜鲁公、杨少师，到晚年才自成面目。后来傅山也是中年学颜，日益出其神气。早年是一种面目，中年改习一种面目，到了晚年脱却形迹，自成面目，这完全是宋人的书学品评方式。

在苏轼之后，最全面接受颜真卿的是黄庭坚，他也同样认为，唐初的欧、虞、褚、薛等人，皆为法度所窘，只有颜鲁公，“萧然出于绳墨之外”，形容他是“体制百变”，同样是从变的一方面来强调。黄庭坚有很强烈的复古思想，但是他学颜真卿，没有那么多的条条框框，是多方面的学。沈尹默有一段评论，他说苏、黄学颜是全面的学，所以所得为多，而米芾不喜鲁公楷书，只学行书，所得为少。学多少得多少，这是很有意思的一种看法。

当然在欧阳修、苏轼、黄庭坚之外，北宋还有很多人对颜鲁公的气节和书法表示由衷赞叹，将其推为楷模。并且宋人是身体力行地推崇颜真卿。北宋人为颜鲁公立祠堂；到了南宋，祠堂更多，很多人都为祠堂写记，北宋有曾巩，南宋有汪藻、王十朋、周必大、楼钥、魏了翁、刘克庄、袁燮等。我们知道，南宋一方面是因为特殊的政治原因，对颜鲁公的气节更加标举；另一方面，从高宗朝开始承接元祐的审美规范，沿着苏、黄的路走，因此对颜鲁公推崇备至。颜真卿的文集在唐代就已经散佚了，今传最早的颜真卿文集，是南宋的留元刚搜集整理的；关于其书法最早最完善的一部汇帖是《忠义堂帖》，也是在同时期编刻的。

而且我们注意到，宋代就已经大规模地出现对颜体的临摹，一直到明清，发展到顶峰。年底在上海博物馆的董其昌大展上，我看到有董其昌临摹的《自书告身帖》展出。当时日本书道博物馆里颜真卿的真迹也被借来，跟董其昌的放在一起。当然很有意思的是，董其昌临摹得并不像，用他自己的话说就是很“生”，这与晚明的时代观念有关。明末清初，王铎、傅山他们都喜欢临摹颜真卿，都各自成目，后来还有更不像的。沈尹默评价说，董其昌对颜真卿的临摹，其失在形，而后来钱南园的临帖，其失在神，失在神比失在形更为糟糕。对董其昌他们来说，临帖其实也意不在临。艾朗诺教授在《美的焦虑》这本书里评论欧阳修，说他自己的生命同他收集古物的过程复杂地交织在一起。其实我觉得，宋代以及以后，很多文人与书家对颜真卿的效仿也是同他们自己的生命交织在一起的。苏轼写《黄州寒食诗》时是什么心情，当时又是在什么心情之下临摹颜鲁公的；董其昌到去世之前还在临摹《争座位帖》。这些临摹与效仿如同艾朗诺说的，使他们既遭遇了个人时间，同时又遭遇了历史时间。

最后，我想谈谈倪雅梅教授的《中正之笔》。宋代是如此关键的颜真卿的接受时代，而倪雅梅教授的《中正之笔》正是以颜真卿和北宋的文人政治为题，她抓住北宋这一时期谈，我觉得很敏锐。但书中的一些提法容易引起争议，例如是否不同党派一定会以颜真卿的书法作为一种工具、一种手段，去反抗另一种政治势力、另一种美学规范，我觉得不同学者在这方面会有不同理解。就我对宋代资料有限的接触而言，如果颜真卿被局限为一种学派的美学风格，大概并不符合历史实际。宋代并不是只有一党喜欢颜真卿，别的党派就不喜欢颜真卿。像朱熹，也很景仰颜真卿，他最推重的古人，汉则诸葛亮，唐则杜甫、颜真卿、韩愈，本朝则范仲淹。颜真卿应该可以说是宋代共同的文化偶像。北宋宫廷提倡的王羲之书风大概也是一种过分解读。

关于不同的审美理想，《中正之笔》中还提出一些观点，比如说，宋代儒家改革者选择了颜真卿书风作为主推的书法风格，正是因为颜真卿书写《祭侄文稿》时使用了中锋之笔，而王羲之用的是侧锋。在作者看来，中锋和侧锋在方和圆、巧和拙方面有不同特点。是否可以截然地下结论，认为两人就是分别用中锋和侧锋，并将两种用笔方式对立起来，我觉得是要斟酌的。近来也有书评作者指出了这一点。日本东京书展的标题是“颜真卿——超越王羲之的名笔”，超越不等于对立。黄庭坚说：“见颜鲁公书，则知欧、虞、褚、薛未入右军之室。”他认为，颜鲁公的真、行、草书、隶书都得“二王”笔势，其书学是真正承接王羲之的。当然从书法美学的发展历程来看，我们可以说，颜鲁公开创的雄浑典雅、高明广大的美学范式，对右军所代表的姿媚、温雅、内敛的美学风范是一种发展、一种更新，但是不是这两种美学在某段历史时期是完全对立的，并且还含有政治因素，还需谨慎判断。苏轼讲鲁公书奄有晋宋以来风流，黄庭坚讲鲁公奄有魏晋隋唐以来风流气骨，其实在苏、黄等人的心中，鲁公的书法是兼有魏晋隋唐之美的，这种美对王羲之的书法是一种发展，一种承接，这可能比代替一说更符合历史的实际。

谷　卿：管琴老师结合看展经历谈了很多观点，对我们启发良多，一是讲到颜鲁公在宋人的心目当中，是个“变”的代表，这个“变”是不是可以作为展览标题“颜真卿：超越王羲之的名笔”中这个“超越”的转译？古典书法，或者说由王羲之建立的美学传统，到了颜鲁公这里，产生了一些比较大的变化。在文学史和艺术史上，常常有一些我们称之为“大作手”的人物，往往给文体、书体带来一些新变，词到了南宋特别是辛弃疾那里，“极其变”，或者叫“极其变态”，让这个“变”的状态达到了极致，从这个角度来说，颜鲁公也是书法史上“极其变态”的人。管老师的发言中还讲到宋人的审美理想，也提到了黄庭坚，黄庭坚其实是特别能代表宋人的——有别于唐人的宋人，倪教授这本书中，也讲到类似观点，她说黄庭坚坚持用自己的声音说话，他的书法从颜真卿那里得到养分，并不容易从表面上被看出来，颜的精髓已经被他消化吸收，内化了，这个也是黄庭坚一以贯之的方法和取式，他作诗也是这样，“点铁成金，夺胎换骨”，跟他书法的研习如出一辙。

刚才李川老师和管琴老师在发言当中，都对倪雅梅的书提出了一些不同的看法和疑问，是不是可以由祝老师作答？虽然祝老师刚才说今天可惜作者不在，但您作为校译者，也全程参与这本书中文版的翻译和出版，那就请祝老师来代作者“受审”，来作一下回应。

祝　帅：谢谢！真的是代表不了作者，只能谈谈我自己的想法。当然这本书问题很多的，除了刚才我自己提的那些，一个根本的原因是作者好多的材料她没有看原作。对我们做书法和美术史研究的人来说，可以说看原作是非常重要的，有条件的话，那最好是所有的作品，都根据原作来进行研究。但毫无疑问，这个作者看了很多的印刷品，因为外国人写书非常诚实，没看过就是没看过，她自己说明看了哪些书，列举得非常详细，特别是当时看了很多日本二玄社的印刷作品。另外一个，这本书里，我作为校译者也要检讨，应该讲严重的翻译错误没有，但可笑的笔误非常多，大家都挑出了很多。刚才李川老师说了文献回译的问题，其实我们是想努力做到学术规范的，但事与愿违，加印的时候会改正，我们现在把发现的错误都列了表格，其中有些是非常可笑的。确实我们努力在翻译的时候试图做到这些，比如就说文献回译，我们请教了很多的人，从我们翻译和出版的角度，也非常希望守学术规范，你看现在很多中译本的书，出版社都懒到什么程度，参考文献部分连敲一遍都懒得敲，直接把英文参考文献扫描一遍，要知道字体是不一样的。所以当时我们想，不管水平怎么样，至少我们的翻译要符合学术规范，所以我们把后面所有的涉及的图录也好、注释也好、索引也好，不光是打出来，而且全部翻译过来了，希望做到对读者负责。包括最后让出版社还做了边码，有利于读者根据最后的索引检索。我们是希望做到这一点，但肯定还是有很多问题。

刚才李老师和管老师提出的共同问题，我想谈谈自己的看法。如果说作者把颜真卿的书风和王羲之的书风作了二元对立，我自己也不否认。但就我自己思考而言，这个二元对立可能是书法史上存在的事实。你想书法本身，如果说汉字是方块字的话，不是内擫就是外拓，前面不管是初唐也好，一直到颜真卿以前也好，写字的确是内擫的，到了颜真卿，转成外拓，在这点上他的确是非常有勇气的，应该说是书法史上的创新。我们经常讲什么欧、柳、颜、赵，但仅就创新性而言，颜真卿有着另外三位所没有的。

我之前在《人民日报》写过一篇文章，提了这么一个观点，提出以后好多人觉得耸人听闻，我说学习书法肯定要从王羲之或者颜真卿入手，因为学源不学流，王羲之和颜真卿代表了两个源头，如果说你学其他的几家，那你可能是从半截学的，而不是起点学的，你会发现，往后很难转换和接续。

我自己学书法的时候，写什么的都有，写欧的和写柳的都很多，但发现他们都走不远。写欧的、写柳的最后都没坚持下去。我后来一想，欧和柳自己就写不下去。众所周知，欧和柳的行书不能说写得差，至少没有写成天下第二行书，不是一种好学的风格，现在也有很多年轻人学习欧阳询、柳公权的，但感觉不对，原因是什么？我想肯定是，他们是流，不是源头。颜真卿和王羲之是中国书法史上并列的两座高峰，代表了两个源头，或者更准确地说，他们两个人是范式的开创者、提出者，或者说是为书法立法的人。如果写内擫的书风，那肯定是以“二王”为标准，要写外拓的书风，那肯定是以颜真卿为标准的。虽然这个说法可能会有些绝对，但我觉得这点就像刚才管老师说的那样，它们是互相补充，不是替代。但是他俩的不同，我想在某种程度上也是显而易见的。不知道说得对不对，供大家批评。

谷　卿：我们讨论颜真卿，一直在讲“中锋用笔”，史老师对于唐笔的制式和唐人执笔、用笔的方法都很有研究，请史老师来谈谈这方面的问题，谢谢！

史　睿：虽然有一点点书写经验，但完全是外行。书法界的专业研究者，有很多的文章和著作，我印象中，有冯亚君《书法侧锋用笔研究》，庄天明《执笔的流变——中国历代执笔图像汇考》，等等。具体到颜鲁公问题上，前不久北大文研院举办了一次活动，题目是“王羲之的名义”，主讲人是宁夏考古所的罗丰老师，我们请了中央美术学院刘涛老师作为评议人。会后有学书法的同学提问，讲到中锋侧锋的问题，刘老师说他现在胆子越来越小，不敢讲锋法的问题了。我也是同样的感觉。

古人曾将历代书法特征简单地概括为“晋人尚韵，唐人尚法，宋人尚意，元人尚态”，把书法样式与时代直接对应，但我们发现对于书法的时代共性的这种简单概括很危险。这个问题我们要落实到书写工具和载体上，即笔和纸。

以我浅显的认知看，好像以前除了关注作品外，较多关注书法风格和审美方面的理论，但对于书法作品、形态和书写工具、载体之间的关系不是特别的关心，我觉得这是一种缺陷。

中国古代的纸和笔是不断变化的。我们知道纸的普遍应用是在魏晋时代，东晋桓玄发布“以纸代简令”，要用纸作为官府文书的通用书写载体。而在此之前，人们的日常书写中，纸的应用已经非常普及了。楼兰的出土纸本书信和公文已经清晰地表明，在西北地区从西晋怀帝永嘉年间（307—312）开始，纸已经在书写材料中占有绝对优势。我们看到，东晋的书家描述纸的词汇当中，都会讲到紧致、光洁。如果我们能够看到出土的纸，其光洁度类似我们的复印纸，它和现在通常用手工纸或者说宣纸非常不同。之后，制作用于书写的纸张及其加工工艺逐渐成熟、稳定下来。

造成纸的重大变化的分水岭其实是在五代至北宋时期，追究其原因，其实是书法之外的因素，书法史上好像不是特别提及这个因素，那就是雕版印刷术的产生。如果我们想把图像和字印在纸上的话，复印纸这样的光洁度难以印刷清楚。晚唐时的柳玭在成都南郊看到印本书，上面的字印得很模糊，看不清楚，因为他们当时使用为书写所做的纸来印书，着墨的能力非常差，所以模模糊糊。此后为了方便印刷，要加入各种填料，使之成为生纸。尤其是明代晚期以后，雕版技术有了突破性的发展，这大大降低了印书和刻书的成本，对于纸的需求量大增，纸的生产目的更侧重于印刷而非书写，很多古代的书写纸加工技术，例如入潢、涂蜡、砑光等，也在此后逐渐失传。熟纸和生纸两类书写用纸必然催生出不同的书写技术，以至于发展为完全不同的书法形态。

笔也有一个发展过程，东汉末年以前为古笔，从曹魏开始出现缠裹笔（缠纸笔），北宋之后散卓笔成为重要的书写工具，不同的笔一定对应不同的书写姿态和技法。我们要追问唐人崇尚之法，在一定程度上归结于书写工具和载体。我们曾经试过，只要稍有一点点的书法的基础，使用缠纸笔在光洁的纸上书写，就会接近唐人书法的面貌。

书写中执笔法的自觉，应该说六朝后期到唐代就有了。孙过庭的《书谱》提及卫夫人笔阵图中有“执笔三手”，可能是三幅执笔图。入唐求法日僧空海的《执笔法使笔法》中有两幅执笔图，可能有早期来源。

日本古代流传的书法理论、书法文献和书法作品也应当关注。空海、最澄是同一批团队来到大唐的，空海到了长安，最澄则在东南沿海越州、明州、台州这一带活动，他们带回日本的书迹和文献也是有差异的。他们入唐是在德宗末年到宪宗初年，这正是中国书法大变化的一个时期，是颜真卿和徐浩特别流行的时代。

唐代新的执笔法和制造毛笔技术，没有在中国国内流传下来，但恰恰是日本文献中有这样的记录。空海所知道的唐代毛笔有 8 种类型，对应 8 种不同的书写功能和样式。

直接的工具与书法形态甚至书体的对应关系，是以前书法史研究者忽视的一个方面，其实我们可以引入日本书法史的资料，来重新思考这样的问题。

谷　卿：谢谢史老师！史老师提供了很多关于笔的形制和使用方法的信息，这实际上也给了我们关于研究方法、研究视角的一个提示，在我们可见的书法风格和审美研究之外，是不是还可以拓展到书写工具的研究。古人说："工欲善其事，必先利其器。"可见，古人对用具很是注重，不同的笔、不同的执笔法都会产生不同的书法样式，这是值得我们做书法研究、书法美学和书法史研究的学者，应该特别关注的领域。我们以现在的状况推测古人，往往产生一些误解，因为我们现在获得书法工具、书法资料特别便捷，所以我们意识中觉得古人跟我们一样。但实际并不是这样，书法在中古时代真的可能只是贵族之间小范围传授的一种技艺，刚才也讲到这个问题，唐代很多书法家之间都有血缘关系和密切的社会关系，他们编织起一个关系网络，技艺在这个网络中传播，所以说他们的书法形态掩藏着一个文化的阶层和文化的集团，事实确是如此。

今天我们文化所也有很多学者到论坛现场，不知哪位老师有什么想法愿意跟大家分享。

秦燕春：我听得很认真，所以受益良多。有两个问题，第一个问题：祝老师你也是写颜，可以大概讲讲自己的感受吗？写颜和写其他人区别在哪里？谷卿你也来回答一下吧。第二个问题：作为文化典范的颜真卿，是一个汉唐文化的视角，还是更类似于有了一个很大的文化性格转变的宋文化的形塑？是后学的形塑还是说本身有非常强的合理性？谢谢！

谷　卿：我先简单回应一下秦老师提出的第一个问题：写颜有什么体会。刚才杨老师谈到关于古法的问题，我觉得颜真卿用笔当中甚至能比王羲之见到更多“古法”，写颜时我们更容易感受到所谓的篆籀之笔是怎样的，颜的字非常宽博，稳定性更高，对称性更强，篆书也是如此，由颜字上溯到篆书是更容易的，起码是比“二王”更容易的，这是我对于写颜的一种感受和想法。我想祝老师、史老师会有高论，请两位回应一下。

祝　帅：很惭愧，我写字写了30多年，但到现在还没有写好。有一次陈斐兄带我拜访北大的吴小如教授。我拿字给他看，他问我写了多少年了，我说写了30年了，他说你回去临帖，估计再写30年，你就入门了。至于为什么写颜真卿呢？因为启蒙的时候就写颜真卿，20世纪80年代喜欢写书法，也是遍访名师，一开始有的老师教你写欧阳询，写柳公权，写了以后总是不入门。然后我的启蒙老师贺中祥老师对我说：“欧阳询我教不了，你要跟我学，就改写颜真卿。”就这样开始临《勤礼碑》《自书告身帖》，这样一直往下临。临下来有一点感受，那就是对中锋的坚持，以前还用点侧锋，后来真的一笔侧锋都没有。写楷书一段时间后，想写行书，后面就没有老师教了，都是自己去领会。书法界有段时期特别流行米芾、王铎，但我怎么写都没感觉，后来跟一个朋友交流，这个朋友跟我讲，你看我写字写颜真卿，楷书、行书还是写颜真卿。我觉得有道理，后来一写，果然是这样，你写颜真卿的楷书，接也接颜真卿的行书，感觉非常自然，很容易上手，那就是一种“篆籀气”。

史　睿：我想说，如果看颜真卿，就是从人和书两个角度看。人的问题，读有关颜真卿的早期文献记录，我们有一种强烈的感受，就是在他周边的人——皇帝、宰相、同僚——都搞不好关系，这也蛮独特的。宋代史传对于颜真卿的形塑，真的是有特别大的作用的，我们今天所认知的颜真卿，主要是以欧阳修为主的宋人所造就的。所以我们要说纯粹从历史学角度研究颜真卿，必须看到不断的历史叠加的部分，想办法还原其真实面貌。

颜真卿的书法，仔细想来与我们看颜真卿这个人一样，其实某种程度是被刻出来的颜氏书迹形态误导了。我们知道唐人的缠纸笔是有规定性的，很难用来写大字。唐朝的笔能写多大字，这个问题我们以前不追问，但这个事挺关键的。比如说我们看颜真卿的碑版书迹，字都比较大，到底是原迹就这么大，还是放大刻成的呢？我们看颜真卿的碑版，上面有一种题名大家都忽视了，就是摹勒。唐代初期以后，帝王、贵戚、重臣、书家都很少直接在碑志上书丹了，多是由另外的工匠摹勒上石。我们看到唐朝有大量这样的作品，这种技术在颜真卿的时代已经非常成熟了。如果颜氏碑志经历了从原迹到摹勒、刻石的过程，那么把它当作书法原迹来看待，其实会有问题。我们要注意这些法书技术和工艺过程层面的问题，要反思以前的研究是否可靠。您说的转型的大问题，我可能没有办法详细回答，但可以从颜真卿的传记的变化和书迹的变化这样的侧面重新审视唐宋转型问题。

谷　卿：谢谢两位老师！秦老师满意吗？还有没有哪位老师想分享一下？

向　谦：我少小时在南京学写字，萧娴先生跟我说过，她用长锋羊毫，要绑在1/3处，这是老先生们的不传之密，但不见于文字之中。我跟湖州的笔工聊天，老笔工说，要发开1/3再用，慢慢发开。刚才史老师说的工具对于艺术的转变，是有很大的影响的，只是我们并不见于很多的文字而已。

我们常说“大小王”，古人说“大小王”以外是“老颜”，“老”已经成为颜的代名词，“老”就是雄浑，这是一个风格的差异。再讲到另外一个问题，就是唐时几大书家，欧阳询与褚遂良皆为南人，颜真卿为北人，风格跟地域有关系，是不是有这个原因？

我们小时候学写字，学颜，师长直接跟我们说，为什么学颜？就是学它的端正、端方之气，不要学欧，欧字写不大，这是老先生的观点。古人学颜，学各种书札，就是学颜也有自己的风格，但被颜的风格所笼罩。至于我们学颜，我们看到更多的是其人的风骨，还是其艺的风骨？是名门望族的风骨，还是技艺风骨？我想说的就这些，感谢！

陈　斐：我不懂书法，只能从一个爱好者的角度谈些自己粗浅的体会。关于如何用笔，我曾向吴小如先生请教过。他听说我在练颜体，说要用羊毫的长毫笔，全部发开练，不能像有些人那样只发开一部分。他说，小时候父亲（吴玉如）就是这么教他的。我曾经写过两三年的《圣教序》和《勤礼碑》。那时，我向祝帅兄求教，他看我写颜体楷书，建议练行书的话就写《祭侄文稿》。我回去找来一看，确实非常高妙，但没法着手啊，没法学。祝帅那时就对我说，颜体和“二王”一外拓一内擫，是对立的，一起学的话不好掌握。但在我自己练的过程中并没感到有什么不适，当然主要是自己水平太浅，体悟不深。但也有可能是，中国文化讲究对立双方的转化和共存，就像八卦中的阴阳鱼一样，二者是对立的，但又是可以共存甚至互为依存的。颜真卿说他自己的书风是“雄媚”，可能也是基于这个原因。

我觉得，用“中正”概括颜体书风，有点低了。“中正”似乎是可以把捉的，是形象、技巧层面的一个判断。像桌签上打印的宋体，似也可以用“中正”形容。我觉得颜体书风的最高境界是“雄浑”，《勤礼碑》就是这样。“雄浑”超越了法度、形象，达到与“造化侔”的高度。我练《勤礼碑》，有段时间觉得此帖真是无一字不好，无一笔不好。当然，这还涉及把哪个帖当作颜体代表的问题，如果以《多宝塔碑》为代表的话，颜体书风当然可以用“中正”概括。不过，我非常喜欢《勤礼碑》，却一点也不喜欢《多宝塔碑》。

我们看待、评价艺术作品，也要留意到题材类型的限制。《兰亭序》《祭侄文稿》都是书法家在内心情感的驱动下，不得不发的“兴会”之作，而那些墓志之类的作品，就不是这样了。应该把“情动而文生”和“为文而造情”两种情况下创作的作品区别看待，就像应酬诗、应试诗尽管也能反映诗人的一些个性，但不能看作其代表作。

关于“文如其人”这个话题，我想说的是：艺术作品中往往抒写的是艺术家的理想人格，我们不能因为这种理想人格和艺术家在现实生活中表现出来的人格有所落差，便否定理想人格的价值。艺术本质上来说是一场梦，庄周梦为蝴蝶。而人如果没有梦的话，是无法活下去的。正是因为艺术家在现实中有种种不得已，所以才要在艺术中逐梦。从某种意义上说，作品中的我们比现实中的我们更为真实！

向　谦：有一个问题忘了说了，敦煌的札子已经有跟颜的风格很像的，这是北朝书风，和南朝书风有差异。而颜，肯定受北方影响更大，之后学习运用，是否自然会把这种东西加到里面？就是我们说的“俗通正”，到最后，颜是不是把中国的俗风带入庙堂当中，有没有可能？另外，古人中正之气也好，风骨也好，是人更多，还是艺术更多？这是我提的两个问题。谢谢！

史　睿：关于颜氏《干禄字书》所说的“俗通正”，可能有点误会。这是颜氏家族另外门学问——正字学。北朝经过很长时间的蛮族的统治，汉字字形的规范性特别差，俗字越来越多。唐朝觉得文字书写都应该规范统一，但又难以消除已经流行的俗字，于是规定不同的字，在不同类型的文献中使用。

比如老百姓平常定的契约、做买卖、借东西，医生写药方等，都可以用俗字。稍微正规点的像政府文书，不能乱用俗字，万一有人读不懂或者发生误解，行政命令就不能正确执行，可以用通行字。人文的著作、碑版，则必须用正字，用了俗字、通行字等不规范字形就丢了世家大族的面子。

颜之推对于晋宋以来的草书形态对正字的干扰，也是有批评的，他就认为书札上一字之内，唯见数点，简直不成字，而且难以辨识。北朝不是书法问题，是因为书写规范性，因为胡族的统治导致文字规范断裂。我们看到的刻碑的《干禄字书》或是写本的《颜监字样》都是用标准的正书来写。他们分“俗通正”，并不是我们说的书法样式和美学，这是两回事。

祝　帅：倪雅梅的这本书在写的时候很审慎，她这么说，平原离泰山也不远啊，那么颜真卿有没有可能看到经石峪呢？也有可能啊，但也没有证据说明这一点。这点很难定论。我想到一个客观原因，以前学书法，还要靠拜师，至少要有这么一个师徒授受，才叫学书法。至于民间的东西，那个很难成为书法家的取法对象，要到很晚很晚，差不多到了黄易、吴大澂的时候才开始。到了碑学兴起以后，民间话语才上来。摩崖、敦煌的那一套传统，按照华人德先生的说法，应该说属于广义碑学的传统，可能在当时是不入书法家法眼的。仅仅凭视觉在两者间建立联系，作为学者，还不那么容易下定论。你看以前刻帖也是这个样子，刻帖中肯定不会收敦煌文书或者无名氏的写经。所以这种关系，可能跟我们今天的视觉思维有关系，但在当时，一方面是书法家未必看得上这些东西；另一方面，可能他们也没有机会看到。不知道是不是这个原理。

谷　卿：谢谢各位！东京的这次展览，最后的单元叫作“王羲之神话的崩坏”，展览告诉大家，清代碑学兴起了，跟帖学在实践上和理论上都足以分庭抗礼，压卷之作是赵之谦的对联，非常有象征意义，他是一个熔冶碑帖的大师。今天，有关颜真卿，还有他的书法艺术、文化形象以及对后世的影响，各个方面的讨论非常充分，几位老师分别从不同的角度给了我们很多启示。接下来有请喻静老师为本场讨论做评议。

喻　静：非常感谢各位的光临！我今天坐在这儿，更接近一种职务行为，因为我本人既不研究艺术史，同时也并非书法的实践者，我对于颜真卿的书法，以及全部的书法的问题，是个门外汉，而我的这种短处，其实谷老师已经替我进行了弥补，在他主持的过程中间，一边主持一边点评，已经身兼了评议人的角色。本场主谈的四位老师都很年轻，是谷老师邀请的话题参与者，这也是我们文化所举办“汲古论坛”的第一个出发点，想把话筒交给年轻一辈的学者，希望他们的锐利、新颖和训练有素，能够给我们艺术研究院带来新意。

关于这个话题，“中”和“忠”，一方面是谷卿老师今年去日本参观了颜真卿的这个展览；另一方面，中国文化研究所基于这样一种文化思考，我们定了这样一个题目。

这里我对四位老师谈的就不多作点评了，我想把自己的角色略微做个转化，我也想参与论题的讨论，甚至想对论题做另外一种角度的“开题”。

康有为在《广艺舟双楫》中有这么一段话：“夫学者之于文艺，末事也。书之工拙，又艺之至微下者也。学者蓄德器，穷学问，其事至繁，安能以有用之岁月，耗之于无用之末艺乎?”在康有为看来，艺术就是“末事”，和“圣道”相比不足一提，而一个学者有限的生涯，怎么能把宝贵的时光浪费在这么次要的事情上。我想这个论点对于艺研院的学者来说，肯定是个很大的冲击。

但我恰好想要提供一种思路，我们怎么从“末事”抵达“圣道”?因为我本人对书法史了解欠缺，我只能从我本人研究的体会，来给大家提供一种参考性的思路，就是刚才好几位老师谈到了颜之推，他经历了四个朝代。那在北朝氏族中，为了家族的传承，可能对于“孝”的重视要高于对“忠”的重视，也就是说外部的情形不管多么变动，但家族的“孝”还是要维持住的。

我去年的时候在邯郸考察了两次，那里有北齐三窟，这个石窟就是中间有个柱子，柱子的正面是佛，柱子的侧面是两个圣王的形象，北齐的文宣帝高洋想建立佛教的意识形态来维持他的统治，这中间有一个“布发掩泥”的仪式，当时有个僧统，是僧界的最高领袖，文宣帝把自己的头发铺在地上，让僧统走过，这个非常奇怪。但我们发现，释迦成佛的关键情节，就是曾经把头发散在地上，让授记的燃灯佛踩过。经过对比我们发现，高洋是把自己当作如来的化身，用这个理念帮助他立国。到了隋朝的时候，也还是对佛法非常重视的，隋文帝有个叫月光童子信仰，我们可以找到线索。隋文帝建立了内道场制度，一直到隋炀帝都是非常兴盛的，就是皇宫内部有一个为皇帝、为国家做法事的佛教行为和团体。唐太宗以后，武则天的武周把佛教发展到极致。唐朝儒家和儒家的意识形态事实上是受到了佛教的冲击，这个可以有助于我们理解为什么在宋朝时候，需要把颜真卿当作一种"忠义"的象征确立起来，这是从这个"末事"到"圣道"。那从"圣道"到"末事"，其实就是颜真卿和他的人格在起作用。因为人能弘道，非道弘人，颜真卿对于"忠""孝"，是他的一种家族传承，我们可以把他放到一个佛道相争的语境中来定义"中"和"忠"的问题。

刚才杨涛老师提到《书法雅言》，把王羲之归为一个集大成者，是一种人品和书品高度融合的一种典范。因为我们论及人品的时候，说是善的；论及书品的时候，是美的。我们文化所的"汲古论坛"，正想从这个角度入手，从最"末事"的艺术现象入手推及至文化层面，比如从各种礼俗、仪式到最抽象的观念，我们看看能够让中国人引起强烈的心灵共鸣的文化基因，怎么在不同层面进入我们的生活。

我因为对书法不是很了解，所以点评也不到位，希望大家继续关注"汲古论坛"，谢谢大家！

谷　卿：谢谢点评！喻老师很谦逊。“末事”和“圣道”，我们不敢也不能居两极，喻老师说了我们的取法是“执其中”，这也是本所和“汲古论坛”的取式。特别感谢几位老师光临我们艺术研究院，深度参与讨论。今天的论坛就到此结束，谢谢大家！

2

文明交融：在阿富汗宝藏里发现中国

—— **时间:**

2019 年 6 月 13 日

—— **主谈人:**

谈晟广　清华大学艺术博物馆

练春海　中国艺术研究院工艺美术研究所

李　溪　北京大学建筑与景观设计学院

向　谦　中国国家博物馆展览部

—— **主持人:**

谷　卿　中国艺术研究院中国文化研究所

—— **评议人:**

喻　静　中国艺术研究院中国文化研究所

谷　卿：今天是我们中国艺术研究院中国文化研究所举办的“汲古论坛”第二场活动，题目是“文明交融：在阿富汗宝藏里发现中国”。本次论坛的主谈人有四位，我为大家介绍一下，他们是：清华大学艺术博物馆策展人谈晟广先生，中国艺术研究院工艺美术研究所副研究员练春海先生，北京大学建筑与景观设计学院副教授李溪女士，中国国家博物馆展览部副研究馆员向谦先生，担任评议人的是中国文化研究所副所长喻静老师。现场还有几位学界的师友，也想跟大家介绍一下，有《中国文化报》副总编辑徐涟老师、中国社会科学院古代史研究所张翀老师、北方民族大学李延睿老师。在此还需要强调的是，本次活动得到了文化艺术出版社的大力支持，谨表感谢。

接下来就正式开始我们的论坛。

阿富汗这个国家大家非常熟悉又非常陌生，它是多种文化和多个文明交汇的中心，成为古代文明的十字路口。文化艺术出版社去年出版了一本图录，书名就叫《阿富汗：古代文明的十字路口》。阿富汗与中国有良好的联通关系，丝绸之路的一些支线从阿拉伯通过；作为友好联邦，今日的阿富汗为“一带一路”倡议建立互动的区域枢纽。

今天的议程大致是这样，首先请第一位主谈人谈晟广先生以一个小时左右的时间向大家介绍一下阿富汗的国家宝藏，特别是这些宝藏当中蕴含的中国元素。文化所主办的“汲古论坛”，既体现我们对中国古典的深度关切，同时也体现我们对世界其他文明的关注，“汲古得修绠，开源引万流”，阿富汗是我们一个关系非常良好的近邻，他们的国家宝藏、文物，就是足以引来的“万流”之一。可以透露一下，谈晟广先生刚从阿富汗回来，昨天下午才落地，今天会展现非常多新鲜的资讯，可谓“源头活水”，汩汩而来。接下来把时间交给几位主谈人，有请谈老师。

谈晟广： 谢谢大家，也谢谢喻老师和谷卿先生精心策划这么一个活动！

我这个 PPT 首页，背景上的大雪山，是东西横亘在阿富汗的一座大山，叫兴都库什山，下面的绿洲，也就是站立的拍摄地点，是贵霜帝国的夏都贝格拉姆遗址。之前曾经有人采访过阿富汗国家博物馆馆长，问为什么月氏人跑到阿富汗就不走了？当时馆长回答得很好，说如果你去了也不想走。的确，我们到了贝格拉姆也感觉是一个非常美好的地方——阿富汗原来不是想象中的那么荒凉。所以，这次去考察，让我们对阿富汗这个国家的印象有了很大的改变。“器服物佩好无疆——东西文明交汇的阿富汗国家宝藏”展览是 2019 年 4 月 18 日在清华大学艺术博物馆开幕的，这个展览本来很匆忙，1 月底才决定做，到开幕，也就两个半月的准备时间。因为“亚洲文明对话”活动，文化和旅游部及国家文物局希望在北京再举办一次这个曾经于故宫博物院举办过的展览，所以就找到了清华大学艺术博物馆。我个人也很愿意策划这个展览，之前对于中亚积累了很多年的材料，一下子找到了可以利用的机会。

我们展览的题目叫“器服物佩好无疆——东西文明交汇的阿富汗国家宝藏”，下个周日结束，大家听了我们这个论坛觉得好玩有趣还可以去看看。

提到阿富汗，刚才谷卿兄也说了阿富汗的特点，这个国家比较特殊。特殊在什么地方？通过地图我们可以看到，它处于一个多种文明交汇的中心。如果说阿富汗有文明的话，那就是各种文明交汇的产物，它的东面是中华文明，北面是欧亚草原文明，东南是印度文明，西面是波斯文明（阿拉伯文明比较晚一点）、两河流域文明、古希腊文明、古罗马文明还有埃及文明，所以阿富汗被誉为“文明的十字路口”。

通过这次策展，我们最大的一个体会是什么？那就是通过阿富汗可以往草原，也可以往印度，往波斯，往两河流域、罗马、古希腊、中国，我们发现有很多的东西一下子被串起来了。以前我们很孤立地看一个东西，往往不知其所以然，而在阿富汗这个地方我们找到了答案，所以，如果要研究东西文明交流的话，我觉得阿富汗是一个必须去充分了解的节点。

从阿富汗的地形图上大家可以看到，兴都库什山脉基本占据了这个国家的大部分土地，山北的这片区域是很大的一片绿洲，被称为巴克特里亚，地跨阿富汗、乌兹别克斯坦、塔吉克斯坦和土库曼斯坦四国，阿姆河大致将之一分为二。巴克特里亚的西边，是土库曼斯坦境内的马尔吉亚纳。阿富汗的首都喀布尔，位于兴都库什山脉的南部，在此周边地带，遍布考古遗址和佛教遗址，很多都还没有发掘。幸亏没有发掘，否则在战争状态下挖出来就都被毁了。以这个横亘中央的山为界，阿富汗大体上分为北部和南部平原，以及中央的山脉三大区域。

目前阿富汗主要大的城市，像喀布尔、坎大哈、赫拉特等，基本上被政府军控制。塔利班在山沟里面藏着根本没办法找，所以阿富汗农村和山地大部分被塔利班占据。如果从喀布尔去巴米扬，城市和城市之间可以坐飞机，走公路可能就是一件危险的事情，因为在路上很容易被塔利班拦截。

这是兴都库什山脉，我在飞机上拍的，由于海拔很高，即使飞机飞得很高，看起来高山距离飞机好像并不远。

这是喀布尔市区，我在饭店的楼上拍的。喀布尔在一个盆地里面，山上的这些点点都是小房子，后面就是兴都库什山。其实，一般情况下，阳台和露台上是不能站人的，比较危险，为什么不能站人，因为很可能有狙击手。所以这个地方也是很刺激，是一种说不出来的体验。

阿富汗的这个特展其实是按照四个出土地点来分的。

第一个地点是法罗尔丘地，属于青铜时代，约公元前2200年，时代上与中国的夏朝相当，按照考古学文化来说，也就是相当于二里头文化时期。第二个地点是阿伊哈努姆古城遗址出土的文物，时代上一下子就跳到了希腊化时代，大约是公元前145年以前。第三个地点，是在月氏人到来之后、贵霜王朝成立之前，有一个墓地叫蒂拉丘地，出土了两万多件黄金珍宝。第四个地点，是贵霜王朝2世纪时的夏都贝格拉姆古城。抛开青铜时代的法罗尔丘地不去谈，其他的三个遗址时代上基本是与中国两汉相当，所以有很多可以进行比较研究的地方。

尽管筹备时间很短，但是我们还是希望跟别人不一样，因为这个展览在2006年就开始在法国吉美博物馆展出，现在已经13年了。后来在大英博物馆、大都会博物馆、东京国立博物馆等大馆都展出过。在中国的巡展，是2017年到北京故宫，之后是敦煌、郑州、深圳、成都、长沙等地。刚才谷老师举了这本图录应该是成都的那本。我们也有图录，但是我们可能更强调的是一个梳理性工作。

首先，通过梳理这些文物，发现以前的图录可能是弄错了一些配置关系。一个很大的原因是什么，早期的考古报告比较混乱，很仓促。早期的发掘，事后不回填、不保护，文物取走以后遗址就暴露在那里，时间长就被毁了。

其次，也是更重要的工作，就是对比研究，特别是跟中国的很多文物作对比研究。阿富汗这个地方是曾经被希腊化的一片土地，所以受到像波斯文明、希腊文明的影响是显而易见的。阿富汗跟中国这么近，但中国文明对之到底有无影响，我们就要通过对比研究才能够得出一些相应的结论。通过梳理展品之后，我们就确立了现在的这个主题——“器服物佩好无疆”，之所以如此，是因为我们发现了大量跟中国有关系的器物，所以我特别希望能够在中国古代典籍里面找到对应的文献。非常巧，我根据印象中的《穆天子传》的描写，一下翻到了这个短语。尽管《穆天子传》的可靠性一直被质疑，但是它至少也是早期的文献。里面提到周穆王见到了西王母，还描写当地人的穿戴和日常器物，用了这么一句话形容叫“器服物佩好无疆”，意思就是说用的穿的戴的东西好得没有边际。抛开这个文献的真伪不谈，能写出“器服物佩好无疆”的这段话的人，我想对西方至少是有一定了解的，不是完全凭空的，所以我们选择了“器服物佩好无疆——东西文明交汇的阿富汗国家宝藏”，英文是“Utensils and Ornaments Endlessly Fine”，“Endlessly Fine”，就是好得不得了，这里面没有包含clothes（衣服），我想衣服很多都是服饰，但是衣服因为都腐朽不存了，展品里没有织物，所以我们没有翻译“服”。

再次，就是重新撰写单元说明和资料，还邀请了专家写论文，图录里有10篇，像宫治昭先生、林梅村先生，做西域考古的郭物先生等很多专家都贡献了他们的智慧，还有北大的贾妍老师也贡献了一篇文章，专门谈早期的青金石贸易。

下面，我按照单元简单介绍一下这个展览。

20 世纪 60 年代，几位农民在法罗尔丘地发现了一堆金银器，为了瓜分，农民们就把这些金银器分割了，所以现在我们看到的很多东西都是残件。这些金银器的时代是公元前 2000 年，相当于中国传说中的夏朝。回想一下公元前 2000 年的中国，也就是 4000 年前，中国出土的文物中好像金器也不多见，只有稍晚的商代在西域或者河西走廊一带有耳饰之类小东西的发现，这种精美的大件的黄金器还没有，所以阿富汗早期的文明相当发达。

约公元前 2550—前 2400 年乌尔王朝的军旗，是两河流域很著名的一件出土的文物。在乌尔军旗人像的后面，是很亮丽的蓝色，这就是镶嵌的青金石。此外，像叙利亚发现这件鹰首，也是青金石雕刻的；古埃及图坦卡蒙的黄金面具，他的眼眶是由青金石镶嵌而成的，额头上是一条眼镜蛇，眼镜蛇的很多关键部位都镶嵌着青金石；乌尔王陵出土的王后的头像，也缀满了青金石。为什么我们要提到青金石？因为在古代，在很长一段时间内，青金石唯一的产地就是阿富汗北部的一个山区。所以由此可以证明，当时的阿富汗跟外界的交往，文明的起源是相当的早。两河流域出土过一个牛，胡子和刘海也是用青金石来做的。这个有胡子的牛的形象，也出现在法罗尔丘地出土的一件金杯上，由此也证明了早期阿富汗与两河流域的交往。

通过一些馆藏和私人藏的文物可知，阿富汗在青铜时代就曾拥有高度发达的冶金技术和铸造技术，非常精美。

很长一段时间以来，一些西方学者就注意到伊朗北部出土的一些早期器物与中国早期文化的关系。随着近年巴克特里亚文物的出土，我们似乎可以看到早期中国可能受到巴克特里亚和马尔吉亚纳考古共同体（也被称作阿姆河文明）的影响。这个区域，包含阿富汗北部、土库曼斯坦的中南部，还有伊朗的东北部这一片区域。这里面我们可以看到很多的相似性，比如在中亚和中国西北，均发现了权杖头，还有一些比如说带流的器皿、类似像觚一样的器物，关于这方面的探讨，已经有学者在做比较深入的研究了。

展览的第二单元是阿伊哈努姆，从公元前 2000 年，一下子到了公元前 3 世纪。这个遗址在阿姆河的河边上，河对面就是塔吉克斯坦。

公元前 4 世纪晚期，来自马其顿的亚历山大大帝东征，先把波斯帝国灭了，一直打到了阿富汗，大约在公元前 329—前 328 年，他们征服了巴克特里亚这个地方。阿伊哈努姆就是希腊人的后裔在阿富汗所建的一个古城遗址，这个古城体现了一切希腊城市的特征，有神庙、剧场、竞技场、大量希腊式的列柱柱头。

这里，我们不妨举一些跟中国可能有关系的器物。有件文物，叫二神驾车饰板，这是银制的，上面的金色是鎏金技术。画面上有两头狮子在拉一个车，车上有两个人，车后面有一个人在奋力地打伞，车前方是一个祭台，有人在祭台上行祭祀活动，饰板中央上方，还有日月与太阳神。驾车的人有翅膀，是胜利女神，其身后站立的，是女神西布莉。西布莉信仰源自小亚细亚，也就是现在的土耳其一带，西布莉传到希腊就成了一个重要的女神。西布莉女神的一个显著特征，就是双狮座，有时候也表现为两头狮子在给她拉车。小亚细亚出土了约公元前 6000 年的塑像“母亲女神”，她的形象一直延续到罗马时期。西布莉一直是作为一个很重要的女神在中亚和西方流传。饰板上的胜利女神，在希腊陶瓶绘画上经常可以看到，往往出现宙斯的时候就会有她，其实是作为宙斯的一个侍神，我们可以看到她在为西布莉驾车。西布莉的发音是 C 开头，事实上我们很多外来词比如说像阿富汗这个地方曾经叫大夏，“大夏”这个词是来自当地的语汇 Tochari，翻译过来就是大夏。“敦煌”一词可能也是 Tochari 的音译，月氏人原来居住在敦煌和祁连山之间，当然不是现在的敦煌，因为现在的敦煌是西汉晚期才开始建郡的。根据林梅村教授的研究，他认为当时的敦煌是现在新疆巴里坤山和博格达峰之间，所以并不是我们现在理解的祁连山。“祁连”这个词其实也是音译词，它应译自吐火罗语阳性形容词体格单数 klom 和 klyomo 的早期形式 *kilyom(o)，意思为“圣天”“天堂”的意思。它还翻译成另外一个词，就是“昆仑”，这都是外来词。研究这位西布莉女神，C 开头、双狮座的特征，似乎让我们找到了一直在追寻的西王母的原型。我们可以看到，西王母通常也是坐在两头兽之间，到中国之后双狮座演化成龙虎座了。最关键的信息是，司马迁在《史记》里就有记载说，传闻安息之西就是条支，条支就是塞琉古，亚历山大大帝去世后那位希腊将军建立的王国，“传闻条支有弱水、西王母”。《史记》中已经说了西王母可能来自安息的西边，所以我们或许可以判断西王母的原型是西布莉。

在阿伊哈努姆发现过一个赫拉克勒斯铜像。赫拉克勒斯是希腊神话中一个很重要的神，亚历山大大帝把自己视为赫拉克勒斯的化身，随其东征，赫拉克勒斯的信仰也被带到了东方。小亚细亚也就是土耳其公元前 1 世纪的雕像安条克一世，也就是塞琉古王朝的一个国王会见赫拉克勒斯。在伊拉克巴格达发现有赫拉克勒斯的铜像，亚历山大在巴比伦得了急性病而病故，这个地方也发现了赫拉克勒斯。亚历山大死了以后他的帝国被一分为三，埃及变成托勒密王朝，托勒密王朝的国王发现统治埃及人和希腊人的思想很麻烦，就要统一思想，所以他们就制造了这么一个神，以赫拉克勒斯为原型，顶着一个高帽子做了这么一个人像，以颁布法令的形式把这个赫拉克勒斯的形象让埃及人和希腊人共同遵奉，所以后来又传到中亚，阿富汗贝格拉姆就出土了这么一个神像。

希腊人在阿富汗定居之后，建立了巴克特里亚王国，一部分人开始信奉佛教，到了贵霜时期，开始把希腊神像和佛像结合，因为早期是没有佛像的。阿富汗的哈达遗址出土的佛像，旁边有一个拿着金刚杵的大力士形象，这就源于赫拉克勒斯，所以早期的佛像带着很强烈的希腊人特征。当然非常遗憾的是这个佛寺遗址在战争期间被毁了，这个雕像也不存在了。中国新疆克孜尔石窟的壁画，有一个拿着棍子的牧羊人，他的形象可能也来自赫拉克勒斯。成都的万佛寺遗址出土的佛像旁边有一个持狼牙棒力士的形象，也是这样的一个关系。所以从这个可以看到赫拉克勒斯是怎么形成和流传的。

我这次去阿富汗最大的体会是，佛像的起源我们可能需要重新书写。为什么？因为我有一个最新看法，特别是犍陀罗风格的佛像起源并不是巴基斯坦，而是阿富汗。因为几十年来阿富汗的战争，我们对它出土的东西并不了解，在巴克特里亚时代，希腊王国时代，当地尽管山很多，但是可以用于雕塑的石材并不多，所以他们就选择泥塑。宙斯的大脚，是局部的大理石来雕刻的，腿部以上所有的部位都是泥塑的。这个脚非常大，根据这个脚推算，宙斯的神像应该有五六米高，所以它的泥塑技术特别发达。

我们在阿富汗国家博物馆修复室里看到大量哈达佛寺遗址出土的土块，实际都是特别精美的泥塑佛像，所以佛教佛像的起源我觉得我们要重新思考。巴克特里亚希腊化王国的统治中心一直是阿富汗北边，被塞种人灭亡了以后才往东往南迁，所以佛像的起源更早可能是阿富汗北边，而不是犍陀罗地区。

刚才说到蒂拉丘地，由于游牧人喜欢在高地上营造高坟，所以利用了拜火教神坛的地方建造坟墓。那里一共六座，原来七座，但是第七座还没有来得及发掘，苏联人入侵，等战争之后这个墓就不存在了，被盗掘了。中心是男性的墓主，周围是五女，所以是一男五女，第七座我想应该与之形成圆环形，但是它的报告没有标也没有说明在哪儿，所以早期的考古报告特别成问题。

再来看 2 号墓，它神奇在什么地方？墓主的胸口位置反扣了一面西汉的铜镜，六座墓的断代是公元 20—50 年，这是根据钱币断代的，但是在胸口位置发现了西汉铜镜，不是东汉的，也许西汉时候运过去，他们也许传了几十年，这很难说。3 号墓也同样发现了西汉的铜镜，也是在墓主胸口位置。4 号墓，男性墓主。6 号墓是最重要的一个女性墓，在其胸口位置也同样发现了一个西汉铜镜。我们知道，铜镜有很多象征性，特别是带有宗教功能的。同样都出现在胸口位置，说明跟铜镜相关的信仰也从中国传到阿富汗的，这是阿富汗国家宝藏里面发现最具中国特征的。墓主脚下面也有一面铜镜，是有把的，这是典型西式的，不是中国式的铜镜。中国的铜镜放在胸口的位置，这是中国的信仰往那边传播的一个证据。

那六个墓里是什么人？大家认为是月氏人的后裔。为什么这么说？这是丝绸之路的一个示意图，因为他们原来居住在哈密的北边的巴里坤山，巴里坤山到博格达峰，是月氏人的居住区。据说在巴里坤山也发现了月氏人的王庭，所以现在基本上可以确定他们的活动范围不是现在的敦煌和祁连山。月氏人因为被匈奴人驱赶，往西迁移到了费尔干纳盆地，塞种人越过阿姆河把阿伊哈努姆就是希腊人的王国灭了。希腊人没办法，翻过兴都库什山脉，在贝格拉姆的地方，设立了希腊人王国的首都，其实理解这一段时间的历史挺难的，为什么？因为时空你要了解，它既有空间的复杂性，也有时间的复杂性，所以是一种交错的。

月氏人越过阿姆河以后，在这个地方大概延续了100年，叫五翕侯的时代，五翕侯里面最强大的贵霜部建立了贵霜王朝。

在中国新疆境内发现有塞种人，塞种人是被月氏人赶跑的，他们的祖先都是一样的，都发源于南俄草原和乌克兰这一带，同属印欧语系。这些人看起来跟欧洲好像没关系，但其实他们跟很多欧洲人的祖先一样。我们刚刚说的一些关键词，比如说“敦煌”，它其实译自吐火罗；祁连是库罗姆，天堂的意思。大家能想象吗？敦煌、大夏、吐火罗可能是译自一个词。

最重要的4号墓男性墓主里面出土的步摇和金羊，我们做的图录都是把这两件文物分开了，而且隔得很远，在展览现场也不是放在一起，事实上它们可能原本都是在帽子顶上的——我们可以看到这个配置关系，在羊后面有一根金管，这个树也是钻孔的，这个管可以通过它插在一起，所以这个树是插在羊头上的，以前都没有弄清楚，这是作为一个国王级或者首领级的人戴的步摇。4号墓还出土了金腰带。通过在伊拉克发现的一个国王的石雕像，可以看到腰带怎么用，特别精美。首都博物馆正在展出青海都兰遗址出土的一件银制腰带，时代虽然要晚一点，但它的源头却是在西方。4号墓出土的剑鞘，上面的图案跟中国龙很像，剑鞘的样式在整个欧亚大陆流传，新疆和土耳其都有所发现。插在剑鞘里面的那个剑上面是一个熊的形象，这是汉代最常见的。扣饰的纹饰是一个豹子，有上半身，但下半身没有了，变成像火或者像云气的一个纹饰。事实上这跟西汉的漆器上纹饰有相似之处，比如漆器上一只豹子有上半身没有下半身，下半身是云气化的形象。又如一条龙的纹饰，有上半身，下半身没有，变成云气了，其间是否存在关联？这两件漆器都是发掘于中国扬州，扬州和中亚也隔太远了。如果我们翻一下史书就知道了，汉武帝为了打匈奴人，将江都国的公主刘细君许配给乌孙王和亲，我想嫁妆里肯定有漆器。我们后面要提到贝格拉姆发现了 9 件中国的漆器，所以漆器上的纹饰也传过去了。

阿富汗国家博物馆藏有一件迦腻色迦王的雕像，在脚上就有扣饰。在扣饰的反面，可以看到有布的织纹，这被认为是来自中国战国时期燕国的一种工艺，叫失蜡、失织，先用蜡雕成形，再用纱布把它固定成型，再做模子，把金水浇进去，蜡和织布就失去了，就留下了布纹，所以被认为是中国的一种工艺，但有的人不相信，认为这个东西也许不是中国起源的。但我们细看这个里面的纹饰是两头兽拉着一辆车，上面有伞和人物的形象，这个人物形象用线描出来就能发现他的发髻是中国人的发式，游牧人不会扎这种头发的，所以跟中国的关系马上就可以确立了。

2 号墓出土的双马形吊坠，两个马背靠背，它起源于波斯时期的柱头。在中国北方，内蒙古这一带，有很多类似的物件，内蒙古出土金饰，中亚哈萨克斯坦出土的梳子，都有背靠背的造型。3号墓出土的一对吊坠，图饰为一个人手抓着两条像龙一样的动物爪子，也许不是龙，后面有翅膀，有人叫君主驭龙，或者神人驭龙，搞不清楚他的身份。这个图饰事实上在巴克特里亚青铜时代有很多的，它的起源很早。在中国内蒙古考古发现中，也有一个人抓着两条龙这么一个形象，所以它有这样一个关系。

另一件丘比特扣饰，丘比特有翅膀，骑着鱼，这个鱼像鲤鱼一样，其实它不是鱼，这是海豚，因为丘比特出生在海洋，他的玩伴是海豚，但是在阿富汗这个地方没有海豚，当希腊人将海豚崇拜带到了中亚这个地方，没见过海豚的当地人把海豚塑造成了鱼的样子。

再看丘比特的形象，通过比较罗马时代的一个骑着海豚的丘比特、阿富汗哈达佛寺遗址出土佛龛上面的天使形象、中国新疆出土的天使形象、巴基斯坦出土有翅膀的天使形象，可以看到天使形象在东方的流变。

6号墓出土的王冠很重要，它的秘密在哪里？它看起来是完整的，但实际上它是可以拆开的，在被运过来的时候分成了六个组件，中间是一个组件，这四个是相同的，中间形成一种对称形的，最高最宽的在中间，下面是一条带状的装饰。王冠的秘密在哪里？之前看这个王冠是亮闪闪的东西，我们研究了以后把这些装饰去掉以后，发现了它的秘密，这等于是中间的，这两边形成一种对称的结构，这个对称结构肩部是一个心形，两边像两条龙一样的形状，最后形成一个反旋的涡纹（这种涡纹在中国是最常见的）。

这个结构跟西汉玉璧的结构颇为相似。两只神兽，形成拱极形，在上面也是一个心形，这就神奇了。中国的涡纹是对北天极运动象征性的表现，所以整个王冠里面的核心理念应该就是来自中国的。同时，我们可以看到大量心形的表现，为什么是心形？这个很好玩儿了，刚才说的神人玉龙他的帽子上也是两个心形，上面的吊坠都是很多的心形，心形的奥秘在哪里？在古希腊也有心形，有学者认为希腊人的心形源自一种植物，特征是一节一节的、中空的，就像竹子一样（欧洲没有原生竹子的），它结的种子就是一个心形。所以在希腊钱币里面，比如说一面是狮子，象征王权，还有植物的形象，还有心形，在钱币的另一面就是一个非常明显的心形，等于跟它的信仰有关系的。特别巧的是在中国战国时期也出现了很多心形纹饰表示四方的所谓的是柿蒂纹，李零教授根据铜镜的铭文说这个叫方花纹，方花纹肯定更可靠一点，柿蒂是我们现代人完全附会的一个想象。这种四个心形组成的纹饰，商周时期是没有的，在战国时期大量地出现，这种四个心形的纹饰有各种各样的表现，我只是举了一点例子，所以背后隐藏的东西方文化交流有待更多地去研究和揭示。

我们经常谈到张骞，功劳很大，他从西域回到长安，向汉武帝汇报，说在大夏看见了筇竹杖和蜀布，就问当地人怎么会有这个东西，大夏国人说我们这里的商人到身毒（印度）去做生意，印度在大夏东南面数千里。“骞度之，大夏去汉五万二千里，居汉西南”，张骞说在中国的四川到云南到缅甸到印度这边有一条路，可以通过去。如果我们打通了这条路，就可以不从北方去大夏，可以避开匈奴人的骚扰。“有蜀物，此其去蜀不远矣，今使大夏，从羌中，险，羌人恶之；少北，则为匈奴所得”，就是北边太不安全了，“从蜀宜径，又无寇”，就是从南边走没有敌人，其实并不是没有寇。有寇，而且敌寇一直从汉代延续至今。汉武帝听了他的话就派使臣出使西南夷，但是西南夷不买账，就把汉使杀了，汉武帝一怒之下，之后就有了平定西南夷的行动，所以云南这个地方后来归于中原就是从这个时候开始的。但是那些被赶走的西南夷并没有完全被灭掉，现在的云南保山跟缅甸搭界的地方当时叫哀牢国，其实是傣族的祖先，一部分哀牢国人后来往西迁移到印度，在阿萨姆邦有一个王国。今天，中国人很难进到印度东北部地区，为什么？因为那个地方民族纷争特别严重，整个印度的东北种族跟印度人完全不一样，基本上是说藏缅语系，缅甸北部和印度北部至今外人进去不易，那地方是一个谜。它为什么会见到这个筇竹杖，后天清华有一个研讨会，关于阿富汗文物的研讨会，我的发言的题目就是《张骞在大夏见筇竹杖之谜》，大家有兴趣可以去听。

贝格拉姆我以为是一个平原，这次去了才知道，这是王城的区域，是一个很高的台地，下面是很低的，王城建在很高的台地上面。

在这个地方还出土了鹰狮的形象，有狮子的身体、老鹰的翅膀和嘴，在贝格拉姆出土了很多鹰狮的形象，这个鹰狮实际上来源于西亚的格里芬神兽，它到了中国变成了有翅膀的狮子，变成了辟邪等各种各样的名称。

这里出土的一个象牙板，上面可以看到一个修士的草庐，在犍陀罗的佛像里可以看到修士的、隐士的草庐，事实上中国的很多草庐也有这种隐者的传统，我想应该是从这边传过来的，也是这样一种形状的草庐。这个例子很多，在《千里江山图》里面也有，在敦煌壁画里面也有很多。

贝格拉姆遗址，一片美丽的绿洲，站在贝格拉姆王城的高地上俯瞰下面，是兴都库什山脉，在那个地方走到哪儿都有军队保护，没有保护不能出去。贝格拉姆古城的全貌遗址就是如此，现在被毁得什么都没有了，特别遗憾。谢谢大家！

谷　卿：我看大家还沉浸其中，没有回过神来。谢谢谈老师给我们展现的非常丰富的资料，包括他面对这些材料时产生的一些思考，真是“思接千载，心游万仞”，我们有幸随着谈老师一道进行了一场美妙的旅行。

接下来三位嘉宾将分别从各自擅长和熟悉的领域，就阿富汗这些文物当中的中国元素，以及有关中外文明交流等议题发表他们的高见。我们有请练春海老师，练老师是中国艺术研究院工艺美术研究所的学者，同时也是北京大学汉画研究所、视觉与图像研究中心的研究员，主要从事艺术考古，特别是汉代器物美术研究。

练春海：谢谢！我今天来压力很大，因为关于这个话题我没什么发言权，但我还是争取来，因为这是一个很好的学习机会。刚才从谈老师的报告中，我确实学习到了不少东西，我就以自己的一些理论研究来做一些回应，不能说是有多深入的想法。

我们做早期中国研究绕不开一个问题，就是中西亚文化之间的交流问题，中国古代文化跟西方，西亚波斯一直到希腊、罗马等地，这一带都有交流。从现有的发掘、出土情况来看，最早可以追溯到原始时期，都可以找到证据说明中国跟西边的交流一直存在，所不同的就是，有时是直接的，有时是间接的，间接的情况就像接力赛一样，比如说从希腊传到中亚，再由中亚传到西域，它不是直接从欧洲那边把物品带到中国来，而是以人传人的方式，一站一站地传递过来，所以阿富汗地区所在的位置就非常重要了。通过阿富汗的中转，然后输送到中国，这是我们知道的。其实在中国早期的文化中，跟中西亚地区之间的交流一直是存在的，这一点可以肯定。

今天学者在讨论某种事物的渊源时，总是倾向于追问它到底是中国本土发明的，还是从外面传递进来的，是一种完全外来的东西吗？我觉得这些研究者在思考相关问题的时候有把问题简单化的倾向，非此即彼。实际上，有时一种事物，它可能最初有一个源头在中国，然后就消失了，从文化线索来看，它可能慢慢传到西方去了，然后又从西方，或者草原地区以一种更高级的形式回传到中国，所以到最后我们会发现，从在中国地区出土的考古证据链来看，它其实是断断续续地出现的，就像马车一样，在夏朝之前，中国的马车都是一种传说，二里头也只发现了车迹，然后就是到了商周时期，突然出现的马车遗迹表明它已经高度发展了，这种马车跟早期岩画中原始形态的马车完全连接不上。所以从这个角度来讲，其实文明的影响是相互的，我们不能简单地说某个事物到底是外来的还是本土的，有时就是一个互相融合的结果，只不过在其中，某些方面、某些特征变得更加明显，而另一些特征却被削弱了。去年我跟罗泰先生有过一段关于马车研究的交流，他认为马车就应该是从西方传过来的，这种观点，我是不同意的。为了这个不同意，我们来来回回发了很多邮件，但是我俩最终都没有说服对方。如果没有可靠的证据，我认为太过绝对地说，这个东西一定是外来的，或者一定本土的，其实都有问题。很多时候你很难截然地把一个事物的源头说清楚。当然，在现有出土的文物中，有些很明确，一眼望过去，你就会发现它身上外来的符号非常显著，一般这种东西你说它是外来的，争议不会太大。

刚才 PPT 中展示的那件黄金涂竹节熏炉，很显然，这种熏炉是汉武帝时期发明的东西。这种熏炉晋以后被称为“博山炉”，关于它的起源，国际上学者的态度很不一样。罗森教授认为这种熏炉起源于西方，而我则认为它更多是相互影响的结果，有中国的，也有西方的，甚至有很多细节还讲不清楚主要是谁对谁的影响。

还有束竹柱的问题。竹子在中国或者在东亚地区遍地都是，但是束竹柱这种形式却肯定是受西亚以及欧洲地区流行装饰的影响。我最近刚参加过一个学术活动，其中就有学者谈到这个希腊式柱式的问题。这种柱式完全是西方的风格，但是它用了一种典型的中国本土材料——竹子来建造这种形式。束竹，就是把竹子捆在一起，它可能与南方地区的一些以竹为原材料的干栏式民族建筑有关系，束竹柱明确地把两种事物完美地结合起来，一种是东方的竹子，一种是希腊的柱式，束竹的柱式造型显然把希腊柱式表面的凹槽造型变成凸棱面造型了，后来也出现了一些凹槽造型的，凹面和凸面其实都不是重点，最重要的是希腊柱式表面的那一圈，一个凹槽接一个凹槽的形式或者结构被中国文化吸收了。在束竹柱里面两种要素都有，中国的竹子和西方的柱式很自然地融合在一起，这与竹子元素在汉代大量出现有关，与秦汉时期中国的大一统有关，国家的统一，拓宽了人们的视野，竹子及其应用便是其中的一个例子。

有些影响显然是虎头蛇尾的，比如说雕塑，我们现在能看到的雕像基本上是出土的，出土的东西保存得好一些，更接近于原貌。通常来说，我们的印象是，西方的雕塑非常写实，中国的雕塑在汉代以后慢慢地写意化了，其实秦代的雕塑，兵马俑也是非常写实的。以秦汉之际为分水岭，中国雕塑的发展选择哪一种风格，显然是跟上层社会阶层的文化性格相关。秦朝的雕塑注重形象的外在特征，和西方人理解同步的那种，因为秦始皇要把那些将士都带到地下去，带到另一个世界去，所以他要把每个士兵的形神都塑造出来，作为他的护卫。但是到西汉、东汉时就变成写意了。西汉文化的正源是楚文化，楚文化比较写意，巫风比较重，有浪漫的特点，不像秦文化那么严谨，甚至是板滞，秦朝的雕塑受到西亚的影响，这跟秦国地处中原与西域交界有关，这个地方也是文化交流的通道，所以秦文化中有更多外来传统，秦国与西域相互之间交流也更多。

《穆天子传》我觉得想象的因素多一些，周穆王在位期间曾多次西征，说明当时西方并不安宁。秦始皇出巡的前提是全国统一，但也遇到刺杀。汉武帝派张骞出使西域，九死一生，一路上其实是很危险的，所以《穆天子传》想象性的内容肯定很多。但是它也是有现实基础的，当时丝路上的交流其实是非常频繁的，特别是从考古发掘的情况来看，我觉得当时西方文明发展的程度并不见得比中国低，甚至在汉朝，北方的草原文明也不见得比汉朝弱，所以他们（包括《穆天子传》的作者在内）其实耳闻了很多异域的传奇，因此能够想象、编造出这样的故事来，把西方想象成仙境。

关于西王母境，您提到一个观点，大部分人也是比较支持的一个观点：认为昆仑在西域以西，至少是在西域。但我见过的一些文献其实也支持另一个观点：西王母她其实是一个不断在变化着的形象，是由多个西王母最后合成一个在昆仑山的西王母。最早文献资料表明西王母可能在两京以东，当时的东夷地区的西边，后来又有文献表明她在四川盆地，四川盆地跟西王母的关系很紧密，尤其是三星堆出土的那些材料很可能都与之相关，但是这里面信息很多，现在我们还没办法作有效解读。还有一个更大的西边，那就是当秦汉统一全国以后，地理疆域扩大了，更大的西边就跑到西域去了，所以西王母境、昆仑山其实是一个合成的概念。但是它在什么时候合成，怎么一步一步地合成？这是一个很大的问题。西王母形象在汉代是一直在变化的，从早期的满头白发，到后来年轻的美少女形象，一直在演变。其中，西王母形象最主要的细节都是在新莽时期塑造出来的，社科院的马怡老师基本上已经把这个演变的关键节点梳理得比较清晰了。因为这里面存在这样的变化因素，所以我们不能很明确地下结论。当然您是从语言学上找的证据，就这一点来看它可能又是成立的，但如果纵观整个汉代的文献与图像资料，它又一直在演变，有好几个阶段，到西汉晚期一个阶段，东汉的时候又一个阶段。图像学上的演变也是，最早是白发，后来变成黑发；头上戴的那些饰品，最早是玉胜，后来是花胜等，不停地演变，这是非常有意思的。

铜镜功能的问题，说实话我还真的不懂。怎么说呢，我最近也在探讨一些阳燧镜的问题，它跟铜镜有关系，玉璧跟升天有关系，但是把这两种事物结合在一起，我一时还真想不出它有什么意义。在胸口的位置放玉璧，虽然不能发光，但是可以折射光线，是不是跟辟邪有关系，我不太清楚。从我的理解来看，这些东西到了中亚意义可能会发生变化，从中原到那边可能会结合当地的文化观念，在意义上发生了一个比较大的转变。

至于说云纹图像，我上周在成都做了一个报告，就是关于云纹图像的，我有一些想法，但还不成熟，文章还没写出来，它应该跟汉代的云气纹有关系，云气纹属于皇家御用的纹饰，从礼仪的角度来讲，普通人是不能使用的，所以汉代比较高级别的事物，像马车，就会装饰这种图案，有些墓葬里也可以看到这些图像，比如马王堆汉墓出土漆棺的外层就有这种纹饰。

您谈的东西给我太多启发了，我没办法逐个回应，最后回应一下您刚才说的一个人抓两条龙的形象，那个形象我觉得非常有意思，它也是我一直在关注的图形。汉代出土了很多操蛇的人物图像，据说它们跟关于汉高祖的传说有一定的关系，其实有些形象完全可以追溯到商周时期，《山海经》中有提到这种造型，人物的两只耳朵上各穿一条蛇，叫珥蛇，造型跟巫师有关。这种形象跟阿富汗那边的文化有什么关系我就不清楚了，但它们应该有联系，这种造型都是双手操蛇。汉代的图像里有一个双手揽抱着两个人首蛇身形象的人物造型，这个形象我们称之为高禖神，据说跟婚姻有关系。这种图像我一直在关注，目前我基本认为它就是方相氏，是操蛇形象在汉代的发展，我也一直关注这类图像的源流问题。比如我还发现在印度的佛教造像中，也有类似的操蛇形象，特别是人头蛇身的造型是一样的，它们具体有什么关联，我还不太清楚。

总而言之，其实中国跟阿富汗甚至更西的欧洲地区，在丝路上的文化联系其实是非常紧密的，始终存在相互影响，跟浪潮一样，一层一层地回溯，然后产生进一步的影响，所以今天我们其实很难说清楚谁是谁的源头，谁影响了谁。谈老师前面的讲解给了我很多启发，就简单回应到这里。非常感谢！

谷　卿：谢谢练老师！练老师刚才讲的几个问题我想核心的一个表达就是文明之间的交融、互相影响以及它的传播是相当复杂的一个过程，特别是提到了非常形象的“接力赛”：一棒接一棒，而不是特别简单地从甲到乙，乙再到甲，而且在这个过程当中也是相互影响的，并非是施方仅仅是施方，也可能是接受方。练老师给我们很多启发，也回应了今天的主题——文明交融。既然是互相作用，就是你中有我、我中有你这样一个复杂的关系。

接下来我们想请北京大学建筑与景观设计学院副教授李溪老师谈外来文明中国化的问题，李老师从事艺术观念史、现代艺术与景观史以及物质文化研究，我们听听李老师的高论，谢谢！

李　溪：非常感谢谷老师的邀请！非常荣幸能跟各位老师学习。我自己主要的研究方向是中国的文明艺术和思想史，所以我对谈老师讲的外来文明之间的交流真的完全外行，我也没有什么可以评论的。今天从我自己的一个角度来谈一点问题，就我们所谓的中国化的问题。我们说文明交流的时候其实除了这种交流以外，还有一个接受问题，就是说我们这个文明是不是接受这个东西，既然已经有了交流说明已经接受了，但是什么叫深层的接受？什么叫文化意义上的接受，那么我自己主要是研究文人艺术，当我们思考文人艺术这个问题的时候，我们很自然地会把它跟中国传统联系在一起。

我今天讲的两个例子，是我们自己有非常深的认同的文人艺术当中的“物”，但其实它们最初是一个外来的东西。可是当我们去看这些文人艺术的时候，我们不大认为它是外来的东西，也就是说，我们在后来的历史发展演变中，深切地或者说内在地改变了这些物的存在方式，让它们成为我们“自我”的东西。

今天我讲两个例子，我想可以说明这样一个问题。

我先给大家放两个特别熟悉的图像，就是最近特别热的陕西出土的盛唐时期曾经做过宰相的韩休墓的壁画。在这个壁画当中我们可以看到一种植物就是芭蕉，芭蕉这种植物就不是中国原产植物，文献中最早的关于芭蕉的记载是汉武帝在攻打南越国的时候从南越国引进的芭蕉，但是芭蕉后来在中国文化中成为人们特别熟悉，而且特别有认同感的一种植物。汉武帝最初为什么会把包括芭蕉在内所谓的奇花异木带到他的宫里，主要是由于他有一种异国意识，或者说他特别喜欢这种异域的东西。当我们看韩休墓壁画的时候也可以感受到那种异域风情，壁画中的人跳的是胡旋舞。这个图像当中的芭蕉，其实对当时的人来说也是非常有异域感的东西。

右边的画是我从 17 世纪的一个汉学家，就是一个传教士写的《中国图记》的插图中截取下来的。这个插图中也有一株芭蕉，这个芭蕉并不是讲中国，它是讲广泛意义的印度次大陆——一个“东方”。我们也可以知道芭蕉这种植物对于当时的欧洲人来说是一个非常具有异域风情的东西，也就是说，这种植物无论在中国还是在欧洲都是有异域风情的象征。

但是后来，芭蕉在中国文化的发展过程当中却逐渐消除了它的异域色彩，逐渐成为我们中国非常有认同度的植物。这个发展过程今天可能没有那么多时间给大家进行详细的介绍，我们看两幅在同一时期的画，就能够体会出它们中间的一个差别。

芭蕉特别广泛地出现在敦煌壁画当中，除了我们说敦煌绘画的描绘可能跟南方环境有一定关系，因为我们知道芭蕉这种植物不是在北方生长的。还有一个很重要的原因，芭蕉这种植物在佛经当中是身体的性空的一个譬喻，在早期的印度佛经中已经出现过身如芭蕉这样的一个譬喻，比较有名的就是《维摩诘经》中有十个譬喻，包括梦、幻、泡、影这些很空幻的东西，其中也包括芭蕉。芭蕉为什么被作为一个空幻的代表？那是因为它自己生长的特点。大家都知道芭蕉它虽然叫芭蕉树，但是中间是没有茎的，实际上都是叶脉、叶鞘的一个卷合，所以它中间是空的。在印度佛教当中最早用这种植物作为性空的一个譬喻，这是纯然的佛教的观念。

但是在晚唐的这幅《高士图》中，可以看到后世一个普遍的图示表达，就是芭蕉和湖石放在了一起。我们看这幅画的时候很自然认为这是一幅中国画，是中国的文人画竹林七贤的。在竹林七贤生活的时期，芭蕉根本没有出现在绘画当中，南京西善桥的南朝竹林七贤画像砖是大家特别熟悉的，但在绘画当中没有芭蕉这种植物。而到了晚唐的时候，中国的文人逐渐接受了这种植物，把它当成了自己的东西。

有意思的是，他怎么接受的？为什么接受？这种接受是不是全然由于它来自异域文化，还是大家觉得很新奇而接受的？当然不是。因为在中国的文化当中——虽然并不是每个时代都一样——其实有一个非常强烈的夷夏观念，就是说夷狄和华夏是两个东西，是要分开的。当然在唐代总体上它的排斥感还不是很强，但到了北宋以后这个夷夏之辨越来越清楚，所以这种图像成为文化当中一个主流的“元素”，肯定不是由于它是西方的东西，所以我们才保留它，而是由于我们自己为它赋予了意义。

芭蕉这个意义的赋予，的确跟外来的佛教文化有很深的关系，但并不是由于它是佛教的，或者它是西域的，所以我们喜欢它。我们喜欢的原因是它在这个文化当中具有一种深层次的意义。这些意义其中一个就是来自我刚才讲的芭蕉作为性空的譬喻这样一个观念。

有一个很有名的典故大家都听过，王维曾画过《雪中芭蕉》，这是他自创的一个主题。后世很多人都讲述过为什么王维画雪中芭蕉，就是因为王维要表达那样一种空幻的时序颠倒的感觉，对于生命意义的一种认识，这也源于王维对佛教的理解。后来芭蕉在文人的笔下逐渐脱离了那样一种外来的色彩，逐渐内化，逐渐中国化，最后变成我们最核心的文人意识和审美所认同的一种植物。所以在今天的苏州园林中也可以经常看到芭蕉，我们不会觉得那是一种异域之物。在文人画笔下，《蕉石图》是特别常见的。我们看徐渭的《蕉石图》，他把芭蕉和竹子、梅花画在一起，这些植物对徐渭而言都是非常能够代表文人心性的植物。

当然这个过程并不是完全由于佛教的影响，也有我们自身对于芭蕉本身的审美。我们有很多诗歌当中描绘芭蕉，把它作为一个审美对象，不说它有什么哲学意义，它就是很美，就像美人一样，所以我们经常画《芭蕉美人图》。

这个例子可以表达，一个外来的东西在中国画发展过程中有它自身的脉络，它除了有一个意义的延伸之外，有我们自己的反思过程，有我们自己对世界的一个态度。

下一个例子是谈老师刚才提到的杖的问题，其实我自己关注杖也很多年。因为杖这个东西无论是在我们中国的诗词当中，还是在我们中国文人画当中都是特别普遍出现的一个意象，“持杖”的意象。正如谈老师刚才谈到的，杖在我们文献中最早出现是跟西域有关系的，筇竹杖这个东西本来就是外来的，最后怎么成为我们文人画当中非常普遍出现的东西，这个过程也是一个非常有趣而漫长的演进过程。刚才谈老师已经举了很多关于杖的例子，我也给大家举两个有关早期佛教当中的杖的例子。

大家知道锡杖，因为有一个锡环在这里。这个杖身仔细看也是竹子做的，但是这个杖有一个很明显的特点是这个杖不够长，不能用来走路。这个杖是用来干什么的？它是举在手里的，它肯定没有什么实用功能，它的作用就是表达他自己是谁，表达他的身份。这个杖是表达个人身份的杖，它会有一个普遍的特点，一定有杖首，通常是用玉或者金属来做的。

我们看稍微晚一点的佛教作品，五代贯休的《十六罗汉图》中的两幅，其中一幅的杖是非常典型的拄杖，这个跟早期佛像的杖很不一样，没有杖首，就是一根竹竿。另一幅画也拿着一根杖，看起来有杖首，但这是天然的，并不是专门雕刻的，这是一根天台藤杖，在唐代中晚期也是通过云南这个地方流传到中原地区的这样一种杖。当我们看这样的杖的时候就会觉得它跟之前的那些代表权力的杖不一样了。为什么不一样？一个非常重要的原因就是禅宗的发源。这根杖是用来干什么的？其实就是用来走路的。在禅宗当中杖不是用来表示身份的，它甚至有一个要祛除身份观念的意图。它实际要用杖说明你不要执着于这个东西，禅师经常把杖立在这里，问弟子：你看到什么了？看到一个空的世界。在这样一个意义上我们才能表达一个完整的世界和自我，而不是说只是表达一个个人的权力或者是具体的用途，所以杖这个东西在中国的文化当中非常具有哲学性。因此当禅宗在中国广泛地传播开来以后，很多诗人在诗当中都会用杖的典故，他们对杖的说法也非常具有禅宗的意义。

再后来，当要画一个文人的时候，比如说赵孟頫画苏轼，或是苏轼的好朋友李公麟画苏轼，一定是持杖的。这个形象来自哪儿？如果说杖仅仅代表权力，一定不会出现在文人画里，它是文人所排斥的东西。为什么有杖？是跟杖自身的反思性有关系的。我们知道苏轼有一句非常有名的词句是这样写的："竹杖芒鞋轻胜马，谁怕？一蓑烟雨任平生。"书写了一幅雨中回家的场景，很有随意性，是很偶然的事件，但这个"竹杖芒鞋"的表述，实际上跟他对禅宗的接受有很深的关系。

现在我们再谈杖，不大会认为这是外来之物，我们不认为有异域风情，它在文人身边代表着一种文人性，代表着文人文化当中的一种独立精神，一种对于自我作为一个独立的个体，作为一种自由的存在的认识，这种认识光看画可能看不出来，但当我们看他们所写的这些文章的时候，就会非常清楚。

今天就举这两个例子，来谈我们看到的一个物的意义的演变过程。现在是一个提倡文明交流的时代，但是除了文明交流以外，我们自己还有一些非常有意义、非常深的体会。我相信这个东西在以后还会被继承，还会继续发扬下去，这就是我今天想要跟大家报告的。

谷　卿：谢谢李老师！李老师刚才说了两件事物，一个是杖，特别是竹杖，是对谈老师刚才报告当中最后一部分提到的筇竹杖一个很好的回应。前面讲到了一种植物——芭蕉，也是对竹子——而不是竹杖——的一个很好的回应。在西方发现西方所没有的中国的植物，在中国发现中国所没有的外来植物，这是一个比对，从李老师的介绍中我们获得了很多启发。

接下来想请国家博物馆展览部的向谦老师来给我们谈一谈，向老师是非常优秀的策展人，在国家博物馆他也策划过有关不同文明交融主题的一些重要展览。有请向老师，谢谢！

向　谦：首先我今天来真的是一种学习，我本来的专业是做晚明江南文人这一块儿的，但是谷卿兄说可以谈一些这个主题以外的关于文明的交流的情况。恰巧今年是我到国家博物馆的第八年，基本上每年一个展览，但是所有的展览没有一个是跟我的专业相关的，我比较羡慕谈老师，是因为他们作为策展人可以做与自己专业相关的东西，而我们却受困于很多问题。但是很有幸我做的几个展览像文艺复兴三大师、罗马与巴洛克，另外一个是我亲自策划的一个威尼斯与威尼斯画派，这几个展览和意大利相关机构合作中，受到一些启发。还有鲁本斯、凡·戴克与佛兰德斯画派，基本上都是西方的东西，我做了一些专业对比。

首先我要说的是什么？我昨天专门为了这次论坛第二次去“器服物佩好无疆”的展厅看了一下。如果没有谈老师今天这么长时间的铺陈，说实话，作为一个展览的从业人员而言我很惭愧，我没有看懂。恰恰在这里面我能理解谈老师作为一个策展人对展览的学术化到展示化的用心。

每一个策展人每一个展览从业人员一直在努力寻找的契合点，就是如何将学术文本的内容和物的整体结合来体现，我想这个谈老师肯定很有心得的。我们做展览的时候把学术理解运用在展览当中，但大部分观众是看不明白的，所以就需要有一个专业的引导，这恰恰是策展人应该做的，但是很可能受限于展厅内部条件。

说到文明交流的问题，我跟同事之间有时候会讨论如何将文化的内在表现给观众，我们馆厅正在展示一个我觉得比较好的甘肃文明展，可以推荐大家去看看，策展人说他要做一个把甘肃地区整个文化自我成长性跟外来的影响性都体现出来的展览，这恰恰是文明的问题。

我有幸之前去埃及做访问，当时埃及人对于他们的文化也非常自信，并且在他们的埃及国家博物馆里面不停考我们这是干什么的那是干什么的，其中有那么大一个圆形的器物上面有很多孔，我说这不是花洒吗？他们说你怎么知道这是花洒？他很诧异，但是这个花洒的确有 7000 年的历史了，所以这种东西在我们这种文明古国是有一定文化传统的。我们观他人，他人观我们都是有各自不同的，有一种自动的夸张的异化的表现。这是我们对外来文明认同的不足，所以恰恰我们在不停地研究和不停地考证的时候会给我们造成一种文化上的隔阂。

再回到我刚才说的，我们现在在展览的时候很希望观众能读懂我们想要给大家体现的东西，所以我之前做那个威尼斯展的时候，在最后一个展区放了四件作品，是威尼斯地区的一个比较有名的画师画的，我有意识地选择了这四件作品，展现它作为一个文明的交融点的体现，为什么？这四件作品里每件都有中国的元素，有中国的青花瓷器，它用的那个瓷器是广彩瓷器，有一个仆人的形象，跟中国的童仆的形象非常接近。当时我特意选来这四件作品放在我们展厅的最后，就是为了体现当时威尼斯作为一个文化集中地，一种港口的开放文化形态，它早期是受到佛罗伦萨文艺复兴影响，后期它对于整个远东文化也有所吸收。但是如果我不说，很少有人会阅读到这个问题，所以我想展览和文化是一样的，它需要我们去认知，去仔细地阅读，看完这个展览之后，再加上我的一些工作上的体验，我觉得我们对于文化，对于一些深层次的学问上的梳理，可能还需要再进一步，才能更好地、更平易地展现给各位观众，谢谢大家！

谷　卿：向老师根据他的工作经验——实际工作当中遇到的一些器物和由此产生的想法，跟我们分享了很多有意思的观念。接下来还有一些时间，请光临论坛现场的专家朋友们各抒己见。

张翀老师是社科院古代史研究所副研究员，他从西北大学考古系毕业，硕士期间做青铜器研究，博士就读于中央美术学院人文学院，关注的是铜器和玉器的比较。请张老师给我们谈一谈吧。

张　翀：首先感谢诸位精彩的分享，因为我没有准备，就接着练春海老师说的铜镜来谈，因为我参与过编写一个铜镜图录，过手了大约两三百枚的铜镜。

中国大多数墓葬中的铜镜很少是放在胸前的，只是随葬的位置有些不同。当然，晚期墓葬中有将铜镜做到墓顶的。但是在一些草原地带，比如说外高加索、俄罗斯等地区，在一些墓葬里面见到过铜镜。因为有一些资料是俄文，我没有仔细读过，但是听过几场报告，他们确实是放在胸前的。这是临时想起来的材料，这些很难说与中国到底有什么样密切的关系。在两汉的时候，铜镜除有照鉴的具体功能，还有其他信仰上的意味，像两汉有很多的神仙信仰，运用于铜镜等物件，所以在铜镜上出现了仙人这些东西。

在中外交流方面，很容易想到丝绸之路，但也要考虑效应的状况。所谓的丝绸之路并没有像我们想象得那么通达，它不像我们现在建一个高速公路，节假日车多一些，平时少一些，但始终都存在。像王明珂所讲的，中外像一个屏风似的，有的时候打开，有的时候又关闭。所以像以前拉大车的车夫，就需要有几个比较重要的知识，第一个是牲口，第二个是车辙，说明陆路交通要比我们想象得困难。我个人觉得在中西这样一个交流比较当中，认识到像或者比较接近当然很重要。但不能止步于此，更要分析他们为什么像，哪里不像，为什么不像。特别是后两条，我觉得是今后研究的重点，就像李溪老师提到的接受史。其实为什么会接受？它产生了一些改变才能被接受。

谷　卿：我记得张老师应该是在陕西历史博物馆上手过所有铜镜，写过很多关于铜镜的文章，我拜读过一些。他讲到东西的物质、图像比较过程当中，要看到它们像什么，哪些地方相像，同时也应该找出相似当中具有一致性的东西，这很重要。在比较图像和纹饰当中常常会发现很多令人惊奇的类似，比如中午我跟喻老师还讨论，喻老师在某个庙里拍的龙王像，而且是新塑的龙王像，跟由雪花石、青金石、珠贝母雕刻的荷伊比塑像非常像。一个 2400 年前的形象，跟我们新制的造像也会有一些偶合的地方，如何理解呢？其实可以从很多角度来谈。

接下来，看看咱们文化所的老师有没有一些回应和分享？

秦燕春：非常精彩的一个下午的盛宴，感谢谈老师和各位老师！其实我的一点感慨刚才几位老师都已经谈到，因为就像今天这个题目一样，文明交融是个非常棒的学术路径，也是非常热的学术路径，很现代也很时髦。我的一点感触在于，可能有一个问题我们需要考虑，就是一个生命结构和认知的变化。我们所面临的这样一个平面的生命，在过去它可能是一个立体的生命，我们面对貌似左右逢源的问题，可能当初是一个上下贯通的问题。在具体处理这样类似问题的时候，如何安置自身的表现和异域的影响，稳妥的分寸线在哪里，值得思考。其实刚才大家都已经谈到，我就说这样一点感触，谢谢！

练春海：前面李老师讲的外来文明、外来文化中的一些东西被我们的文明接纳以后，后来完全成了我们自己的一种传统。我举一个例子，说明有些东西其实我们的文化消化不了，就是说我们的文明接了，但是接而不受，最后它在我们的文化当中就消失了，有这样的情况。这个例子是李零老师在《万变》这本书中提到的裂瓣纹银豆，因为我一直关注这种器物，所以他列举的所有资料我都看过，他发表的文章我也看过，但是他所讨论的只是裂瓣纹银豆本身。我后来做了一些裂瓣纹银豆的研究，把那些出土的豆做了排列，它们从战国一直到西汉晚期都有，出土的地点从山东青州到江苏大云山，到广州，还有云南，可以说，几乎是沿着中国的海岸线一圈，都有出土这样的一些银豆。时间跨度也比较长，从战国一直到西汉。这种器物最早的形式是一种水波纹或者裂瓣纹形式的碗状物，在原产地所能见到的相类似的碗状物都没有上面的钮和底下的座。但是它一旦被输送到中国，就被改造成贵族们喜闻乐见的仿豆形制。裂瓣纹银豆，它的主体，也就是由中亚舶来的裂瓣纹银盒，采用了一种叫锤揲的工艺技术来制作，这个技术不是中国本土的，它要到唐代以后才在中国发展起来，那时这种技术才比较成熟。早期的工艺肯定不是中国的，那时中国人还做不了这样的东西。因为这种把金银或者铜敲打得很薄的锤揲工艺我们还没有掌握，锤揲是专业的叫法，实际上就是利用金属的延展性敲出器物的薄壁来，肯定不是本土技术。这个器物进入中国以后，最早出现在战国时期的青州，然后到南部，广州的南越国，到了云南这个地方，也就是滇国了。非常有意思，滇国一直在仿制中原王朝上层贵族中流传的好玩的东西。只要中原贵族有什么东西比较流行、比较时尚，滇王族中就会出现它们的仿制品。滇民肯定也没掌握锤揲技术，那他们怎么办？他们就铸造，他们有锡。总的来说就是，我们的文化接受了这个盒的造型，但是盒子的形制却不被接受，所以古人便在它上面焊器钮，底下加圈足，把它改造成具有中国文化传统特色的豆制器物。这种器物（不论裂瓣纹银盒，还是裂瓣纹银豆）最后还是消失了，因为它整个儿不是中国的东西，时人只接受它的一部分，或者是裂瓣纹的样式，但不是盒的形制，所以它被改造成一个银豆，中国的文化里面有这样的一种形式。我想，不单是这个器物，其实很多事物我们总是找不到它的源头，它看着又比较奇特，或者突然出现在我们的文化史上，有些东西跟西方有非常紧密的关系，但又说不清楚是怎样的关系，其中可能都存在一个接受程度和如何接受的问题。

徐　涟： 今天第二次参加咱们“汲古论坛”。上次来就感觉收获很大，今天听谈老师对这样一个重要展览作了很完整的介绍，觉得确实受益匪浅。刚才几位老师分别回应，因为或多或少地跟这个话题相关，对我来说这些东西真的是新的东西，原来的知识根本没有触及这一块儿。为什么想说两句，就是因为我工作的单位在《中国文化报》，现在文化、文明的这种交流、交融、传播，本身是非常重要的一个话题，而且现在国际国内的形势又使得这个话题有非常高的关注度。从阿富汗宝藏里面可以看到非常多的中国元素，这些文明遗存当中有非常多的线索，有非常多我们可以不断挖掘和了解的东西。但实际上我们仍然对它知道得非常少，很多东西我们只是通过一鳞半爪考古发现来理解，这点线索还远远不够我们解开一个又一个的谜。

我看到咱们“汲古论坛”这次的主题，“文明交融”，选择了一个角度，就是“在阿富汗宝藏里发现中国”，实际上这也是现在一个非常时髦，非常高关注度的热点话题，“发现中国”，中国到底是什么样的概念？它是地理概念、政治概念，还是文化概念？中国是什么时候开始形成的？一些讲座也好，一些展览也好，正在试图回答这些问题，对我们来说，最重要的一点可能就是能够让我们对这个文明、对历史有一种敬畏之心，永远保持一种谦卑的态度，我们要承认自己实际上是非常无知的。我们谈论这些问题，从今天这个话题切入，而这个切入点，对我们现在解决国家所面临的一些问题、在国际形势中作出新的判断，以及对文明、民族、国家的认知，都有非常重要的意义。

谷　卿：谢谢徐老师！感谢您的关注和肯定，两次都莅临我们的现场，而且徐老师发现了我们关于“发现中国”这一选题的用心，谢谢！在此也为谈老师做一个广告，谈老师接下来策划的一个周秦汉唐文明大展，9 月份将在清华艺术博物馆开幕，这是非常重量级的大展，这是从中国自己的器物当中发现中国，到时候我们也可以一起去观看。

孟　潇：我觉得这个下午特别精彩，不得不回应，谈老师说的好多点都激发我对小时候的回忆，因为我很喜欢去新疆还有西南地区，新疆去过 5 次。这个展在很多地方展览过，整个 100

多件藏品都是那些，但是清华的展重新叙述了一遍，以非常学术的角度来展陈。我看到展签有非常翔实的叙述，而且非常严谨。最早我看到今天论坛这个题目，“在阿富汗宝藏里发现中国”，我心里一惊：是不是大国迷梦？我印象这个展明明是能看到大量希腊文明，可能中国元素很微弱，很难从学术角度清晰地描述。但看过展览、听过叙述，发现果然非常严谨。学术问题出现了，有更大的待探知的部分。

谷　卿：谢谢孟老师！展览您看得非常仔细。最后我们请本场的评议人喻静老师发言，谢谢！

喻　静：非常感谢各位的光临！我们并没有在网上发布广告，但是今天会场坐满了听众。这是“汲古论坛”第二场。这一场我们把目光锁定在西域，探讨东西文明交流和互鉴。

刚才听李溪老师谈到了竹杖的问题，她说“杖”是中国文人传统中的常见意象。我可以补充一点材料。唐宋把竹杖叫“一条白棒”，“杖”虽然和芭蕉枝干外观相近，但芭蕉是用来“观空”的，而棒是用作“扫荡”的。明末临济宗祖师密云圆悟的《语录》里多次提到“杖”“白棒”。比如他说的“问佛法大意，三问三遭六十柱杖”，这个“杖”就是打人的工具。当你用功的方向不对，知见横生，他一棍子打过来了。再比如“棒头有眼明如日，要识真金火里看”，就是用“一条白棒”来涤荡学人迷执，引导学人觉悟清净本心。

苏轼有一则序言，是赠给都峤邵道士的。《序》中说

“耳如芭蕉，心如莲花，百节疏通，万窍玲珑”，这个节就是竹节。“来时一，去时八万四千，此义出《楞严》，世未有知之者也。”苏轼所谓“耳如芭蕉”“百节疏通”，“通”，正好暗合了我们此时讨论的主题。

为什么今天的讲座要选择这样一个题目？首先因为有谈老师在清华策划阿富汗文明展这么一个大事因缘。阿富汗离中国不太远也不太近，很神秘。阿富汗自然条件比较恶劣，又处于非常复杂的地缘政治格局中。这样的一个和我们不远又不太近的古代文明，我们今天为什么要关注它？

刚才谈老师讲到亚历山大东征以后建立了巴克特里亚王国，这个王国被一个希腊化王朝替代，再之后就是和中国关系密切的贵霜王朝。贵霜王朝一般被认为是大乘佛教的发源地。正是在贵霜时期，佛教才从印度的一种地方性宗教，转变为一个世界性的宗教。

中国从公元2世纪开始翻译佛经，最早的译经家是安世高和支娄迦谶。安世高翻译了小乘佛经，支娄迦谶翻译了大乘佛经。安世高是安息国王子，支娄迦谶来自月氏国，两者其实都是当时的贵霜人。安世高翻译小乘佛经，但他本人也是很了解大乘的。从佛经传译到隋朝统一中国这400多年间，大乘思想在中国慢慢扎下根来。中国文化选择了大乘而没有选择小乘，小乘思想没有进入中国文化主流。我们现在沉浸其中的“中国文化”，大乘佛教分量很重，只是我们日用不知。而大乘文化由来有自，这条线索要一直追溯到贵霜王朝和犍陀罗艺术，而贵霜文明正是受到希腊文明的影响。所以，遥远而神秘的古代阿富汗，作为文明的十字街口，就这样和我们当代生活产生了千丝万缕的关系。我们在国内考察石窟，可以从甘肃的敦煌石窟、河北的响堂山石窟、山西大同的云冈石窟等大小石窟中，感受到异域文明的光彩和不同文明交流互鉴的魅力。

“汲古论坛”接下来还将继续关注中国古代文明，尤其关注中西文明的交流和互鉴。感谢各位！

谷　卿：谢谢喻老师，也谢谢各位主谈人，谢谢各位朋友到场参与！今天的活动到此结束，也欢迎各位继续关注我们“汲古论坛”的信息，谢谢！

3

格古鼎新：陈介祺与晚清金石文化的振兴

时间:

2019 年 10 月 14 日

主谈人:

陆明君　中国艺术研究院美术研究所

朱天曙　北京语言大学中国书法篆刻研究所

卢芳玉　国家图书馆古籍馆金石拓片组

熊长云　故宫博物院器物部金石组

宋玖安　中国传媒大学中国书写文化研究院

主持人:

谷　卿　中国艺术研究院中国文化研究所

评议人:

喻　静　中国艺术研究院中国文化研究所

谷　卿：各位来宾，各位朋友，大家好！今天是我们中国艺术研究院中国文化研究所主办的“汲古论坛”的第三场，主题是“格古鼎新：陈介祺与晚清金石文化的振兴”。首先请允许我为大家介绍一下出席今天论坛的嘉宾：中国艺术研究院常务副院长喻剑南先生，中国艺术研究院美术研究所研究员陆明君先生，北京语言大学中国书法篆刻研究所所长朱天曙教授，国家图书馆古籍馆金石拓片组副研究馆员卢芳玉老师，故宫博物院器物部金石组馆员熊长云先生，中国传媒大学中国书写文化研究院博士宋玖安先生，中国艺术研究院国家一级美术师刘波老师，陈介祺后人陈建先生，还有中国文物学会青铜器专委会的几位朋友。担任本场评议工作的是文化所副所长喻静老师。欢迎各位！

陈介祺是晚清金石学界的重要人物，集藏古、鉴古、释古、传古于一身，收藏最富，鉴别最精，传拓最佳，贡献多方，对古器物及铭文考释都卓有创见，研究成果丰硕，同时他的交游也囊括了当时非常重要的一批金石学家，在晚清金石界深具影响力。

2019年9月2日，冠以陈介祺之名的金石文化周也在陈介祺的老家山东潍坊举办，今天在座的很多学者、老师也都参与了那场活动。值陈介祺逝世135周年之际，我们专门策划了这场论坛，聚焦陈介祺以金石为中心的鉴藏研究和交流活动，以期在“金石复兴”的当代文化背景下全面认识和重新理解陈介祺的学术成就和他所影响的晚清金石学。

我们知道陈介祺是非常著名的收藏大家，他的同辈和之后的学者对他多有积极评价，这里不再赘述。他身后一些藏品进入到公藏领域，就金石拓本而言，国家图书馆的收藏值得我们予以特别的关注。10多年前国图曾经出过一套书，叫作《国家图书馆藏陈介祺藏古拓本选编》，一共是四卷，分为青铜卷、瓦当卷、古砖卷、铜镜卷，其中的铜镜卷和古砖卷就是卢芳玉老师主编的，卢老师担任国图善本部金石组组长多年，对陈介祺深有研究，我们首先有请卢老师先介绍一下国图藏陈介祺的相关文献。

卢芳玉： 首先非常感谢艺研院的同仁，今天非常有幸在这里跟大家分享一个我很崇拜的老人。现在有一个新的词汇，叫作“宝藏”——“宝藏男孩”“宝藏女孩”，就说这个人开始接触的时候可能觉得没有什么趣味，但是接触的时间越久觉得越有趣。我觉得我跟陈介祺的结缘就是这样的。刚才谷卿介绍了，在2008年的时候浙江古籍出版社出了一套《国家图书馆藏陈介祺藏古拓本选编》，一共是四本，我非常荣幸参与其中的两本。当时领导要求我们从馆藏的这四类东西里面，每一种选200种精品。我是一个比较死板的人，领导说选，我就想我一定要把所有拓本全部看过，认认真真从里面确实选出前200名来，所以我把我们馆藏陈介祺藏的古砖拓片先都编出来了。我做完了之后，铜镜那块当时没人做，所以我和另外一个人做的铜镜。那是第一次非常认真地接触陈介祺，我发现这位老先生真的是一位“宝藏先生”，就是你跟他接触的时间越长，看他的东西越多，你会发现越多，学习的东西越多，而且会越喜欢他，所以今天也很开心，感谢谷卿，感谢艺研院的同仁。

这里跟大家分享一下我们馆藏的陈介祺的东西。因为发现了他的好，喜欢他，崇拜他，我就把国家图书馆藏所有陈介祺的东西，做了一个目录。当然这个目录也没出，原来想写一个提要出来，把所有陈介祺藏品的拓片做一个目录，正好今天能有机会跟大家分享。比较粗糙，因为这个东西是2008年那个时候开始做的，后来一直放着没做，接到谷卿的任务之后我又重新看了一遍，今天大略给大家介绍一下情况。

我大概统计了一下，陈介祺的拓片我们一共有多少呢？目录很明确，273种，包括各种形态，包括188册，这是成册的，44个轴的和41张单片的。但是我觉得这肯定不是全部的，为什么这样说呢？因为我们图书馆27万张拓片并没有完全都编目，在数据里面，就是已经编目的数据是非常清楚的，任何一个读者在我们的官网上都可以查到，但是有一些没有做数据（处理）的，只有照片的或者只有账本上有的，我只能根据账本来整理和统计。大部分是根据账本来统计的，账本上有什么呢？有题名，另外有一些很清楚的藏印，有簠斋的藏印，就是你知道簠斋有哪些印，在那个账本上如果著录了他的印你肯定要找到。另外就是有簠斋题跋，有簠斋题跋需要登账的人知道这个跋是簠斋的，不然的话 27 万张拓片一件件翻是不太现实的。我统计的数肯定还有遗漏，应该不全，如果大家以后再去图书馆阅览的时候发现了新的，那就更好了。

主要的内容非常多，这里我大概统计了一下，其实古陶、青铜、泉范、铜镜这都是一个大概的，还有印谱什么的我这里没有说，后面会有介绍。下面我就一类一类简单给大家介绍一下。图书馆就是为学者服务，为读者做嫁衣的，大家以后做陈介祺深入研究的时候就可以索取。

簠斋藏古陶。陈介祺是一个很重文字的艺术家，他收集古陶，而且为陶制品做全形拓，也是他的一个特色。国家图书馆藏的陈介祺藏古陶的拓本有 4 种 34 件，这是在账本上看到的是这个。那个古陶器的八条屏很有名，很多地方都有。陈介祺藏古陶拓本 5 册，是一个非常精的精品。另外还有一个就是矢朐盘，这件上面有陈介祺的题跋，他讲到这个器物的由来，然后讲到了《山左金石志》的著录，里面钤了他非常多的印。陈介祺喜欢的东西他往往钤盖很多的印。

铜器。铜器分很多类，我这里先给大家介绍这两种，是簠斋藏的青铜器拓本汇编，一个是 11 册的《陈氏集金文拓本》，这是他粘的，基本上都是册子，他是把铭文粘在一起的；还有一个是20册的《金文拓本》，都是金文。青铜器是记录中华文明一个重要的载体，不仅有文物价值，而且我们知道陈介祺他非常看重青铜器，他手里的青铜器也非常多，他藏的三代青铜器珍贵的非常多。他旧藏的那些青铜器现在流到日本的很多，这个是一个汇编，就是把很多青铜器的铭文集中在一起。

谷卿说想给大家看看图，所以我就找了一些陈介祺旧藏的拓片图，像虢叔旅钟、周公华钟，这里面有两段其他人的跋，还有楚公钟。钟的拓本我没有找全，因为PPT不太方便把所有的都加上，其实非常多的裱轴，一轴一轴的，因为它有器型，有铭文，做成裱轴挂起来很方便。

藏鼎方面。他的鼎最有名的就是毛公鼎，拓本其实有好多种，但是我们自己整理出来认为比较可靠的就是原器上的拓本，毛公鼎有很多拓本是翻刻拓出来的，我们这里著录的是在原器上拓的。

他的另一套东西，叫汉器八屏，在同治十年（1871）九月的时候，陈介祺把自己藏的13件汉代铜器，选了8件，他做了一个考释，每一个都做了考释，并且把这8件东西刻成木板，他一套一套地拓，拓的目的就是为了广为流传，所以这套汉器八屏社会上流传不少，我们国家图书馆有4套。对汉器八屏内容的说法社会上略微有点不同，我们有一个做青铜器的同事专门写了一篇文章，专门讲这个汉器八屏，我正好把汉器八屏的图都找到了，池阳宫行灯、十六年鍪、开封行灯、温卧烛盘、桂宫行灯、渔阳郡甗鍑、阳泉使者熏炉、绥和雁足灯八件器物。这是汉器八屏的八件东西。

我们馆藏的簠斋藏的权量诏版我们把它放在一起了，像秦权拓本他有9种，还有权量拓本，有1册。泉和范我也把它放在一起了，一共是4种，其中刀范的拓本比较大，一共16册，有几册比较好的，这个都放到了善拓里面，所以拓本比较珍贵。

藏镜方面。铜镜是古代日常用品，因此存世量非常多。陈介祺的藏镜有很早的，但汉镜是最多的，我们2008年做陈介祺藏古拓本汇编的时候，对藏镜做了一个比较清楚的摸底，所以他的藏镜的数量还是比较清楚的。其实藏镜的拓本有两种，一种是《簠斋手拓镜铭》，那个是梁启超旧藏的，曾经梁启超之手到我们馆；还有一种是《簠斋藏镜拓本》，是两册的。另外就是我们有一套40册的《簠斋藏古器物文拓本》，这个马上要出版了，这个是非常精致的一个东西，这里面涉及铜镜的有6册，拓得都非常棒。

我一开始就说，陈介祺是位“宝藏先生”，为什么？最初我们对他的印象可能仅仅是一个收藏家而已，但是等到你看了他的东西，尤其是当他的东西跟别人的东西放在一起的时候，比如说我编专目的时候，看到他旧藏的古砖拓片和王孝禹的裱在一起，合在一起裱了几册，前三册是簠斋的，后面几册是王孝禹的，当然王孝禹那些东西里面可能也有其他人的旧藏。看那个拓片包括看印章的时候，你就会发现陈介祺真的是一个特别讲究的人，不光拓得好，拓得精，而且那个印也特别讲究。后来在市场上看到有印泥跑油的陈介祺拓片，我都表示怀疑，因为我看到我们馆藏的这些陈介祺的东西没有印泥跑油的。他用的印泥我估计也是很讲究的，纸墨也很讲究，有的可能就是他自己工作的底本，比如说《十钟山房印举》，我们有一个非常珍贵的五十几册的稿本，里面有非常多的他的墨迹，我估计就是他放在手边用来日常编辑整理的一个本子，但是也做得非常棒，包括砖和瓦当都是这样的。铜镜虽然看起来数量不多，但是都非常精致。我们知道铜镜的花纹非常繁复和细腻，拓好是非常不容易的。

古砖方面。因为我编了古砖，所以我对砖的情况比较清楚。我们馆藏的陈介祺藏砖大概就是这些，一个是《君子馆砖》4 册，一个是《砖文拓本》7 册，还有《古砖文存》8 册，这是跟其他人藏砖拓本装裱在一起的，只有 4 册是簠斋的。我就把它单独拿出来放在这里了。陈介祺取斋名“君子砖馆”，就是因为这块砖。这是这几个藏砖拓本大概的情况，善拓 135 号是最多的，一共 7 册，毛装，一共 355 张。当时花了 150 大洋从庆云堂买的，大家可以想想这个价格在 1932 年那个时候是比较贵的。拓本是最全的，几乎没有什么藏印，极个别的有释文，所以我们判断这是陈介祺用来自己工作的工作版本。同文砖集中，按年代排。同文砖我们了解是一个文字的砖，过去的大家族如果有人去世的话，他们可能会开一个砖窑烧一批砖，这一批砖可能就有几种文字，所以同文砖是非常多的。

千秋砖，这个砖是放在屋脊上的那种，它是半圆形的。

善拓 585 号这个一共 4 册，138 张，少部分有藏印。所收拓片传拓最早，我为什么判断最早？因为这里面拓本是最为完整的，一点没有残损。我们知道砖是很脆弱的，有的时候受潮了，或者不小心弄湿了，或者拓工不小心弄掉一块，所以这个砖上边或者下边就可能缺一块。585 号这个砖跟其他的比起来，它的拓本是最早的，就是它同一块砖的拓本是最完整、最清晰的。

善拓 586 号一共 8 册，这 8 册里面前 3 册收陈介祺藏砖，一共 209 张，每一张都有印，它收了陈介祺、潘祖荫、王懿荣的三家藏砖，把它们放在一起，然后都盖上了自己的印。然后我们会发现很有趣的现象，就是陈介祺他自己工作用的东西，他可能不盖自己的印，但是他出手的东西一定要盖上自己的印，像这个他给了王孝禹了，那每一张拓片上都有自己的印。586 号里面有一段张伯英的跋。

瓦当我们知道是过去古代建筑的一个建筑构件，上面的文字和图案都取吉祥的用意。国家图书馆藏陈簠斋藏瓦当的拓本非常多，有 1000 多个，其中最全的一部就是这个《陈簠斋藏瓦当拓本》，就是善拓 112 号，一共 18 册，都是毛装，收录范围非常广，从战国一直到秦到汉。这一个就有 900 多张，以汉瓦当为最，多数都是文字瓦当，有一些他做得非常精致，有一些比较长的，他可能就折一下。陈介祺的东西无论是毛装的，他自己工作用的手册，还是他出售给别人的，他都装得特别好，那个册子都是挖镶的，挖得特别精致，一丝不苟。

我曾经专门把陈介祺藏的各种形态的东西，比如说表轴、册页，包括整幅，包括毛装的，还有线装的，给我们修复组的老师看，他们也觉得很佩服。毛装的本子，外面没有书皮，然后用纸捻打一下，纸捻卷一下就好了。

封泥方面。我们知道簠斋是最早研究封泥的学者，我们馆藏他的封泥有两种，一个是6册的，除了这个册子之外还有一些零碎的，一共是569张，我们把它放在玺印里面去了，所以它的馆藏号是玺印号。《封泥考略》是他的著作，我们有好几个版本，这是其中的一个。这6册簠斋藏封泥我们觉得是非常珍贵的。

簠斋藏古玉印谱。我们有两个本子，一个是玺印22号，一个是49号。其中22号它是线装的，收了很多玉印，这个是贺孔才旧藏的。贺孔才给我们捐过一大批印谱，其中就有这个簠斋古玉印谱。《十钟山房印举》有很多版本，我们馆藏的《十钟山房印举》基本上都在善本组。国家图书馆藏的印谱分三个科组，最好的像《十钟山房印举》这样著名的印谱都在善本组。最大的一部分在我们金石组，印谱非常多，有七八百种；然后还有一些普通的就放在普通古籍组，那是很普通的印谱。我这里就没有分哪个东西在哪里，但是《十钟山房印举》金石组和善本组都有，第一个稿本是在善本组的，一共三函50册，有非常多的陈介祺的藏印和他的手迹，就是他编辑时候用的东西。另外我们知道《十钟山房印举》是一个一直没有定稿的书，它有各种版本，我们有 7 个版本。这些好的版本基本都在善本组，另外还有一个 108 册本，我们没有仔细研究，也不知道它归于哪个版本，我们就把它暂时放在那里了。另外我们有一个 191 册的版本。

不分卷的稿本每册都有陈介祺的手迹，有陈介祺的跋，其实这个体现了他编辑《十钟山房印举》的一个思路，每一页几乎都有，有的他做了注释。其实如果真的做簠斋研究，或者专门做印谱研究的，想搞清楚他跟《十钟山房印举》最后的那个版本的关系，可以去看一下，这个很有意义。这本书的编辑方式基本上是按照年代的顺序，然后年代之下再分类，比如说“周秦一字”，就是周秦时代一个字的印，所以它的分类太细了，且一直编，因为不停地有新的印进来。而且他又按照印形等再重新分类，有三级分类，我记得那年嘉德从日本拍回来一个《十钟山房印举》，我去参加关于它的讨论会，仔细看了稿本，它分得非常琐碎、非常详细。按照它这一套分类标准，每一个印都有一个固定的位置，都有一个固定的坐标。所以从这个本子里可以看到《十钟山房印举》的编纂思路。还有编纂《十钟山房印举》的过程中，因为有一些个别的印旁边原本是在某一个位置定了，后来，可能在斟酌中又觉得不对，就写了“入汉”，就是要把这些放在汉代里面去了。还有的印已经用小纸盖住了，他觉得应该放在这里，但后来觉得又不对，又盖上表示放弃，个别的又加浮签，写上了说明文字。

我们推测这个可能是将来成书时候的版式说明，就是印谱成书之后的版式说明。我们看了那个之后非常感慨，也非常遗憾，就是这个印谱到现在也没有正式编好。如果我们深入研究簠斋的手稿，摸清他的想法，按此重新编196册的本子，能不能有体现陈介祺编辑思路的《十钟山房印举》的完整本子？非常期待有学者可以做这个工作。这是《十钟山房印举》，因为这个大家也比较关心，我就说得多了一点。

癸未本后面附了目录，这个目录其实也挺难得的，它是分了30举，每举下面注了此举的册数，后面还说了多30举，194册，实际上我们那个册数是191册。有陈介祺在光绪九年（1883）九月二十八日的自叙，还说到了印举的刊刻过程，这个非常清楚，很难得。

簠斋藏的其他印谱当然还有很多。印谱是非常特殊的古籍，首先它的成书非常特殊，它必须一印一印地打，一个边款一个边款地拓，提前编辑好了再做，而且先要印好版框。我们知道印谱实际上是集合了雕版印刷、传拓和钤盖这三种成书方式于一体的一种特殊的古籍，因此它的数量都不多，因为少所以特别珍贵，而且它还有一个特点，就是它的成书的册数非常不固定，所以印谱非常复杂。我们说到陈介祺的印谱，大家可能脑子里首先想到的都是《十钟山房印举》，实际上在此前或者此后，或者在做《十钟山房印举》过程中都有可能出现其他的印谱，这些我觉得都是很有价值的。然后他们成谱的时间不一样，《十钟山房印举》里面不光是陈介祺自己藏的印，还有其他人的一些印也在里面。像这些，我觉得跟《十钟山房印举》对举的话更有意义。

簠斋藏器拓本合集。前面我们讲到一个金文合集，里面全是金文，拓本合集就是各种东西都有，他有的时候把自己收藏的比较小的东西，传拓之后做成册子，比如说刚才讲到《簠斋藏古器物文拓本》40 册，这里面包括铜器 1 册，铜镜 6 册等，这个本子非常棒，拓得很好。还有一个是《陈介祺集金文拓本》，这个什么都有，这个本子我们看起来好像比较混乱，里面有五代器 12 册、汉器 4 册、镜 4 册，这个镜 4 册就远远不如前面 40 册里面的 6 册铜镜精美，而且多数跟前面是重复的。

刚才说到的 40 册本，它是用木函装的，上面有“簠斋藏古器物文拓本”这样几个字，所以我们就用函门这样几个字给它做了命名，线装，而且包装非常精美，就是这个样子的。一共是 40 册，两函，一函放了 20 册。

这些大宗的比较集中地跟大家说完了，他藏青铜器的拓本很多，目录我就没有在这里详细跟大家说了。另外，陈介祺还藏了其他的一些东西，比如说石刻，石刻很少，但是有几件还是值得介绍的，比如说簠斋藏的《汉君车画像》，这是东汉的一个画像石浅浮雕，这是光绪八年（1882）出土的，是在潍县出土的，出土之后到了陈介祺的手里。在他手里他做了很多拓片，这个原石现在在法国巴黎博物馆。这个画像分上下两层。我们馆藏的拓本是在陈介祺手里拓的，是朱砂拓的，后来这件东西到了梁启超手里，梁启超非常喜欢，就在旁边题了一个跋。这个是我们的明星展品，因为这是朱拓，历经200多年颜色依旧非常鲜艳，很好看。再一个它本身就是画，如果大家不太喜欢拓本的话，那种黑的白的看烦了，突然一看有这么一个朱红鲜亮的东西，汉代的车马非常漂亮，再加上梁先生的书法和题跋，就非常提气，非常漂亮。它是簠斋旧藏的一件东西，他就因为这个自号“君车亭长”。我们国家图书馆的镇馆之宝《神策军碑》也是簠斋旧藏本之一。我们之前很少提，因为这个本子上面藏印非常多，但是没有陈介祺的，为什么我们知道是陈介祺的旧藏？因为有著录。这个在陈介祺手里过，它后面有三个人的跋，里面的藏印有98方之多，我们从这个藏印就可以看出它的递藏，最早是南宋贾似道的印，贾家家产被抄了之后它就进了内府，然后到南宋皇室，所以这个本子现在仍然是南宋内府的装帧形式，是那种蓝布的装裱形式，开本很大。后来一直在内府，元灭宋，就到了翰林国史院，所以它有一个翰林国史院大条章。明灭元之后又收入了内府，上面有一个泥金的小字。朱元璋不久就把它送给了自己的儿子晋王朱棡，大家看到上头有晋府的印。一直到了明末王府没落之后，这个藏本就流落了民间，所以在清代经过了梁清标、孙承泽、安岐等家递藏。道光的时候到了张蓉舫的手里，之后从张蓉舫手里就到了陈介祺家。但是我不知道为什么陈介祺没有在这上面留下自己的印章，也可能他主要的藏品是三代古器，他并没有太看重这个拓本。但是有一件事情特别奇怪，陈介祺的后人到了清末出让的时候，这个拓本第 42 页丢了一开两页，前面人有著录的，是不是陈介祺曾经有过印，他的藏印在丢的一开两页上面呢？不知道。因为我们现在看到的都是现在的拓本。我们怎么发现丢的？大概是 2009 年我们在做新疆古文物展的时候，《神策军碑》涉及唐王朝和少数民族的关系，讲到了回鹘的首领嗢没斯的事情。当时说要展这个东西，我想是不是把它复原一下，因为我们只知道《神策军碑》这半册，不知道它原碑什么样子，我们想看看原碑是什么东西，就把它原大复印出来再剪开了，按照石花就在那个地上排开，看看它的原碑到底多高。排的时候发现少了一行半还是两行半，然后我就去查文献，就发现是丢了的，那个时候我才知道陈介祺藏过。所以这件是陈介祺曾藏过的好东西。

簠斋藏明拓本的石鼓文，它的盒子和它的封面，后面有簠斋做的释文，做了两页，非常细，后面他还有一段题跋。当然他藏了还有其他的一些东西，如造像等，这里就简单给大家介绍这些。

簠斋的藏印很多，这里是临时统计的，没有统计那么细，就给大家欣赏几个他的藏印，我真是特别喜欢他的印，非常漂亮。簠斋的拓本装帧形式多样，有整幅原拓的，也有粘贴在册子上的，也有经过挖镶这样非常精致地装起来的，也有做成线装的，每一张拓片做得都非常精致，每一张拓片拓得都非常好，传拓非常精美。陈介祺一直认为藏古应该传古，因为在造像技术发明之前，我们觉得拓本最好的反映古器物的主要形式，就是传拓。他学习张廷济等人的方法，而且他也亲自去试验，后人对他的评价非常高，像叶昌炽在《语石》里就说："齐鲁之间，今多用陈簠斋拓法，拓手为海内之冠。"他不光拓得非常精美，印都非常讲究，而且他的印章不是乱盖的，我们在编目的时候发现，他的钤印非常讲究，每个类别都有每个类别的印，比如说他的砖，他就是用专门盖在砖拓上的印，铜器有专门盖在铜器上的印，而且他那个时代分得非常清楚，我们在编目的时候如果无法判断这个原器物它的时代，我们就根据簠斋的印来断，根据他的藏印来定，因为他的印肯定不是随便盖的。

最后，借簠斋藏砖拓本祝大家"长乐未央，吉祥开泰"。谢谢！

谷　卿：谢谢卢老师给我们准备了这么丰富的大餐，带我们走进"宝藏老人"陈介祺的世界，我们也看到了有关陈介祺相关文献的多个面向，既有器物，也有拓本。陈介祺作为一个著名的收藏家，其实他不光注重"藏"，同时也非常注重"传"，他跟拓工互相研究传拓的技法，同时把这些心得经验写成了一本书，叫作《传古别录》，对后世影响非常大。

卢老师刚才在给我们展示陈介祺的藏品的时候，当中有一个类别其实非常重要，就是度量衡器。陈介祺藏的度量衡器，有著名的齐量三器：子禾子釜、陈纯釜、左关卮，在中国度量衡史上是特别重要的器物。今天我们邀请到故宫博物院的熊长云老师，他主要做秦汉度量衡器的研究，11 日刚刚在中国中医科学院进行过一场非常精彩的报告，专门讲药量，接下来又马不停蹄准备今天分享的内容，很感谢。接下来请熊老师。

熊长云：我这次报告的题目是《簠斋藏秦汉度量衡器概述》。簠斋陈介祺收藏的度量衡器，其实还包括很多重要的战国度量衡器。但由于报告时间的限制，这里专门讲秦汉部分。秦汉的度量衡器，在陈介祺收藏的古器物体系中是非常重要的。大家知道，陈介祺藏的秦诏版、秦诏量、秦权等，很多也成为现今具有代表性的秦代度量衡器物，长期受到书法、篆刻界的关注。然而，陈介祺所藏的很多度量衡器，我们很长一段时间并不太清楚是从哪里来的。这些度量衡器究竟经历怎样的流转过程，不仅对于研究陈介祺文物鉴藏颇为重要，也对于研究古代度量衡文物本身非常重要。结合有关陈介祺拓本及信札、著作等，谨就陈介祺所藏秦汉度量衡的来源、流传、现存状况和相关研究进展等作一个简单的报告，也请各位批评指正。

在讲陈介祺所藏秦汉度量衡器之前，还想先对度量衡器物研究在整个度量衡研究学术史中的位置作一个说明。

大家知道，现在做古代度量衡研究，必须依靠考古及传世所见度量衡文物，但此前很长一段时期却并非如此。传统知识体系中，度量衡从属于史部，其学说往往附属于历代的《律历志》，属于律历学家的研究范畴。古代学者更多关心的是度量衡标准的成立。其核心就是黄钟，即以音律来确定音高的基准的问题。此外还有累黍，即以植物的种实来确定长度以及容量的标准。以实物特别是古器物作为研究的参考，反而在以往的度量衡史研究中不多。在清代前期、中期，也是如此。直到晚清，古代度量衡器开始慢慢走入很多学者的视野，其研究才日益成为一种显学。这一变化自然与金石家的收藏及传古活动有关，而其中最具有代表性的人物当属陈介祺。在清代金石学家的主导下，度量衡器物得以汇集、整理并以拓本的形式流传于世。这些资料的影响不仅局限于当时，实际也引起了后来许多学者对于度量衡器的关注，甚至可以说引领了近代以实物研究度量衡的风气。这也应是陈介祺等金石学者对于度量衡研究的贡献，以及他在学术史中的位置。

当然，我们讨论陈介祺藏度量衡的来源及流传，也有学术层面的考虑。这是因为，考古学研究历来看重文物的出土地点。而且，陈介祺收藏的度量衡器物，至今仍是构成国内外公藏秦汉度量衡器的非常重要的组成部分。类似的秦诏量、秦诏版等至今仍然很少发现。这些器物从何而来？梳理清楚来源，也有利于我们更好地利用这些传世器物。

陈介祺藏度量衡器，是清末最大的一批。罗振玉在《秦金石刻辞》序引端方所言："传世秦器，海内藏弆者，簠斋与恒轩而已。""而簠斋之力，足以奔走天下，故不出户庭而所得转多于恒轩。""其藏量及诏版海内故家所有悉归簠斋。"陆明君先生也认为，陈介祺藏的度量衡器特别是秦的度量衡器，在整个晚清应该是首屈一指的。不过，相关资料仍然较为零散。

我曾经对这批秦汉度量衡资料进行过一个梳理，所参考的资料包括民国时候邓实辑《簠斋吉金录》，日本中村伸夫编《簠斋藏古陶文选》，国家图书馆编《国家图书馆藏陈介祺藏古拓本选编 · 青铜卷》，文物出版社《陈介祺藏拓秦诏量铭文》，尾崎苍石监修《陶钵室藏簠斋旧藏秦诏量瓦拓本》，国图藏《簠斋印集》，北京大学图书馆藏簠斋拓本，和海外及个人藏簠斋拓本、相关实物资料等。

我在做梳理时，也把战国度量衡器，如子禾子釜、左关釜、左关卮、右里量等囊括进来。陈介祺所藏权、量，学者都认为是非常重要的一批收藏，其中也包括战国陶量。李学勤先生说，陈介祺是陶文研究的第一人。陈介祺曾对这些战国陶量进行考释，其中涉及齐国量制考证，也可以说是利用出土文物研究齐量制的先驱。他的研究现在看来虽然不一定正确，但毕竟开了风气，因此仍然值得特别提出。我尝试列举了秦的铜量、陶量、铁权，以及诏版等。陈介祺所收藏的秦度量衡器是非常丰富的，之后会详细介绍。陈介祺还藏有新莽铜权和新莽铜量。此外，《簠斋印集》还有“斗检封”这个门类。除了带有铭文的检封，如“官律所平”等之外，还有一些特殊的检封，可以注意。

报告的题目是“簠斋藏秦汉度量衡”。我想以现藏国家博物馆的秦诏版做一个开端。这件诏版是始皇诏版，曾经多次出版，也是最为著名的一件秦诏版，2019 年 8 月还在国家博物馆展出过。原器基本上已经没有锈了，非常光滑。虽然这件器物非常著名，但它的出土地究竟在何处，以往其实并不太清楚。这是因为陈介祺藏有多件秦诏版，只看文献，我们并不能确定他说的诏版是哪一件，因此只有一一排除以后才能知道。先说答案，这件诏版出自甘肃平凉。

为讨论这件诏版，实际还需要讨论另一件诏版。这件诏版的形制比较特别，版为长方形，刻有诏书，上面带有一个月牙形的铜片，还刻有一个“厌”字。陈介祺当年写的批注是“似庞”，后来他又说可能是“厌”。现在看来可能还是一个“厌”字。这件器物的特殊之处，一个是上面带有半弧，另外它的背面是有铸造的阴文大字。这是一个两面有字的诏版。这件器物现藏辽宁省博物馆。日本的《书道》杂志曾在封面用过这件诏版，这应该是民国时候拍的。这也是陈介祺的一件比较重要的藏品。

关于这件诏版的来源，需要提到现藏美国柏克莱加州大学图书馆的一件拓本。此拓有陈介祺题跋云：“同治壬申苏亿年寄，癸酉夏始至。”陈介祺又将此器称为“秦始皇诏量版”，可见他认为诏版是附于量器之上的。不过，这件诏版现在看来还是附在权上的。陆明君先生《陈介祺年谱》记载：“同治癸酉春，关中苏兆年之弟亿年所寄。作书询其所出之地与用。十一月复云得之鬻铁者，云醴泉县北赵村土中。”这一时间，和陈介祺题跋“同治壬申苏亿年寄，癸酉夏始至”基本吻合。可以确定，这件诏版出土于陕西醴泉县，由苏亿年寄给陈介祺，陈介祺在同治十二年（1873）收到。

陈介祺藏的始皇诏版其实不多，关于另外一件诏版是这么说的。同治六年（1867）夏，簠斋于刘喜海《秦铜诏版诗》后，跋称："丁卯夏，余既得秦始皇诏版完于清仪阁者。"又记云："版四角横出，有穿，疑用以钉于木量，簠斋丁卯夏得之。苏兆年唯此二版，专为始皇诏，苏亿年云同治间征人得之今平凉地。"我们知道，陈介祺只藏有两件始皇诏版，既然一件为同治十二年（癸酉）所得，那么同治六年（丁卯）所得的诏版，就应当是最初说的那一件始皇诏版。因此可以确定，这件始皇诏版就是出自甘肃平凉的秦诏版，陈介祺获得的时间是同治六年。

接下来介绍的一件秦诏版，是两诏诏版。这件诏版原本是刘喜海的旧藏，现藏国家博物馆。这件诏版的形制，与此前提到的一件诏版形制接近，上面都有月牙形的半弧，背后也都铸有大字铭文。陈介祺题跋说："同治癸酉冬，苏亿年书云出宝鸡县宝鸡台土中，在铁椎上取铜版时，用力折断为二，铁上亦有阳识大字，与阴款字同。"此器我曾仔细观察过原物，确实折断成两半，就是他说的这一件。这件诏版在咸丰三年（1853）刘喜海去世后不久，也归于陈介祺收藏。

这一件秦诏版也在国家博物馆展出过，是二世诏版。陈介祺收藏的这一形制的二世诏版，共有两块，此为其一。陈介祺题跋称，这是"秦木量铜版"。这一观点也非常重要，可以看出陈介祺不仅关心诏版的文字、书法内容，也关心这种诏版是应用于什么样的度量衡器上的。这件诏版我也曾仔细观察过，它的器身微曲，说明当时曾固定在一个弧面上，而这种弧面又与权的球面不一样，所以诏版理应是量器所用，当年应该是固在木量上的。所以，陈介祺的判断应该是比较准确的。另需要指出的是，升、斗以及石对应的量器，口径是有很大的差别的，其对应口径具有阶梯性。以这么大的弧度来看，它对应的量器一定是桶。

陈介祺所藏类似的秦二世诏版，还见于《簠斋吉金录》，北京大学图书馆也有一件藏拓。这两件二世诏版铭文略有不同，可以确定不是同一件。两件诏版应均为真品，甚至还可能是同一批制作的。

第三件秦二世诏版，是一件残器。这件诏版在咸丰三年（1853）时归陈介祺所有，现藏于山东博物馆。从拓本可以看到，当时还另外有一小块，现在可能已不存。这件器物可能是铁权上的诏版，因为它的弧度不是横向，是纵向的。

第四件二世诏版，也见于《簠斋吉金录》，可能是陈介祺藏的，因为陈介祺给别人写信时曾提到他藏的铜量有三件，诏版七八，这个七八的数量也有含糊的意味。有些诏版我们也不能确定就是归他所藏，还是求得的拓片。但也放在这里做一个介绍。

《簠斋吉金录》收录的是陈介祺集藏的度量衡拓本，但也应明确，这些拓本只是他收集的一部分。有一些诏版也并不属于陈介祺。如《簠斋吉金录》收录的一件二世诏版，原本是吴式芬的旧藏。拓本有钤印“海丰吴氏”。这是一个残的二世诏版，原本应该也是权上的。另一件二世诏版的拓本，以往没有见过，直到 2009 年文物出版社所编《陈介祺藏拓秦诏量铭文》才首次公布。陈介祺跋文提到，这件器物为“张叔未所藏”，也就是张廷济的藏品。该诏版高 10.5 厘米，宽 6.5 厘米，左侧两角都磨损了。从形制来看，这也是铁权所附的诏版。

以上是陈介祺藏诏版实物及所集拓本的基本情况，接下来介绍簠斋藏秦诏量。簠斋藏秦量一共有三件。

第一件是两诏斗，现藏国家博物馆。这件量器的实测容量为 1980 毫升，跟秦斗的 2000 毫升比较接近，是一件标准秦斗。这件量器的两诏字体是略有不同的，始皇诏铭文字体较大，二世诏则较小，故在始皇时先刻一诏，后来又补刻了二世诏。始皇诏磨泐较多，二世诏比较清晰，也可以看出时间的先后关系。从始皇诏磨泐的情况来看，这件诏量是实用器，陈介祺对此也有讨论。

第二件诏量，比较特别。这件诏量原为吴式芬所藏。今天实测容量是 2050 毫升，可知为一斗。不过，这个容量的可靠性是有问题的。这件器物的早期拓本，尚能见到量身铭文一侧有两个孔，这个孔是什么呢？根据浙江省博物馆所藏清代全形拓本，量器的下部原有四脚，本来是量柄的部位，又改为了流，成了匜的样子。新中国成立以后拍的照片，腿已经去掉了，但流还是原貌，可见量柄未做复原。这件器物的容量的准确性，恐怕多少还是受到了影响。

第三件量是一件小量，现藏上海博物馆。根据今天的实测结果，其容量是650毫升。我们知道一斗是2000毫升，所以它是1/3斗。

除了这些诏版、铜量之外，陈介祺所藏秦诏陶量残片在其收藏体系中也非常重要。这批秦诏量很早就流散到了国外，直到这些年我们才知道，现藏日本尾崎苍石的陶钵室。陶诏量残片尺寸不一，共33片，其中32片应该是邹县（现邹城市）出的，都是模印的陶量。其中有一片是刻的，可能出自山西北部。比较陶钵室2015年出版的照片与陈介祺拓本，可知陶量仍然保存完好。

陆明君先生《陈介祺年谱》中曾说姚学桓有秦诏量复原图，复原图是什么样呢？《中国美术全集·书法篆刻编》收录过一件吴昌硕题跋的秦瓦量图，就是复原整器的全形拓，大家可以参看。当然，复原铭文虽然没问题，但复原的样式不符合几何学的原理。因为陶量是斜壁的，所以拓出来的量器壁肯定是弧形的，它这个是直的，肯定就不是整器上拓的。这算是失误，当然不是大问题。陈介祺还藏有一些秦陶量，不仅大家可能没有注意，连陈介祺自己可能也不曾注意到。中村伸夫的《簠斋藏古陶文选》中还收录过好多件带有“邹”字方形印章的瓦文，这些也是残器。现在根据考古发现，可知这些带有“邹”字的陶器很多其实都是量器。这类秦陶量，多数是斗和半斗。

陈介祺所藏秦权，是一件带有诏版的铁权。陆明君先生《陈介祺年谱》记载，陈介祺于同治十三年（1874）四月初五，得到了琅琊台西南兰山沂南古城出土秦百二十斤铁权。根据陈介祺手记，此权“重五十三斤，当今库平八百九十两五钱”。这个数据对于了解出土时秦权的实测数据非常重要。这也说明陈介祺不仅关心文字书法，也关心它的数据与标准，值得赞许。这件铁权也很早就流失海外，现藏日本台东区书道博物馆。

以上是陈介祺藏秦权量诏版的情况。陈介祺藏汉代度量衡不多，其中有一件非常重要。这就是新莽常乐卫士铜饭帻。此器见于《簠斋吉金录》，是一件罕见的新莽量器。从容量看，为八又三分之一升。这个量非常特殊，自名为饭帻，学者已进行讨论，但还可以进一步研究。这件量器后来也流失海外，前些年在美国拍卖会现身，此后又在保利拍卖过，现藏国内个人。

陈介祺还藏有一件新莽铜权，见于《簠斋吉金录》。根据拓本，自名为律八两，就是半斤权。它的重量不太清楚。北大图书馆藏有拓本。

陈介祺还藏有一类与度量衡有关的器物，也比较重要。根据国图公布的信息，陈介祺至少藏有两件“官律所平”器。以往这种器物被称为“斗检封”，当然是不对的。至于其名称为何，因为没有自名，还不太清楚，但至少不能和简牍文书所用的“斗检封”混同。或许可以改称为“铜检封”。《十钟山房印举》版本比较复杂，最近我们看到嘉德拍卖的《十钟山房印举》中收录了一件铜检封，但这件铜检封的铭文并非“官律所平”，而近似于花纹。这实际是另一种文字，对于研究汉代的中西交流也有着重要意义。

因为时间关系，简单说这么多。最后对陈介祺的度量衡收藏作一个评述，并谈谈他对于度量衡史研究的贡献。

第一，陈介祺汇存了一大批秦汉度量衡器的实物，又致力于传古，使得拓本广为流传，这也影响了端方、罗振玉、商承祚等众多金石学家，也推动了清末直到现代以实物研究古代度量衡的风气。

第二，陈介祺重视古代文字的同时，也重视度量衡器所反映的单位及标准量值。他的研究使得度量衡器超过了以往“证经补史”的局限，也应将陈介祺视为科学研究古代度量衡的先驱。

第三，陈介祺对度量衡器的定名及研究影响深远。他对秦诏陶量、秦诏版等器物的定名及考证等，很多构成了度量衡研究的基础知识，同时也深刻影响了现今对于秦汉历史文物的认识。

谢谢大家！

谷　卿：谢谢熊老师给我们带来的关于簠斋藏度量衡器的一些介绍，看到了很多新资料，以及熊老师近期的研究成果。

刚才两位发言人都提到《十钟山房印举》，它有多个版本，我们知道陈介祺他有一个斋号叫“万印楼”，他的收藏包括他的用印达到或者超过了一万方，他在第一次编辑《十钟山房印举》的时候，自己出了七千多方，同时从朋友那边借拓两千多方，数量是非常惊人的。从现在来看，这是在印谱史上有着举足轻重地位的一部著作。今天在我们现场的朱天曙老师是研究明清印学、明清印论和书学史的专家，有关陈介祺的印学思想，包括他的一些藏印相关的情况，以及陈介祺书法风格的特点，我们请朱老师做一些评述和介绍。

朱天曙： 非常高兴谷卿先生邀请我们过来参加这样一个论坛。刚才听了卢芳玉老师的国图藏陈介祺资料的介绍，还有熊长云老师关于诏版的介绍，我们听了以后有很大的收获。

今天我们讨论陈介祺与晚清金石文化的振兴，前段时间我刚刚到潍坊市去了一趟，潍坊市正好搞金石文化节。潍坊这个地方很特别，从清初开始就有收藏的风气。清初一个著名的文人叫周亮工，他就在潍县做官，从周亮工开始，潍县就有收藏金石的风气。当然，周亮工与陈介祺有所不同，周亮工主要关注明末清初重要文人、印人和画家的文献，陈介祺主要关注的是金石方面的，但是这个风气一直是流传下来的。

清代以来，金石文化是怎么样对艺术创作和碑学活动产生影响的？晚清时期盛行金石文化不是一天形成的，从明末清初开始这种风气就已经开始，到了晚清陈介祺实际上是一个集大成。对于书法篆刻来说，这个风气产生了极其重要的影响。从魏晋以来，一直到明代，书法史基本上是“二王”的天下，到了清代以后，书法史上出现了一个新的脉络，这个脉络就是碑学。碑学兴起使得中国书法形成了一个新的思路，人们开始从金石碑版中来寻找新的创作材料，这能够促进书法艺术创作不断地丰富，出现新的内容。回顾一下中国书法史，到了清代以后，出土了《曹全碑》，引起了很多文人的兴趣，清初的文人大部分人都在写这块碑，清初最有名的一个隶书书家郑簠，就是写《曹全碑》的，我刚才提到周亮工，也是写《曹全碑》的。清代碑学兴起最早就是从隶书创作开始的。

碑学从一开始就从隶书开始变化，为什么会从隶书开始？因为出土了很多汉代的资料。出土文献对于我们书法创作起到了一个重要的作用。故宫博物院院刊上有一篇文章谈清代发现的汉碑对清人书法的影响，引用了很多材料，列举的从清初到清代晚期出土的汉代到魏晋时期的刻石，有四五十种，在清初这段时间集中出现很多。这些出土的东西对文人的艺术创作产生了重要的影响，郑簠也好，周亮工也好，这样一批文人都在写隶书，隶书的兴起就为碑学开启了一个风气。

清初这个风气一直影响到清代乾隆、嘉庆年间。乾隆时期最有名的扬州八怪，扬州八怪里面有一个主要的人物叫金农，金农写字就是写汉碑，写《华山庙碑》。今天流传的金农的作品里面，最有名的是“漆书”，这个风格从哪里来？就是从《华山庙碑》变化过来的。金农有一首《鲁中杂诗》这样讲，“会稽内史负俗姿”，会稽内史就是指王羲之，“字学荒疏笑骋驰”，书法界这个字都写不好，大家都在写刻帖，越来越写不好了，“耻向书家作奴婢”，我这个人不要去做书家的奴婢，“华山片石是吾师”，《华山庙碑》

就是我的老师。可想而知，到了乾隆年间，文人学碑的风气非常兴盛，这个风气一代代地传下去。

金农这种学碑的观念影响了很多人，我们过去学东西都是学名家，这个是王羲之的帖，我们要学，但是到金农这个时候不一样了，《华山庙碑》是谁刻的？不知道，无名氏，这个时候已经打破了过去要学名家的一种观念。学习书法可以学无名氏的，汉代的刻石是谁刻的，搞不清楚，搞不清楚为什么要学？因为刻得好啊。这反映着人们思想观念的变化，不一定要学名人，这个时候开始学无名氏的，因为写得好。到了乾隆年间，人们的艺术创作观念发生了极大的变化，打破了过去一定要学“二王”，一定要学名家的观念。到了后来，“要知二王之外还有书”，学习书法不光学“二王”，“二王”之外还有书法，金农“华山片石是吾师”的观念，体现了清代中期这样一个思想的变化。

为什么在清代中期这个时候非常兴盛写这些出土的东西，写这些碑刻？因为乾隆以后金石学太兴盛了。这个时候为什么兴盛？由于朴学兴起，文字学研究已经很丰富了，文人对金石的兴趣越来越浓，乾嘉时期就出现了一大批有名的金石家，其中最有名的两个人，一个叫钱坫，他最有名的书叫《十六长乐堂古器款识考》，收录了很多器型，很多很重要的铭文。还有一个是大名鼎鼎的阮元，他有部书叫《积古斋钟鼎彝器款识》，收录了各家收藏的铜器，对后代影响非常大。道咸时期也出现了一批重要的人物，比如说徐同柏这样一些人物，徐同柏曾经编过《从古堂款识学》，这些书对推动当时金石学的研究很有帮助。同光以后，有吴大澂这样一批重要的金石学家，他们出版了很多重要的著作，使得金石学的脉络一直流传下来。

金石学兴起以后，对书法艺术创作产生了极其重要的影响，文人不断从金石学的研究当中吸收营养。从扬州八怪之后就出现了书法史上最重要的两个人物，一个是邓石如，一个是伊秉绶，他们两个人用不同的方法来对碑学进行演绎。邓石如开始写篆书，强调书写性。宋元时期篆书都是描摹式的写法，到了邓石如变化了，注重书写性，他的字有书写感，有速度感，他打破了以前篆书的写法。从唐以后写篆书都是描摹式的写法，到了邓石如变了，把毫铺下来，不像以前用笔尖描一描，邓石如就把毫铺下来写，这是一个伟大的创作，对碑学的兴起是一个革命性的变化。还有一个重要的隶书书家伊秉绶，他的隶书也是学汉人的，变化的方法是：用不变的方法来写隶书。伊秉绶的隶书很笨拙，不变化，他变化的办法就是不变化。金农写字也用这个方法，变化的方式也是用不变的方法来应对变化。金农有一种字体叫作隶楷，用他自己的话叫“如灯取影”，两个字是一模一样，不变化，就像美术字一样，这是用不变的方法来写。伊秉绶也用这种方法，就是看似不变的东西它实际上已经变了。

清代人创造的方法非常有意思，在书写性里面追求变化，变化的时候又追求不变化的方法，形成了清代特有的传统。这个传统到了晚清以后，吴昌硕、黄牧甫、赵之谦等这样一批书家传下来了，金石学发展以后对清代碑学的发展产生了极其重要的影响。

同光年间，收藏家陈介祺就起了一个很重要的作用。他重要的作用在哪里？刚才卢芳玉和熊长云老师介绍了，他收藏的品种非常丰富，既包括古印，包括三代以上的器物，也包括汉代的器物，还包括各种各样的古陶文。收藏的种类这么多，文人就在想这些东西怎么运用到创作当中来，对后来的创作产生了很大的影响。清代产生了一个重要的观念，叫作“印外求印”。我们不光求“印内”，还要把书法里面的那种味道刻到印章里面去，书法对篆刻产生了很重要的影响。陈介祺有部书叫《十钟山房印举》，里面在汉印之前他增加了两个品种，一个叫古玺，一个叫周秦印，这个非常重要，这是对印章认识的一个重大突破。汉印跟早期的印章过去分不清楚，具体哪些是汉代印，哪些是古玺搞不清楚，通过他的分类，就知道了哪些是秦代印，哪些是汉代印，哪些是三代时候的印，这个贡献是很大的，分得很清楚。篆刻史有三大高峰，一个是古玺，一个是秦汉印，一个明清篆刻，这是从哪里来的？实际上从《十钟山房印举》的分类当中我们就可以看到。

晚清时期，金石学的兴起对文人的创作产生了很重要的作用，文人自觉地把这些东西运用到创作当中来，比如说最有名的黄牧甫，他的篆刻风格里面有一个很重要的特点，印章当中经常会出现点团，我们过去的篆刻里面没有点团，汉印里面点团也少。从三代时期，金文两个线交叉，铜铸的时候会流出一点铜来，这个东西就像拧钉子一样，慢慢成了一种风格。吴昌硕的印章经常右边要稍微高一点，为什么高一点？他学的是石鼓文错落的方法。金石学的成就，对书法篆刻创作产生了非常重要的影响。清代后期赵之谦讲："取法在秦诏汉灯之间，为六百年来摹印家立一门户。"他很自信的，取法在秦汉的器物金石文字。过去没人这样弄，为什么出现这种情况？金石学的研究和发现为文人书法篆刻家打开了一种思路。

碑学在中国书法史上就形成了一个非常重要的脉络。文人的取法也发生变化。碑学由隶书开始，后来扩展到篆书，写篆书还不够，就开始扩展到北碑，因为过去刻石非常多，不断有各种各样大量北朝时期的刻石出来，北朝时期的刻石也可以学，北碑还不够，又学魏碑，这条线大家可以看得很清楚。吴昌硕、齐白石、黄宾虹、潘天寿、傅抱石等大家无一例外地有一个共性，就是喜欢金石，研究金石，今天这样一个风气实际上还在延续。

今天有很多从事书法篆刻创作的同学来听，我们讨论这样一个话题，对于我们理解中国书法史，对于认识今天的书法篆刻创作都有很重要的意义。

谢谢！

谷　卿：朱老师从一个纵向的角度给我们梳理了书法史和金石学史的发展，帮我们把今天限定的时间维度扩展了：本来是在清代，上溯到明末清初，往下下行一直到我们的现代和当代，视野很开阔，也让我们感受到收藏和创作之间深刻的互动关系。朱老师还讲到很多陈介祺关于古玺印收藏和研究方面的话题，其中有陈介祺对于封泥的研究，实际上也值得我们关注，他和吴式芬合作过一部非常重要的关于封泥的研究著作《封泥考略》，另外最近香港嘉德拍了一件陈介祺旧藏的古玺印，拍到610多万港币，可见大家对于经过陈介祺鉴藏的东西是非常认可的。

刚才几位老师都提到陈介祺是一个“宝藏老人”，他不是一个人在战斗，他有一个朋友圈，当时一些金石学界比较重要的人物几乎都在这个圈子当中，比如说我们刚才讲到的吴式芬、吴大澂，包括徐同柏、鲍康、吴云等，他们之间如何进行切磋交流，接下来请宋玖安博士给大家谈一谈，陈介祺和他的朋友们基于古文字学的一些交往、交流。欢迎宋老师。

宋玖安： 今天我带来的题目是《陈介祺及其友人的古文字交往》。在此先对陈介祺与其友人的关系作一个简要介绍。

陈介祺中晚年交往的主要人物有李佐贤、鲍康、吴云、潘祖荫、吴大澂、王懿荣等，他们都是晚清金石学史上赫赫有名的一些人物。先从他们当时所处的地理位置来看，此时陈介祺居山东潍县，李佐贤在山东利津，他们二位所处不远，而鲍康、潘祖荫与王懿荣当时在北京，吴云居苏州，吴大澂则宦迹不定。此时陈介祺的这些朋友分在南北，他们交流的方式主要以书信为主。考察现存陈介祺与友朋的信札可见他们当时交往的很多信息。看了这些材料之后，我先考虑这样一个问题，在晚清众多的金石学家当中，陈介祺虽与上述朋友并非处于一地，但他们的交往密切，学术交流更是不断，这其中的原因是什么？又有哪些原因促成了他们的交往？这是我起初比较关心的一个问题。吴云在给吴大澂的一封书信中说："吴中谈书画者颇不乏人，独金石考证之学落落寡俦。大抵三四同志，多在数千里外。寿老月必通书。"寿老即指陈介祺，他们每个月都要通书。另外与吴大澂、潘祖荫、鲍康他们的交往也十分密切，所以说"海内金石之交只此数人"。

吴云所说"金石考证之学落落寡俦"的"金石"一词其实是一个比较宽泛的概念。其实从他们的学术交往来看，主要侧重于"金"而少"石"，在"金"中又主要侧重于古文字。从当时的学术环境来看，晚清汉学考据已不复乾嘉时期的兴盛，学者的研究兴趣也有多样化的转向。从当时的社会环境来看，晚清太平天国运动的冲击给学术也带来不小的负面影响。梁启超曾说，许多耆宿学者，遭难凋落。所谓乾嘉诸老的风流文采在这个时候成了一种凭吊的资料，考证之学本已在落潮时代。晚清的小学研究与乾嘉时期的规模已经不能相比。此时出土的三代彝器等古文字又陆续不绝，依然需要学者来进行研究。在光绪之后，金石考证之学有一个逐渐的复苏现象，研究者其实人数不少，但是陈介祺与其友朋主要是侧重于古文字的研究，相对于金石学中其他石刻、碑帖的研究来说，研究古文字的人数远远少于研究石刻和碑帖的，这大概也是当时的一个基本情况。研究古文字第一是需要一定的学术门槛，先要有一个比较好的小学基础，其次是经学的基础。研究文字之外，陈介祺及其友人大都是古器物的收藏者，所以说除了通小学、经学之外，还要有一个鉴古的眼力，并要有收购的财力。综合这几个方面来看，具备这些条件的人，基本上就是陈介祺与他的这些友人。

陈介祺与其友朋的关系还表现在著述上，这要看陈介祺在其中起到哪些作用。

第一是陈介祺对友朋著述的批阅。有的著述是在尚未完稿时拿过来给陈介祺看，陈介祺作一些批注。有的是出版了之后送给陈介祺，陈介祺也会作一些批注，然后通过书信向他朋友反馈，对其中的不足、所收器物的真伪，他都会有一个详细的反馈。出版之前送与陈介祺批校的著述有鲍康的《观古阁泉说》、李佐贤的《续泉说》。陈介祺给鲍康《观古阁泉说》作了一个评注，鲍康把这部分称为“陈簠斋评”，刊刻在《观古阁泉说》的后面，共有33条。之后李佐贤的《续泉说》也有陈介祺的评注附后，后面另附有吴大澂的《说金》，王懿荣的《金说》两篇，都是与泉币文字相关的文章。从正文到批文到附文，所持观点“虽为挚交，不肯苟同”。他们所持观点未必一样，最后都集合到了一起。陈介祺曾说：“今人论古，只患无说，不患不同。”通过这种交互的评注之后，对学术探讨有一个较好的氛围。潘祖荫的《攀古楼彝器款识》成书后送给陈介祺，陈介祺也在后面加了一些评注，把里面他认为是伪器的作了一个说明，又以书信形式寄回给潘祖荫。吴云《两罍轩彝器图释》刊刻之前也曾给陈介祺看，陈介祺指出了其中的部分伪器，并作书劝吴云将伪器删汰数件。结合这个书信和出版后的《两罍轩彝器图释》看，吴云听其建议大概删了两三件，看来吴云对陈介祺的意见还是有所接受。梁启超论述清代“学者社会”时曾说，乾嘉时期学者遇到问题“每得一义，辄驰书其共学之友相商榷，答者未尝不尽其词。凡著一书成，必经挚友数辈严勘得失，乃以问世，而其勘也皆以函札”。陈介祺与其友人的交往，依然可见乾嘉时期学者旧传统的延续。梁启超在《清代学术概论》里面评价陈介祺与其友朋著作时说：“多一时师友互相赏析所得，非必著者一人之私言也。”可见他们的著述成果得益于这种学术交流。

第二是陈介祺对朋友的拓本资助。陈介祺拓的东西非常精细，成本也高，有一部分为互相交换，有的也收取一部分费用，他的拓本成本还是比较高的。早在咸丰元年（1851），陈介祺曾把34种拓片寄给徐同柏请其考释，之后可能又有其他的寄赠。从徐同柏所著《从古堂款识学》来看，里面共收陈介祺的藏器82件。同治九年（1870）李佐贤在陈介祺处看到他藏的六朝泉币，这是李氏之前没有见过的，陈介祺把这些拓本无私地提供给李佐贤，然后才有《续泉汇》的成书。另外陈介祺是古陶文收藏研究真正意义上的第一人。光绪三年（1877）左右，他将自己所收古陶拓片，先后寄给吴大澂两千余份。次年春天吴大澂以此编成《古陶文考释》一书，这本书很可惜现在没能找到，之后陆续又有《读古陶文记》《三代秦汉古陶文字稿》等古陶文的著述。这些著述的拓本资料也多半是陈介祺送给他的。

第三是陈介祺与吴大澂《说文古籀补》的关系。在此我想说一点我的看法。清代学术重考据，“训诂明而后义理明”是汉学家共同的一个普遍认识。在这一前提下，清代《说文》的研究十分兴盛，但是在陈介祺之前的这些研究多是围绕《说文》内部的研究，侧重于校、著、证、考。陈介祺早年的朋友王筠从事《说文》研究，在他的研究中就曾用金文与《说文》小篆作字形结构以及意义上的互证解释。从当时的学术环境来看，这一研究方法其实是有一定的超前性的。学术研究的进步与发展总是需要一些新材料的支撑，并借助这些新材料对传统的某些观念进行修正。晚清时期随着金文、陶文、玺印、货币文字的出土，有一些学者曾主张以这些古文字来订补《说文》，陈介祺应该就是其中的一个代表人物。他把他的这一想法通过书信向很多朋友阐述，并多次提倡。陈介祺想以古文字与《说文》小篆作一个互证研究，他认为许书里面收的一些古文都有不同程度的讹误，不如出土的东西来得更为真切。到了光绪年间，陈介祺的这一个观念在朋友当中有了一些反响。吴大澂给陈介祺的书信说：“来书所谓于许书之上集一大成，拟之三代作者。大澂不敏，窃有志于此，所见所闻求其广，不厌其烦，亦不敢自执己见，惟虚衷以求益，寝馈于此，博采旁通，以古鉨、古陶补彝器所不及。尤企长者时赐，启牖爱古传古，以存秦燔后一线之遗。”之前陈介祺给吴云的信中曾说，这项工作自己虽不能完成，如有朋友来做也乐观其成。吴大澂表示自己有志于此，通过陈介祺提供的古玺、古陶文等一些拓本资料，最终完成了《说文古籀补》。从客观方面来说，吴氏此著从观念上有陈介祺的某些影响，再一个就是陈介祺提供了一些拓本资料，这两方面对成书都有一定影响。从吴氏本人这一方来看，此著也未必完全是按照陈介祺思想进行的实践。晚清时期的金文研究，主要释读方法为金文与《说文》对勘的方法，这也是后世学者研究金文所使用的基本方法。在对勘研究之时，《说文》与金文等古文字的构形、部首等相关的内在关联是必须要思考的问题。以金文等古文字来为小篆找一源头并析理其中的关系，即以古文字补《说文》的内在条件与契机，这是《说文古籀补》成书的内在机缘。与其说吴大澂《说文古籀补》是陈介祺思想的一种实践，我更愿意视为这是共通的认识与共同的成果。

第四是陈介祺对他早年的一些友朋遗著的整理。这些有的成书了，有的没有成书，无论结果如何，陈介祺在这其中还是费了不少心思的。通过这些往来书信都可见陈介祺对他早年友朋遗著的默默付出。比较典型的一例是《长安获古编》，这是刘喜海的一个遗著。咸丰三年（1853）刘喜海去世以后，此书尚未刻完，后来书稿为陈介祺所收，陈介祺认为不能不为刘喜海留一著作，并请鲍康一起来做。鲍康为此书作序说，除了他们两人之外，还有胡义赞、王懿荣、吴大澂等人，他们共同为此书绘图、校勘。《长安获古编》原稿有图像、文字，但无考释。陈介祺认为应该补入释文，鲍康则认为应遵从原稿，往来书信中反复探讨多次，从后来的成书来看还是遵从了原稿之意。刘喜海去世以后，《长安获古编》书版为琉璃厂某氏所得，鲍康准备把这个书版买回来续印，因为价比较高，在给潘祖荫书信里面说，非数百金不能售，最终也没有购成。后决定让吴大澂拿到陕西重刻，吴氏擅摹绘，能为此书增色不少。光绪元年（1875）吴大澂给陈介祺信里边说，准备专心复刻《长安获古编》，并将所绘让陈介祺过目。《长安获古编》至此一共经历22年的时间。

还有一例是吴式芬的遗著《攈古录金文》。吴式芬编此书的时间大概在道光十九年（1839），编得比较早。咸丰六年（1856）吴式芬去世了之后，次年吴式芬的次子，也就是陈介祺的女婿，开始请许瀚校勘这部遗书。许瀚先从金文部分校起，并且作书信向陈介祺询问一些编订意见。从书信内容来看，书稿的第二册所收为秦汉以下文字。但石鼓文等失收，再版是刻还是不刻，陈介祺认为石鼓必不可遗，其他的两个并不可靠，所以最后只增加了石鼓文。再一个就是刘喜海的《古泉苑》，这个书他们当时准备出版，但没有能够做成，虽然也是付出了一些精力、时间，遗憾的是最后这个他们那时没有做成，这个就不具体说了。其他没有成书的还有像徐同柏的《从古堂款识学》，当时稿本在吴大澂手里，陈介祺借过来之后加了一些批注，并且以书信的形式跟吴大澂说希望把这本书出版，但在当时也没能出版。陈介祺自己的一些著述想法不少也未能形成，如要汇刻三代古器物的款识，吴云当时说如要出版愿意分任，但最终也没有成。从纵向来看清代的金文著作，前者阮元《积古斋钟鼎彝器款识》、吴荣光《筠清馆金文》以及后来端方的《陶斋吉金录》，这些著作都是由幕宾协助而成。尚小明《学人游幕与清代学术》曾指出幕府著书的优势即在于幕主协调，幕宾多人协力。这种同时同地多人通力协作完成的著作易于成书。与此相比，陈介祺与各地友朋联络基本以书信为主，其间探讨学术共同研讨可降低错误的概率，而共同刊书实则不易。

陈介祺以信札与友朋进行学术交流，突破了地域的限制，成为相互了解的一种媒介，学术互动的氛围为之高涨。从陈介祺与友人的批注作为校正可见他们的治学精神，陈介祺经手与整理的友朋遗著，为学术史保存了研究成果。另外，陈介祺与友人金石拓本的交换极为频繁，且数量非常大，这使得友朋之间对彼此的藏品随时可以有新的了解，有利于相互形成一种新的认识，新的学术观点就是以这种物质基础为前提。通过横向的比较分析，选取了陈介祺与友人交往的某些断面，可以对他们的交往形式、著述过程、学术观念的形成等交往背后的情况作一个剖析，对晚清的金石学术史有一个另面的了解。

谢谢！请各位批评指正。

谷　卿：玖安兄还原和展现了当时的知识群体进行知识交流、知识生产和知识传播的状况，里面有一句话很能触动我们，“虽为挚交，不肯苟同”，虽然私交非常好，但在学术交流上还是要坚持一定的原则，这个对我们现在进行学术研究，包括与学术同仁的交往也是很重要的启示和提醒。

接下来有请我院美术研究所的陆明君老师发言。陆老师是研究陈介祺的专家，刚才有很多老师在发言中也都提到了陆先生的著作。

陆明君： 很高兴跟各位老师还有同学们，今天交流陈介祺及晚清金石学上的一些问题。刚才谷卿介绍我是专家，其实不算专家，只是自己对陈介祺的研究可能起步早一点，因为《簠斋研究》是我硕士时候写的论文，2000 年左右做的。当时的陈介祺研究几乎处于空白，只有几篇小文章。后来我这个书出来以后，潍坊市政府和山东印社在潍坊市召开了首届陈介祺研讨会，以那一次会议为契机，金石学界都纷纷开始关注陈介祺。那一次会议是 2004 年，距今过去十几年的时间了，现在陈介祺的研究几乎形成了一个热门，各位年轻的学者都关注陈介祺。潍坊市政府每年都举办一届陈介祺艺术节，或者是金石文化节，就是以陈介祺为主题，海外像日本的、韩国的，以及我国港澳台地区的金石学家、篆刻家，都会云集潍坊。

陈介祺近些年的研究形成一个非常繁荣的局面，并且近些年各大拍卖会，只要见到陈介祺的藏品，价都很高，都是超乎想象的。当然后人的研究是一个方面，对认识陈介祺的地位与贡献起了一种作用。根本的问题还是陈介祺自身，确实他是晚清金石学的杰出代表，刚才各位的报告中大家能感受到。

我们今天面对的是这么一个比较庞大的课题，谷卿跟我说让我用二三十分钟的时间谈陈介祺，应该具体到某一点，但是我觉得还是很难。今天接下来的时间只能是漫谈，因为没法展开去谈，我想到哪里说到哪里，尤其是立足于当下的学术研究这个方面，跟各位探讨一下。

金石学大家知道是兴于宋代，到了清代，随着朴学的发展，人们考经证史的需求使其得到了一个复兴。这期间出土的一些重器，是以前不可比拟的，像毛公鼎、盂鼎等，尤其是这些铭文多的青铜器，纷纷出土，这引起了一些达官士人的关注，并且纷纷研究铭文，促成了金石学的一个兴盛。

金石学可以说在原来也叫古器物学，当然它包罗的是青铜器、刻石、陶、砖瓦，包括比如说竹简等，就是一切出土的东西。它虽然以金石为名，但是金石学的含义不光立足在青铜器和石刻，它可以是一切出土的器物，也就是今天说的文物。

金石学在1912年以前，它是介于历史学跟文字学之间的一门学科，五四新文化运动以后，随着新兴学科的一些发展，可以说一些学术新体系的建立，金石学被考古学、古文字学、美术学、书法篆刻等肢解了，代替了。所以现在咱们看晚清金石学的一些东西，如果按照现代一些学科来对应，只能有一部分属于美术考古，有一部分属于古文字学，还有一部分属于书法篆刻等。这个时期，像罗振玉、王国维，还有以后的一些学者，他们的学术根基就是传统的金石学，我们要想了解传统金石学的一些发展，后人想了解前代学者的一些情况，必须追溯晚清金石学，才能发现一些东西。

陈介祺为什么能成为晚清金石学的一个非常有代表性的人物？收藏最富，鉴别最精，再一个可以说他在传古上开了一个新风，是极具超前意识的，留下的拓片是一大笔财富，收藏也开一代风气之先，反正金石学涉及的他都有收藏，数量就不用说了，我的书里也有具体的罗列，其他人的文章里也都有涉及了。就收藏而言，主要是有这么几个特点：

第一，重先秦三代之器。当然作为文物来说，越老它的价值越被重视。陈介祺的藏物最晚就是到魏晋南北朝，像石刻、造像的收藏什么的，再以后没有了，见到唐宋的文物等他不要，或者说他就不列在他的藏物里了。第二，重文字之器。他把文字看成考索古代文明一个重要的载体，一个不可多得的最真实的材料。第三，重精藏。他确实眼力高，有些藏品确实精，这一点从他的拓片反映出的情况就能看到。第四，注重记载。藏品出土的信息，具体什么情况，他很注重从这方面去了解探讨。他嘱托在外的那些幕僚，收集文物时一定注意这些，这是非常有先见之明的。这实际上就是现在的考古学的意识，注重比如说地点，甚至地层等，一个器物出土在哪里、出土在哪个具体的环境中，它是不一样的，我们对它的判断也是不一样的。所以说从这些情况来看，他确实是把收藏作为一种学术，不是像一般人一样将其作为玩物。

鉴定辨伪这个方面更不用说了，他的眼力体现出来了。从早年的毛公鼎收藏他就很自信，一见到毛公鼎很多人说这是假的，包括张之洞，说你花了一万两银子买那么个假货，但是陈介祺非常自信，当时一万两可是个天文数字，他就买下了毛公鼎。他的眼力不光是对自己的藏品，通过比如说看朋友的金石拓本，他就基本能判断出是真是假。潘祖荫是他最好的朋友，他的金文拓本中有些伪器，他就写信知告潘哪些是伪器，应该排除，潘祖荫也不高兴，就觉得你说得绝对了吧，哪能那样。还有吴云，吴云把藏印拓本寄给陈介祺，陈介祺看了以后，每一方都给他标出来，哪些可能靠不住，吴云当时不信，后来证实确实如他所说。

为什么商承祚这些前辈学者这么推崇陈介祺，说他高明、眼明如炬？实际上一个是见得多，见多识广，再一个就是学术高度，他有综合的修养，综合的知识面。陶文，为什么别人发现不了，他发现了？还有对古钱、对各种度量，别人不关注，他却有非凡的眼光，这种不一般的意识。

从传古这个方面来说，首先是他对具体的传拓的探索值得关注。人们一直称赞他的拓工是最好的，所以从他那里流出的拓本也最珍贵。还有对立体拓，也就是全形拓的一个探索。大家知道全形拓产生于嘉庆年间六舟之手，陈介祺虽然与六舟没有直接的来往，但是确实受到了他的启发。六舟当时住在苏州附近的一个寺院里，陈介祺的岳父当时是苏州知府，所以陈介祺就嘱托他岳父关注这个事。后来他墨拓的经验写成《传古别录》，潘祖荫给他刻在《滂喜斋丛书》里，当时就有影响。

再一方面他确实拓了大量的东西，刚才卢老师展示了国家图书馆藏的一部分，实际上各大博物馆、图书馆都藏了一定数量的陈介祺的一些拓本，包含了各个门类。他常年雇着拓工，一般都有四五个常年拓工。这些拓本很有影响，好多达官贵人纷纷来购求。所以说现在流散在全国包括海外的各大图书馆、博物馆的拓本，都是很精到、很讲究的，这是一笔很大的财富。在传古上，他强调精拓或者精刻，包括刻书也是一个重要的方面，他还要提倡用照相术来辅助，因为照相当时刚刚从西方传入国内，他的一个表弟谭雨帆，还是最早掌握照相技术的人，但当时苦于找不到好的刻工，所以影响了他的贡献。

释古方面，或者说是学术上的一些贡献，我专门有文章谈到，主要涉及陶文的发现，还有对用古文字补缺《说文》的一些认识等，这方面最重要的书是吴大澂的《说文古籀补》。这本书成书那一年刚好陈介祺去世，但是这个《说文古籀补》的体例实际上就源于陈介祺，因为他最先有这个动机，并且反复给这些金石友说这个事，谁先于他做出来，他都很高兴。还有对一些古代典籍如《尚书》的补证，陈介祺最先考释一些文字，有 20 多个，我看的资料还不多，还没最后形成文章，就不在这里说了。

另外我想谈谈金石学研究如何深化的问题。近些年，尤其是随着博士、硕士的大量增加，这方面的研究也多了起来，但写这方面论文的，一般都是从资料到资料，这里边有一个问题，我们的知识结构如何跟前人去对应？刚才朱老师也说到这个问题，清代的金石学家他们的知识结构是非常全面的，经学、史学、文字学，他们对古代的典章文物都非常了解，能从司空见惯的东西中发现学术问题，学者们有非常宏阔的知识面，而现在学科划分越来越细，存在很大弊端，我们没法与古人去对应，所以现在研究捉襟见肘，难以深入，我是深有体会的。我在研究陈介祺的时候感到，他涉及这么多面，靠我们的知识积累远远不行，很难理解他，有的时候真得现学现用。由此也想到，现在的清代金石学研究确实需要各个方面的知识背景的人来参与，或者是我们自身要不断提高，增加各方面的知识积累。

清人的书信、日记、题跋，这也是很关键的材料，我们对清人的这类东西现在的重视程度还不够，梁启超在《清代学术概论》中说，清人的书札本身就是学术的重要组成部分，是他们一个真实的学术呈现。比如说读陈介祺的书札，它包罗万象，涉及好多，其实不但有金石学方面的，还有其他史学方面的，研究历史也可以从中得到很多珍贵的史料，像洋人传教、吏治问题、赈灾救荒、防止官吏贪污、搞廉政和海防等，这些方面陈介祺都有大量的讨论，尤其是对咸丰年间捻军的一些记载。捻军到各地，到潍县周边，其活动情况他记录得非常详细，我想这些内容史学界都是忽略的，大量的信息我们本来都可以利用。

还有一个问题，我们现在搞研究如何去有效地利用这些史料，关键是要保证这些史料的真实性，这关系到辨伪问题，不要以为咱们平常见到的全都是可靠的，那是不对的。近些年各大拍卖会上明清人的墨迹，真迹能有多少？我想达不到一半。陈介祺的对联可以说 90% 都是假的，但拍卖会甚至博物馆都拿它当真的。潍坊当地博物馆存着好多陈介祺的对联，我说这不对，他们问你根据什么说不对，我说不根据谁，根据推理和我们的眼力，所以说我们搞书法的是最有这个条件的。不光是对联，还有大量的题跋、信札，都有作假的，造假确实有高手，包括日本，我接触到日本给我的一些资料，里边也有不少假的，我有文章专门写过，日本朋友像一些著名的汉学家，他们拿着这些材料当真的，还发表了文章。这种作伪程度都很高明，从书法上看一般人是很难辨别的，像我们经常看簠斋的东西，并且有书法基础，可能才有这方面的鉴别能力。

有关陈介祺研究，潍坊市政府组织了国家课题，前几年请我去论证，我说陈介祺研究这么庞大的体系，确实需要一个团队的力量，但这不是人海战术的事，必须得够专业。我打一个最简单的比方，你到图书馆面对一个稿本，或者是一些拓本，上面的一些题跋、笔迹，你能辨别出是不是陈介祺的吗？一般人辨别不出来，哪些是陈介祺的，哪些是其他人的，不是说每一条题跋都盖着印的。我们必须对陈介祺每一个时期的笔迹有清晰的了解，你才能下判断。一般稿本图书馆不让拍照，只能用铅笔摹下来，但是有些人根本摹不对，我曾经让外地的一个人帮忙找一个东西，他说不让拍照怎么办，我说你给我摹下来发给我，但是我看来看去读不通，后来我有机会见到这个东西才知道，他摹的里面五六个字都走样了，没法辨，这就是一个很现实的问题。

还有好多问题，像刚才长云介绍了度量衡的问题。陈介祺确实是对量器研究有贡献，现在学术界也推崇，像杨树达对陈介祺有关量器的一些探索也给予了肯定，但是肯定有学术局限性，我们不能拿现在的学术成果来衡量先辈那个时期的一些情况。所以说牵扯到这一些问题，我们如果没有一个宏阔的知识面是非常尴尬的。

我就说到这里，谢谢！

谷　卿：谢谢陆老师，先是从藏古、鉴古、传古、释古概括了陈介祺金石学的全貌，然后还在金石研究，包括历史研究和学术研究的方面也给我们提供了很多有益的建议和提议。接下来有请喻静老师来对今天的论坛评议。

喻　静：大家好！我作为文化所的负责人，首先非常感谢各位专家今天下午给我们提供了这么一场金石学的盛宴，同时也非常感谢各位听众，因为有你们的支持，我们这个论坛才能够一期又一期地办下来，现在我们的“汲古论坛”特征越来越明显，我们以后也将继续让这个论坛成为承载文字学、金石学、敦煌学，还有像艺术考古、丝绸之路文明等这些专学的平台。

我对金石学完全是外行，可以说是一次乱入，要总结和评点我是不敢做的，论坛之前我也跟陆老师商量了一下，我会有请陆老师来帮助。

在这儿只想谈一点非常个人化的感受，因为我也是在这个论坛之前恶补了一下什么叫金石学，以及金石学研究的对象，金石学研究的方法。我看到好像佛教造像，还有佛教的一些金石材料也是被纳入金石学的范围，因为我自己本人主要做中古时期的佛教思想史，我当时以为我和金石学没有任何关系，像刚才各位老师说的一切，于我来说都是非常陌生的领域，后来看了非常普及性的金石学读本后，我才发现原来我本人也是被金石之光照亮的。我想起去年和前年两次奔赴河北响堂山，山底下有一个常乐寺，当时夕阳西下，夕阳很曼妙的光泽照在常乐寺废墟上没有头的佛像上，这个时候整个场域呈现出一种非常神圣的光明。到了北响堂三窟，窟里非常黑暗，第三窟全是刻经，外面有一块碑，这块碑据说在书法史上体现了从隶书到楷书之间的过渡性。这个碑上面有一行字，说“缣缃有坏，简策非久，金牒难求，皮纸易灭”，所有的材料、所有承载文明信息的材料都是那么的容易毁灭，但是只有金石它是永久的，它是持久的和久远的，碑上讲我们要把佛音所说法印在名山和石上。金石它有一种恒一的、至上的、持续的意义。刚进入到洞窟非常黑暗，我们打开了手电，那个手电光亮一下子刺破了黑暗，一瞬间我们看到墙壁上镌刻的那些散发着金属光泽的文字的时候，我觉得我个人的生命或者个人的某些东西是被金石所照亮的。我们今天在餐厅里还说，就是“为学日益，为道日损”，这个知识积累是不断在增加的，但也许我们去寻求这一切的目的是为己之学，是为了寻找知识至上的神圣的那种光彩。所以我觉得这个金石学它有在思想史上的意义，它有持久的特点，它永远有恒一至上的特点，同时写在这种持久材料上的文本一定是不苟且的，能够为我们千年以后的人群所看到。这是我本人对金石学的一点感受。

关于学术部分，希望陆老师慈悲，能够帮我总结一下。

陆明君：不是评点，咱们各位可以共同地交流一下。卢老师谈了国图陈介祺拓本的一些介绍，使我们开了眼界，确实我们没有这个条件，从研究陈介祺开始，只能是看胶片，要想去看真实的，比如说他的原本等，往往是做不到的。前几年我想看，去过好几次，都说那个部分是在维修。

卢芳玉：现在可以了，前两年我们总馆老化在维修，所有东西都封起来了，我们自己也没办法看，现在可以了。

陆明君：所以说好多东西都没看到，今天卢老师介绍了一下，也进一步了解了。确实是，冠以陈介祺名下的这类拓本是很多的，各大博物馆都不少，可能在座的同学都说他怎么那么多著述，这么多著述有特殊性。其实陈介祺生前的著述就几种，一个是潘祖荫刻的《传古别录》，还有《簠斋印集》等，就是四五种而已。以后为什么出来这么多著作在陈介祺名下呢？要想把陈介祺名下的这些书目一一地搜罗起来，这是一件很困难的事。当年山东大学的杜泽逊教授要编山东先贤文献的一个提要，给我打电话说，“陈介祺的你能有时间一一搜索去做一下吗？”我说：“实在抱歉，一个确实时间没有，再一个我了解他的情况太特殊了，我们没有条件去挨着跑各大博物馆。特殊在哪里呢？他那么多拓本都流传出来，当时的人，你比如说我得到了陈介祺的拓本，他装订起来自己题上一个名，这是簠斋藏瓦当，或者簠斋藏什么什么，各种各样的，没法统计，他这种拓本是同一种东西反复地拓，只要是有需要的我就可以寄给你，这种东西都记在陈介祺的名下。”

还有印谱的问题，印谱也很复杂，所谓拓就是印好了版心，把印一个个钤上去。当时是何昆玉住在陈家，拓了两年左右，基本拓完了，但是一直尘封着，为什么呢？就是陈介祺这个人对学术太严谨，他苦于体例，印举的体例很复杂的，你看他的印举目就知道很烦琐的，所以他反复纠结，《十钟山房印举》没有一个完本，一直到陈介祺去世。陈介祺去世了，吴大澂催促簠斋的孙子赶紧弄出来，当时其实就算是相对来说的完本了，但是离陈介祺所想象的还不行。《十钟山房印举》它最终的版本应该成一个什么样呢？这个我在一个文章里也专门有分析，他没有一个定本，他是不装订的，最多是加一个纸条在中间。后来陈家的后人因为经济问题将其抵押给一个古玩铺，钱一直还不上，人家把印谱分着一点点卖出去了，咱们现在见到的各大博物馆藏着这么多《十钟山房印举》的版本，太繁杂了。《簠斋印集》也是这样，像刚才卢老师介绍了国图有 5 册本，有 9 册本，国图可能藏了四五种《簠斋印集》，正规的

《簠斋印集》是当年打了20部，这20部都是分给金石之友的，每部是12册，这是标准的。后来这些不同的版本都跟这个不是一回事，那是怎么回事呢？就是道光二十七年（1847）的版框可能印了好多，《簠斋印集》编完了以后，咸丰元年（1851）以后收藏的印也用这些纸钤，直到同治年间发现的印也都在这里头。我们做学术研究一定要慎重，这一点尤其应该注意。

长云的专题，我听了很有感慨，确实有深意，很好，我很受启发。你博士论文是不是做的这个方向？对陈氏三量你论文中有重点的论述没有？

熊长云：有。

陆明君：后面向你讨教一下也行。

熊长云：行，会后。

陆明君：玖安立足陈介祺同时期的这些金石好友的书札交流等信息，作了一些介绍，确实分析得很细。牵扯到学术，对就是对，错就是错，尽管比如说吴云、潘祖荫，他们都有好几次不高兴的时候，但是陈介祺该怎么样就怎么样，可见学者的风骨。

朱老师从金石学宏观的角度，牵扯到周亮工，牵扯到金石学背景下书法的取法等，可能在座的学书法篆刻的学生比较多，我想对大家也很有启发。确实是，陈介祺当时正处在碑学刚刚兴起的那个阶段，阮元的“两论”都是嘉庆年间发表的，这个时候陈介祺和何绍基都是追随阮元，阮元可不得了，当时是文人的精神领袖。陈介祺的父亲、何绍基的父亲都是高官，都是与阮元有直接的联系，他们作为隔辈，作为学生，都是受到阮元的点拨，所以他们本身来说对阮元非常崇敬。阮元一提出碑学的理论，他们两个就成为积极的捍卫者。何绍基虽然一般是写汉碑，但是他的言论是碑学思想，他跟阮元这层关系我想是有一定原因的。陈介祺他的碑学的观念、言论更激进，完全就是站在碑派的那个立场上来谈，而实际上这些传统文人的书法，从骨子里还是帖学的，当然也会从碑中提取到一些新的东西来丰富它。我就谈这么多。

谷　卿：谢谢陆老师！不知不觉当中，我们论坛已经超时 45 分钟了，这也是我们“汲古论坛”第一次讨论得这么充分和热烈，再次感谢各位主谈人的分享，也感谢各位听众的参与。最后借用卢老师和喻老师刚才的讲话，祝大家“长乐未央，金石永固”，谢谢，再见！

4

与华相宜：多学科视野下的邺城考古新发现

时间:

2019 年 10 月 22 日

主谈人:

何利群　中国社会科学院考古研究所

张雪松　中国人民大学哲学院

谈晟广　清华大学艺术博物馆

王　静　中国人民大学历史学院

杨莽华　中国艺术研究院建筑艺术研究所

主持人:

谷　卿　中国艺术研究院中国文化研究所

评议人:

喻　静　中国艺术研究院中国文化研究所

谷　卿：各位来宾，各位朋友们，大家好！今天我们在这里举行中国文化研究所主办的“汲古论坛”第四场——“与华相宜：多学科视野下的邺城考古新发现”。之前我们考虑，这个论坛两到三个月进行一期，后来经过立项获得院里的支持，每年可能会举行五到六次。经过暑假和国庆长假之后，我们启动了获批立项之后的“汲古论坛”。上周刚刚举行的是第三场有关金石的研讨，今天我们讨论有关邺城考古诸多面向的问题，这是我们文化所喻静老师精心策划的学术活动。

请允许我为各位介绍今天到场的各位嘉宾，他们是：中国艺术研究院常务副院长喻剑南先生，中国社会科学院考古研究所副研究员、河北工作队副队长何利群先生，中国人民大学哲学院副教授张雪松先生，清华大学艺术博物馆策展人谈晟广先生，中国人民大学历史学院副教授王静女士，中国艺术研究院建筑艺术研究所副研究员杨莽华先生。喻静老师将为本场讨论进行评议。

今天还到场了很多学者和媒体朋友们，有我们文化所研究员秦燕春女士、《艺术评论》副主编雍文昴女士，还有各位媒体朋友们，就不一一介绍了。

首先我们想请喻老师为这场论坛作一个简要的介绍，说明缘起，有请喻老师。

喻　静：谢谢各位，欢迎各位光临！这场论坛题目的缘起就是现在正在国博进行的“和合共生——临漳邺城佛造像展”，非常精美。原以为国博的展览到 10 月 6 日已经结束了，但是前不久又意外获知，那个展览经过两次延期到了 10 月 27 日，所以此刻这场展览还在展期中。也就是说今天大家听完何老师以及诸位老师的分享后，如果有所触动，还是有机会到国博去亲身体会一番的。

我本人是非常喜欢邺城的。很多人不了解邺城，不知道它在河北还是河南。其实它在河北、河南交界处，隶属于现在的河北临漳县。邺城有多重要，一会儿我们从几个老师的发言和讨论中能够有所知晓。

我想说的是，汤用彤先生在《汉魏两晋南北朝佛教史》中把邺城称为“学海”，他为什么把邺城叫“学海”，是什么“学”的“学海”呢？南北朝时“寓内英杰，咸归厥邦”，说的就是邺城。邺城是中古早期中国最重要的学术中心之一，有大量的寺院，有不计其数的人才，大量的僧人，各种思想在邺城融合。

另外，今天的北京、东京、首尔这些大城市，它们的母本就是邺城，有了邺城才有了长安，有了长安才有了北京，还有东亚的日本、韩国、朝鲜这些国家中的大城市都是仿造邺南城建的，所以邺城是一个神奇的地方。希望大家听完这个讲座以后能够生起对邺城的好奇心，并接受这个好奇心的引领，进一步探索邺城的秘密。我就简单介绍这些，下面让我们聆听各位老师的高论。

谷　卿：谢谢喻老师的介绍，当然邺城跟佛教也是非常有关联的，刚才介绍了缘起，《佛说造塔功德经》里的偈语讲："诸法因缘生，我说是因缘。"我们有请中国社科院考古所的何利群老师给大家讲说邺城考古的因缘、经过和成果。

何利群：谢谢大家！首先感谢中国艺术研究院、感谢中国文化研究所邀请我来这里向大家介绍邺城考古的新发现和收获。这个讲座和国博的讲座以及美院的讲座有些不一样，因为我们的题目是"多学科视野下的邺城考古新发现"，所以我的介绍还是以佛教为主，但是会涉及邺城的都城建设、邺城的墓葬，以及佛教方面的一些相关知识，主要是向大家介绍我们的考古发现，为大家的研究提供一些新材料，欢迎各位老师对我们的考古发现提出意见、建议。

今天的题目就是："多学科视野下的邺城考古新发现"。

因为前面喻老师向大家介绍了邺城的基本情况，而且在座的各位也都是相关专业的专家学者，所以相关的历史背景我就不多说了。简单提一下，邺城位于河南、河北、山西、山东四省交接处，在地图上这个位置，自古以来就是华北平原南北交通的必经之路，它的地理位置的重要性在古代就不说了，文献方面有相关记载。现代从 20 世纪 50 年代以来，北京到广州的所有交通路线，比如说 107 国道、京广铁路、京港澳高速公路、南水北调的中线以及现在的高速铁路，都从邺城遗址经过。

邺城考古队 1983 年开始进行田野考古工作，经过 30 多年的工作，我们主要是对邺城有这几个相关的定位。

第一，邺城是三国故地、六朝古都、建安文学的发祥地。

第二，邺城是中国乃至东亚地区的都城建设的里程碑，它是隋唐长安城的原型，对东亚地区古代都城的建设产生了深远影响。

第三，邺城是公元 6 世纪中期中原北方地区的佛教文化中心。隋唐以后的华严、法华、净土、禅、律，以及三阶教等，大多数都是缘起或者发端于邺下。

这是邺城早年的一些老照片，下面是著名的铜雀三台。大家知道曹魏的“建安七子”，魏晋的建安文学发源地就是在铜雀三台。这是最前面的金凤台。铜雀台目前只发现这边一小角，后面的冰井台被泛滥的漳河冲刷得目前地面上已经看不出任何痕迹。上面的图片是东魏、北齐的墓葬群，我们看到的是高欢的陵墓。

文学方面不是我们考古的特长，我们虽然把它定性成建安文学发祥地，但是我们考古工作仅仅给大家提供“这里是铜雀台，所以是建安文学的发源地”。我们重中之重是中国古代都城的发展史以及邺城的历史定位。前面喻老师简单向大家介绍了一下，我就结合我们的考古发现给大家介绍邺城在中古都城建设史上的重要地位。

新石器夏商周的都城太久远了我们不说了，就说秦汉以来的古代都城，西汉长安城、东汉洛阳城，实际上代表了一个集大成者。有很多学者有相当的研究，并且有各种诠释。

从考古学角度来说，比较担心过度解释，因为最初规划这个城的时候别人也许没想到这么多，随着时间的推移，又会有不同时代的改建和新建。比如说隋唐长安城的建设思想，就不能把大明宫放进去，因为它是后来建的，最初没有规划大明宫。如果把不同时间段的建设，用一个统一的认识去解释，肯定会犯过度解释的错误。

从邺北城开始，也就是曹魏的邺城，官渡之战以后，特别是曹操被封为魏王以后，邺是他的王都所在。邺北城的建设是和前代都城不同的，它是先规划后建设的，这与汉长安城相比较有显著不同。和前代都城相比，它形成了三个比较鲜明的特点。

第一个特点，单一宫城制度。我们看前面的都城，西汉长安城不用说了，长乐宫、未央宫、北宫、建章宫有很多宫殿，到了东汉还有南宫、北宫，这会造成中央大一统的权力分散，不符合建中立极的特点。从邺北城开始，首先实行单一宫城制度。

第二个特点，出现了全城的中轴线。早期都城没有全城的中轴线，交通很不便利，而且都城里面主要是皇族居住的地方，普通百姓没有太多位置。从邺北城开始，出现了全城统一的中轴线。

第三个特点，按照功能进行分区，皇宫在这里，官府衙门在这一片，贵族在这一片，居民里坊区在什么位置，手工作坊区在什么位置，都是先规划后建设。邺城形成的这三个特点被后代都城所继承。

曹丕迁都到洛阳以后，东汉洛阳城从魏晋以后也变成单一的宫城制度，出现了中轴线。魏晋洛阳城西北的金墉城一般认为也是受到曹魏邺城铜雀三台建筑的影响。

到公元 534 年，北魏分裂成东魏和西魏以后，东魏迁都回到邺城，从曹魏到十六国的后赵、冉魏和前燕都是以邺北城作为都城的。东魏迁都以后，经过十六国战乱破坏，洛阳的全部人口都迁到了邺城，邺北城居住不下这么多人口，因此东魏在邺北城的基础上扩建了邺南城，邺北城的南墙同时也是邺南城内城的北墙，两个城合成一个城，我们现在叫邺北城和邺南城。我们就看邺南城，可以看到和北魏洛阳城的宫城和内城，结构是非常近似的。

北魏的洛阳城，这是宫城和内城，文献记载公元 6 世纪初扩建了大量的里坊区，这是隋大兴城、唐长安城的原型，有非常规则的 300 多个里坊，形成了长安城棋盘格子结构都城的原型。

邺南城，我们说是内城，实际上我们推测也存在大范围的外郭城区，这是有各种证据推论的，而且邺城考古队从 2000 年以后最重要的工作任务就是确认邺南城的外郭城区。在文献记载里，邺南城的建设有一条非常重要的史料，“上则宪章前代，下则模写洛京”。所谓“宪章前代”指邺南城参考了邺北城的结构，“模写洛京”就是邺南城的建设是模仿北魏洛阳城建成的。正是在北魏洛阳城和东魏、北齐邺南城的基础上，兴建了隋代的大兴城，也就是唐代的长安城这种结构。隋大兴城、唐长安城的结构对中国古代的都城，包括北宋东京城、元大都、明清北京城都是这种布局的演变。在7世纪以后同时代的东亚地区，日本平城京、平安京，韩国的新罗王京这些都城都受到隋唐长安城的强烈影响，甚至连宫殿、城门和街道名称都一样。隋唐长安城对东亚地区的都城，对中国唐代以后的都城都产生了直接影响。邺南城以及洛阳城再往前推就是曹魏的邺北城，再往前就没有了，因此我们可以说，曹魏的邺北城包括东魏、北齐的邺南城，在整个东亚地区的都城建设史上是一座不可逾越的里程碑。

邺城考古队另一项重要工作就是对陵墓区发掘。这是邺城外郭城区的范围，从它西北角一直向南延伸就是陵墓群。北宋以来流传这里的墓群是曹操的72疑冢。20世纪80年代邺城考古队确认是北朝墓葬，将其以“北朝墓群”的名称列入第三批全国重点文物保护单位。2000年以后，我们进一步确认，北朝墓群的北部就是东魏、北齐的皇陵区。我们以前推断是皇陵的位置，但是找不到确切的证据。后来经过考古发掘一步步确认了。在北朝墓群的北部，特别是偏东北是北齐的皇陵区，偏西面是东魏的皇陵区，到南面，随着级别越来越低，到现在的河南安阳县境内基本属于是中下级官吏的墓葬群。

这里是天子冢，也就是传说中的东魏唯一的皇帝孝静帝的陵墓，但是没有经过考古发掘。

我们在 20 世纪 80 年代做过一个大型墓葬，在磁县的湾漳，一般我们考古报告就叫磁县湾漳壁画墓。通过分析这个墓的规模、墓葬形制以及壁画、级别各方面，基本可以确认这是北齐第一个皇帝文宣帝高洋的陵墓。这里的壁画非常精美，目前部分壁画在河北博物院展出。

随葬的有几千件陶俑，其中包括近 1.5 米的陶俑，继秦始皇兵马俑以后这样大的陶俑都很难见到了。

2005—2007 年配合国家南水北调的中线工程，我们继续对北朝墓地进行了局部发掘，包括河北省、邯郸市文物部门和部分高校在这里总共发掘了几十座墓葬。

我简单介绍北朝墓群的这两个墓葬，从建筑学角度看，M63 这座墓葬实际上被盗毁得很厉害。从墓室被破坏的程度，可以推断它不是后代盗掘，虽然有很多现代盗洞。这是一个东魏墓葬，但是我们推测应该是北齐时期对那些东魏的人进行了挖坟鞭尸类型的破坏，导致墓室被毁很严重。这个墓葬是北朝墓群中第一座进行系统性封土发掘的，比如说封土有多少层，建筑工序是什么样的，在封土外围还可以看到建造时用砖围出一圈一圈的痕迹，第一圈封土、第二圈封土都是有界限的，这都是比较有意思的新发现。

墓室里面被破坏得非常严重，但是这座墓还有一个重要的意义就是它打破两个非常完整的陶窑，从地层学角度来看是十六国到北魏时期的。这两座窑保存得非常完整。

虽然邺城是十六国时期的重要都城，但是在邺城以前没有发现典型的十六国遗址，我们主要能确认的是东魏、北齐的遗迹。十六国手工业作坊区，以及曹魏的墓葬，作为曹魏的王都，竟然都没有发现。很遗憾，但是也没有办法。由此导致后面的曹操墓争议那么大，就是因为作为曹魏的都城，这里没有发现明确的曹魏时期的墓葬。

这两座窑对我们研究十六国到北魏时期邺城地区的手工业作坊、陶瓷的制作、建筑材料等方面提供了非常重要的材料。

我们新发现了一座元祜墓，编号003，不是20世纪80年代发现的那100多座有封土的类型，这座墓在地面上没有明显的封土，是南水北调过程中我们通过考古勘探新发现的墓葬，这座墓葬没有被盗，保存相对完整。北朝墓前前后后挖了几十座，墓葬基本是被盗掘过的，只有这个元祜墓没有被盗掘，所以它的随葬品组合关系可以比较完整展示当时埋葬的规制。那时没有小飞机，都是用氢气球进行拍照的。当时我们发掘这个墓也是运气比较好，因为我们跟河北省所一起在那儿工作，这座墓上头有几个现代坟，他们觉得迁坟比较麻烦，就跟我们换了一下。结果换了以后，他们发掘的墓葬被盗掘得很严重，我们这座墓由于有现代坟的保护，反而外地人不敢盗掘，因此里面还保留了东魏初年的壁画，上面有青龙白虎，还有表示墓主人身份的屏风画。

时间原因我不能给大家介绍得太详细，就挑几个比较重要的点。

这个墓葬的墓志确认主人元祜是皇族，太武帝拓跋焘的曾孙，相当于州级的官员。最重要的是它提到了“天平四年”，也就是公元 537 年，这是东魏迁都的第四年。元祜葬于“邺都城西，漳河之北，皇宗陵内”。前面我给大家所介绍过的，我们知道以前传说这里是曹操的疑冢，20 世纪 80 年代认为是东魏、北齐墓群，但是不是皇族墓地还缺乏证据。第二个问题是说城市建设是有规划的，它的陵墓区有没有规划？它的陵墓区是人迁过来以后，随着不断地埋葬慢慢形成的，还是在人迁过来以后就确定了这块是皇族区，这块是普通老百姓的，这块是官员的？我们没有明确的证据。但是墓志明确记载了，迁都过来第四年已经叫皇宗陵，就说明它的陵墓区是和都城一样是通过统一的设计布置进行的，所以这个墓志提供了重要的线索。方位也一并说了，“邺都城西，漳河之北”，对我们确认邺城外郭的西北边界也是重要的线索，因为我们知道墓葬不可能埋在城里面的，墓葬区和城市之间一般来说有一个分界线。古代漳河的河道在哪里？我们知道现代漳河是从邺北城、邺南城中间流过的，古代漳河在文献记载中都是在邺城的西北，通过这个墓志和文献记载也能确认古代漳河的河道，据此也可以推测邺南城外郭城西北城角的具体方位。

重点向大家介绍这 20 年邺城佛教考古的重要发现。这 20 年来我们在邺城主要做的是赵彭城北朝佛寺，一座东魏北齐的皇家寺院；现在在做核桃园北齐大庄严寺的发掘。

在国博展览的是2012年发掘的北吴庄佛教造像埋藏坑。与此同时，我们配合京港澳高速公路扩建的工程，在其沿线做了抢救性的考古发掘。在2014年、2015年我们还对北朝窑址进行了两年的发掘。目前我们的重点工作是在邺南城的宫城区进行发掘，是2015年开始的。赵彭城北朝佛寺发掘是2002—2012年，前后11年；核桃园的佛寺，北齐大庄严寺从2012年年底开始，现在还在进行。宫城区的发掘从2015年开始，现在每年都有大面积发掘，欢迎大家去参观。

2002—2012年期间，我们所发掘的赵彭城北朝佛寺，是国内发现的最早的一座东魏、北齐的皇家寺院。寺院规模非常大，相关的材料在《考古》上已经都发表过，大家如果有兴趣，可以去仔细看看简报，我主要介绍一下我们认为比较重要的点。整个发掘工作信息量非常大，从出土的文物，从地层的叠压，从建造的技术、瘗埋制度等，很多学者都对这座寺院的发掘非常关注。

这次发掘比较重要的一点是发现了塔基，在塔基正中心发现了中心刹柱的础石。早期的寺院是以塔为中心的，大型的土木结构楼阁式塔。大家如果去过洛阳的永宁寺，可以看到它做了塔基的复原，塔基正中心应该有一个大柱子一直通到塔顶部。在中心础石的下方我们还发现了砖砌的小函室，这也是地宫的雏形。在北魏时期发现的舍利基本上直接把石函埋在塔底下的夯土里面，是没有空间的。到了隋唐以后形成了非常完善的地宫制度，现在媒体报道得比较多的基本上都是唐宋时期的金棺银椁，它们埋藏在地宫里面。赵彭城佛寺中心刹柱础石下方有一个非常小的砖砌空间，对探索舍利埋藏制度很有帮助。

另外要介绍一下，赵彭城佛寺的建筑格局反映的是北朝时期寺院建筑以塔为中心、前塔后殿单院式布局，向隋唐时期盛行的以佛殿为中心，多院多殿布局转变的中间环节。如果我们把赵彭城佛寺放在整个东亚地区，中日韩这个比较大的广阔空间来看的话，我们所说的所谓早期的，无论是中国还是朝鲜半岛，以及日本列岛上的寺院，全部以佛塔为中心，佛塔后面有大型的佛殿，所有的主要建筑都在一个单独的院落里。到了晚期，隋唐以后，主体建筑都是一大型的佛殿，现在大家一进寺院就可以见到大雄宝殿，很少有寺院一进去就见到塔。这是隋唐以后以佛殿为中心，多院落多殿堂的建筑结构。

中国中古中期的佛寺以赵彭城寺为代表，所反映的实际上依然是塔处在寺院的中心位置，但是已经出现了多重院落结构，至少两个大型院落。韩国的弥勒寺也出现了以塔、殿为中心但有多重院落的建筑格局。日本以法隆寺为代表的中期寺院，已经由以塔为中心变成塔和殿并列了，从佛教义理上来说，它们的地位越来越接近了。到了公元680年左右的川原寺，塔和殿的后面又出现了一个大型的佛殿，他们叫中金堂，很明显地说明到了这个时期佛殿的地位越来越高，佛殿占中心的位置，塔的地位一步步下降，所以我们说到了晚期基本上没有以塔为中心的寺院了，都是以佛殿为中心。早期的塔在本质上是释迦牟尼的陵墓，以塔为中心的寺院布局反映的是释迦崇拜的盛行。到了隋唐时期，随着宗派的分立，崇拜对象越来越多元化，佛殿成为寺院的核心建筑，因为佛殿可以供奉不同的对象，所以佛教寺院建筑空间的变化实际上是反映了佛教哲学、佛教崇拜思想的一种变迁。

从 2012 年到现在我们所做的重点是核桃园北齐佛寺的发掘。最初判断它可能是北齐的明堂，但经过确认，而且时代非常明确，是北齐天保九年（558）所兴建的大庄严寺。经过这 7 年的工作，把前面的塔基，后面的大型佛殿、门址，以及周围的回廊，我们叫廊房式建筑，以及类似于讲堂类型的建筑，大致都发掘出来了。目前我们只发了一号建筑基址的报告，二号建筑基址的报告正在整理之中。这个寺院实际上是比赵彭城佛寺保留得更完整的一个寺院。我相信在今后，我们的简报和报告一步步出来以后，更能证明这是中古时期保存最完整的一座寺院。北齐大庄严寺遗址目前已经被列入国家考古遗址公园建设计划。

相关的信息非常多，就土木结构的塔基发掘来说，它的地面台基、地下基槽、砖铺的散水、包边的沟槽、东南西北四条踏道，这些信息是非常多的，我重点介绍正中心的解剖，旁边与建筑相关的遗迹现象如果以后有兴趣可以在下面慢慢交流。

我们对塔基正中心解剖以后，发现它和赵彭城佛寺有不一样的埋藏，在夯土里面埋藏了与舍利相关的石函。塔基范围约 1800 平方米，我们在正中心解剖了 16 平方米。请允许我向大家解释一下这个规模是多么巨大，它的地下基槽是 42 米长宽，大概 1800 平方米。它是怎么建成的？1800 平方米向地下挖 5 米深的一个大方坑。这个 5 米深的方坑底下怎么垫的？用这么大的鹅卵石，大家想想，1800 平方米的范围内垫十几层，2.5 米那么厚，在这么厚的鹅卵石上面正中心放石函，石函上面再继续打夯土，一直到北朝的地面。在北朝的地面上起建约 35 米长、宽的高台，在高台上面再建大型的木构佛塔，所以这规模是非常宏大的。在石函的周边还有一些别的遗迹，非常多，也不仔细说了。

还有一个比较有意思的，在石函的前方有一个用天然石块垒砌起来的箭头状的图案，关于这个图案的意义我们一直到现在也不知道。这个箭头状图案一定和埋藏是有关系的，但是具体什么意义我们在佛教方面找不到相关的记载，佛学义理上也找不到相应解释。这 7 块大石头中间围着 8 块小石头，这 8 块小石头取掉以后露出一个漆木器，里面的东西大部分已经腐朽了，但是还有北齐常平五铢，这是公元 553 年新铸的钱，所以这个塔的建造时代是公元 553 年以后。后来根据文献记载和别的证据我们确定是公元 558 年，天保九年所建的北齐大庄严寺。

我们清理了埋藏舍利石函，在石函前面还有大量的实用品，包括绾头发用的铜钗、纽扣之类的出土，后面我们会有解释。这都是石函里面出土的各种与舍利埋藏相关的遗物，我个人认为这件钟乳石质骨节状物可能是指骨舍利。

琉璃瓶里面还可以倒出水银。水银也是古代象征舍利的一种特殊物质。

在石函周边有5个青瓷罐，里面埋藏着各种珠宝玉石之类的物件。我们查找文献，关于舍利的埋藏，文献里面有北齐武成帝时，“璧玉珠玑，咸充供具……脱珍御服，并入檀财”，就表示埋藏舍利的时候把金银财宝都用作供奉。皇帝把他的皇冠、龙袍都扯烂了扔进去，所以我们在现场发现了很多非常名贵的、拿琥珀做的纽扣之类的各种实用装饰物件，可能跟舍利埋藏的现场供养活动有关系。

另外一个重要的发掘是一号塔基后面的大型佛殿，这也是目前保存最完整的早期佛殿遗址。

这部分是大殿的主体，在大殿的两侧还发掘出了完整的连廊，连廊的两边连接着南北贯通的廊房，廊房从佛殿与塔之间的门开始将轴线上的核心建筑围合起来。我们也希望包括杨老师在内做古建方面的专家学者能给我们提出意见、建议。连廊保护得非常好，我们还发现了连廊的础石、廊房的础石。

这是大殿东西的连廊以及附带的廊房，一间一间的地基结构是非常清晰的。中间的隔墙，用瓦片做的，周边都是拿砖铺的地基，但是两个房间之间是用垒起来的瓦作为隔墙。

我们这7年的发掘，基本把核桃园北齐大庄严寺的核心部分了解得比较清楚了，现在做遗址公园。由中国文化遗产研究院设计的塔大概是这个样子的，佛殿和周围的廊房是这种结构。

最重要的可能还是要配合国博的展览向大家简单介绍一下邺城佛教造像的发现，主要说北吴庄的发掘。

2012 年我们发掘了北吴庄佛教造像埋藏坑，编号的造像是 2895 件（块），另外还有 3000 多块大型碎块，加小型碎块已经上万块了。它的时代最早是北魏中后期，最晚是唐代的，大概有 5 件唐代的像。大家一直比较关注到底有多少件佛教造像。北吴庄的修复现在还在持续，从开始发掘到现在已经进入第七个年头，用了 5 年多的时间对所有的残块进行颜色的封护和贴金的加固。从去年年初才开始进行碎块的拼接工作，目前拼接已经完成上百件，大量的拼接工作还在进行之中，但对这批造像总体数量有个大概统计，造像底座有 900 多件，所以这批造像初步估计全部拼接完成以后可能有 1000 件左右，最重要的是，在这 1000 件造像里有 300 件都是有题记或者纪年的。北朝晚期基本上所有的题材和造像组合在我们这批造像中都有发现。

这是部分重要造像的原始埋藏情况、出土的情况、修复以后的情况。

这批造像通过埋藏坑的发掘过程就可以初步断定，是经过了某一次重要运动以后被打碎，人们是在不敢信仰的状态下把它们当垃圾一样埋藏的，所以我们没有叫窖藏坑。一般我们说的窖藏，比如像山东青州龙兴寺那样，经过了灭佛运动，过了多少年，但人们觉得这属于圣物，要通过比较隆重的仪式，规规矩矩地把它摆好了放起来。而我们现在看到的这批佛像，明显头下脚上乱七八糟，感觉刚刚经历了某次运动，即使你心里面信仰佛教，表面上也不敢表现出来的情况下把它们草草扔到坑里埋藏了。

考古发掘的很多过程，在以后的报告中不可能呈现出来，但是发掘过程中的很多迹象可以分析出很多问题。比如说这些造像，大家可能都想象不到底部是什么样的；这批像是打碎了运过来的，还是完整运过来扔到坑里打碎的？我们当时就判断是打碎了运过来的，很简单，每个造像底部下面都有个凹槽，为了放得比较稳。这个像底座的凹槽里面发现了三个碎块，我们认为是一体的，所以一起把它取回去，后来修复时发现这三件残块分属三个不同的个体，说明这些像被埋进来之前已经被打破了，那个凹槽只是作为临时的容器盛了几件碎块拉过来了。考古发掘中我们一直强调工作的过程比结果更重要。我们虽然发掘出土了很多佛像、很多珍贵文物，但是我们一直秉承的宗旨是，考古学不在意你发掘了什么东西，而更注重你怎么挖掘这个东西，这是科学研究。对我们来说，挖出的是佛像还是瓦片都没有区别，最重要的是过程。所以通过发掘的过程我们可以把造像埋藏坑形成的过程基本恢复出来。

邺城地区的造像我们大致分成四个发展阶段，各个阶段的特征就不详细说了。

第一阶段，我们把它列为北魏的中后期，公元460—500年左右，也就是北魏孝文帝迁洛之前的造型。我们知道在公元5世纪中期，云冈石窟的开凿，对整个中原北方地区产生了深远影响。这种融合了东方和西方文化形成的“云冈模式”，西面到甘肃，甚至到新疆，东面到辽宁义县的万佛堂，南面到河南，都有它的影响。比如说龙门石窟最早的洞窟古阳洞，就受到云冈造像的影响。

这件造像虽然破坏得很厉害，但是看它的头形、肩膀、禅定坐姿、衣纹等，都能看出是受到云冈造像的强烈影响，所以邺城地区第一阶段的造像毫无疑问是受到了云冈石窟开凿后北魏平城样式的影响而形成的。

第二阶段，很典型，称之为“褒衣博带，秀骨清像”。已经不是前面的印度犍陀罗那种袒右袈裟和通肩袈裟，我们称之为非常宽松的袍服。实际上这种褒衣博带，从魏晋以来，大家看竹林七贤那些图像，都是南朝士大夫的服装。这种样式在龙门石窟是从公元 500 年以后出现的，是公元 500—540 年最为流行的一种服饰。形成这种样式有一个历史渊源，那就是北魏孝文帝全面实行汉化政策以后，模仿南朝形成的一种新样式。外国学者往往直接将这褒衣博带式的服饰直接翻译成“中国式袈裟”，是中国汉族士大夫的服装，不是佛教僧侣的服装了，所以这种特征是邺城地区从北魏晚期，也就是公元 500 年，到东魏前期大概公元 538 年、公元 540 年最流行的样式，和前面云冈的样式完全不一样。

“褒衣博带，秀骨清像”的源头可不是云冈和龙门，它的源头是模仿南朝，所以我们在南朝的南京栖霞山石窟看到了它的源头。成都地区的南朝造像，南齐、萧梁的造像都是这个类型的，所以说龙门这种样式是模仿南朝出现的样式，邺城地区跟洛阳有直接的继承关系，是模仿洛阳北魏晚期造像形成的邺城第二阶段的造像。

第三阶段的造像，以前被称为“东魏样式”的造像，实际上“东魏样式”这种说法并不成立。“东魏样式”流行的时间是东魏晚期，也就是公元540年到北齐初年公元555年前后，本质上是北魏晚期佛教造像样式的一种自然演变，它仍然是褒衣博带式风格，就是中国式服装，汉族士大夫服装。但是它有一些细微变化，比如说它的头，前面为什么北魏叫秀骨清像，它崇尚以瘦为美，人体特别瘦，脸也特别瘦，肉髻细高，肩膀特别斜。但到了东魏以后，几个典型特征就是它的肉髻开始变得比较扁、比较圆，脸比较胖，它的衣纹，北魏是撇开的，这个时期也变得竖直垂下，细部发生了一种自然的演变，但是总体特征上仍然是北魏晚期造像的发展，同时东魏晚期开始孕育出新的样式。

东魏晚期甚至一直到西魏北周造像在山东、河北、河南等地都有发现。这是西魏造像，这是北周造像，大家注意看它们的服装样式，都是北魏晚期褒衣博带的继承。我们说东魏和北齐初年是继承北魏晚期的传统，与此相同的是西魏和北周也都继承了褒衣博带的传统，汉族士大夫的服装，但是他们细部有变化，共同的都是肉髻变得比较扁，脸比较圆，身体的袈裟竖直往下垂，所以我们说东魏造像的传承和西魏、北周的传承都受到北魏晚期造像的强烈影响。

但是到了北齐初年，造像发生了重大变革，出现了这类新式造像，我们称之为“邺城模式”的造像。它的典型特征是以镂孔透雕的双菩提树为背屏，这和早期的背屏完全不一样，和以前那种实心的完全不一样。它是以两棵缠绕的菩提树作为背屏，以北齐新样式的佛像为主尊，大家如果看过青州龙兴寺的北齐造像，那是北齐新样式，南朝很多像也是新样式，但是与北齐新样式略有不同。公元6世纪，笈多王朝那时候出现了一种样式，秣菟罗风格的造像，它的典型特征就是袈裟非常轻，特别薄，紧紧贴在身上。北齐最著名的是曹仲达的画风，叫“曹衣出水”，“曹衣出水”就是北齐新样式，衣服紧紧贴在身上，这是印度的秣菟罗的风格，所以在这个时代那种风格传入了中原北方地区，被北齐的皇室所接受，形成了佛教造像风格的重大变化。我们说北齐初年一个重大的政治变革就是鲜卑化和西胡化，反对孝文帝以来的汉化政策，所以在各个方面都有这样一种反动的趋势。

北齐的邺城也是最后一个阶段，造像从工艺上继承了北魏以来的传统，一些器物装饰，包括龙、塔、璎珞，它把北魏、东魏的装饰图案有机结合起来，把上述三个特点汇聚一体形成了邺城造像的新样式。

邺城“龙树背龛式”造像在整个河南、河北、山西、山东等地都有发现，在山东发现较少，最近在河南也有发现，最多的是在河北地区，在山西地区也有一定数量的发现。

北齐造像新样式或者新模式的出现，大的历史背景就是北齐时期的鲜卑化和西胡化，具体实施与北齐法上的僧制改革密切相关。这段文献里大家注意这句话说的是法上出任僧统以前，所谓“仪服通混”，就是我们前面说的北魏晚期汉族士大夫的服装，出家人和士大夫穿的服装是一样的，没有什么区别。“一知纲统，制样别行，使夫道俗两异”，这是北齐新样式，包括佛的服装，包括菩萨的装饰，包括僧人的僧服在这个时期发生的巨大变化，这也是北齐的“龙树背龛”造像样式发生改变的一个具体原因。

早年的研究往往把邺城地区所有造像都归到定州系统，认为石材、工匠等都是来源于定州，因为在 20 世纪 50 年代，定州就出土了 2000 多件造像，但是根据我们新发现的一些造像的题记，以及小南海石窟附近一些石材的考察，现在基本可以确定，邺城的造像至少很大一部分是在当地生产制作的。

比如前面看到的武定四年（546）的道智造像，它的题记里面明确说到“武定四年……采匠京都，敬造释迦石像一区”。

2012 年发现埋藏坑以后，我们在周边地区的山区去寻找矿产原料地，在离小南海石窟不到两公里的地方发现了矿洞。这都是现代的矿洞，但是我们采集了大量的石材进行对比，包括进行地质矿物学的鉴定。我们从房山、定州、邺城、河南安阳都采了石材进行了鉴定，基本数据都倾向于北吴庄出土佛像的石材是和小南海这边一致的。另外需要解释的是，我们叫青石造像和白石造像，古代的题记里面，无论是青石还是白石，都是变质石灰岩，它们在结构上是相同的，在地质分布上呈层叠状分布，一层青石一层白石。而且在邺城佛教造像里发现了几件一半是青石一半是白石的，我们在小南海地区随便找一块石头拿榔头敲破，就可以看到一半青石一半白石，这种地质矿物学结构也是和邺城、安阳周边地区一致的。因此可以确认，无论是工匠还是材料，至少很大一部分都是来自本地。

北吴庄佛教造像出土以后，在邺城博物馆建了北吴庄出土佛像的展厅，在临漳县还建了一个佛造像博物馆，现在要改名，可能叫邺城石刻博物馆，欢迎大家去参观考察。

我占用了太多时间，就简单汇报到这里，谢谢大家！

谷　卿：非常感谢何老师给我们所作的详细介绍，特别精彩地报告了邺城 20 年考古的情况，集中在赵彭城、北吴庄、核桃园遗址，里面有很多值得展开的话题。何老师讨论了都城的建制、都城的规划，讨论了瘗埋制度体现的佛教信仰以及相关问题，最后特别展示了很多造像，同时进行了时代的划分和归类，非常精彩。

遵循着何老师提供的这些线索，我们可以作两个方向的研讨：一个就是都城规划的问题，关于邺城的来源，从历史文献的方面进行考量；另外一个是有关佛教的议题，因为邺城是佛法弘传的中心地。接下来进行关于邺城建城的讨论，有请中国人民大学的王静老师给我们介绍一下东魏邺城的建造史。王老师主要是从事中国古代都市和构造形式方面的研究，欢迎王老师分享。

王　静：首先感谢各位老师给我这个学习机会。其实我个人并非专门研究魏晋南北朝史学的，我做邺城的研究是因为我研究隋唐长安的时候必须要溯源。尤其是我在读长安材料的时候，涉及三阶教，就对邺城有了更多的关注。后来做中古都城规划的研究时，注意到每一个城都建造几乎都伴有一个传说，我很好奇其背景，因此就做了东魏邺城的建造史考索。当时张雪松老师找我来座谈的时候，我说我并不专门研究邺城或魏晋南北朝历史，但对我而言，这是难得的学习机会，所以就硬着头皮来了。

前面在讲邺城建制的时候，何利群老师已论说了邺城的规划非常重要。我重点关注的是东魏邺南城建造方面的政治文化诉求。邺南城的建造，有一个历史背景需要注意，公元 534 年东魏迁都邺城，尚有长安的西魏、江左的萧梁政权与之鼎立，各个政权都要找寻自己的一套理论以证自己的合法性。陈寅恪先生已论证宇文周后来创置了“关中本位政策”，他的政治、文化建设是用鲜卑的部落制适以《周礼》，是需要用汉文化表达正统的，尽管汉文化只是它的外衣。援用《周礼》在中国古代的改革中不乏其例，比方说王莽、宇文周，还有武则天，当然成功的就是宇文周、武则天。

东魏迁都邺城，是形势所需，此前都城洛阳自周公营建洛邑以来，即为“天下之中”，是政治与文化正统所在，孝文帝迁洛即出于这方面考量。汉代以来，即有长安、洛阳两都优劣对比，洛阳一直被强调为“天下之中”。但此时的政治、军事形势下，洛阳并不适合为都城。东魏迁都到邺城，必须要面对南朝和西魏，三个政权均要示自己为文化正统，得天下之符命。因此，强调文化正朔或政权为天命所授是首要而关键的。现实情况是，自洛阳迁 40 万人至邺城，也必须要扩建。

如何取代洛阳城成为天下中心、文化中心，是邺南城建造过程中，东魏君臣要斟酌的。《邺中记》一书，《隋书·经籍志》作二卷，唐代此书还存在。贞观时欧阳询编《艺文类聚》、开元时徐坚编《初学记》都曾征引，后佚失，清代从《永乐大典》等书中辑出。它讲在邺城的建设过程中，是“城东西六里，南北八里六十步，高欢以北城窄隘”，故需扩建。重筑新城时，掘得一个神龟，“大逾方丈，其堵堞之状，咸以龟象焉”，这就是东魏的邺南城，这只是一个文献记载。好在考古挖掘 20 世纪 70 年代又给了实物的佐证。东魏邺南城的城墙不是四方的，它的东南角、西南角比较缓和，弧度更大，整体形状上是仿乌龟的。

其实我关注的是这个神龟建城有怎样的政治文化背景与诉求？综合言之，其实跟河北经学思想有关。永嘉乱后，由于河洛名士的南迁，尊崇汉代经学传统的河北经学成为北学的主体。汉代的谶纬之学自然也在其承继之中，而杂以谶纬占侯也实为北方经学的一个特点。魏晋南北朝时期的动荡又给占卜、谶纬的流行提供了滋养的土壤，直至北朝此风不减。河北经学用郑玄注，“重章句训诂，杂以谶纬之”。邺南城的营构由尚书令右仆射高隆之负责，主要参与施工与设计的有辛术、李业兴、张熠等。其中李业兴，史书称他“博涉百家，图纬、风角、天文、占侯，无不详练，尤长算历”，东魏天平四年（537，梁大同三年）李业兴出使梁朝，曾与朱异及梁武帝有过关于郊丘和明堂规制的对答。李业兴称北方郊、丘规制用郑玄义，而参以纬书《孝经援神契》，即笃守郑注，兼采谶纬。精通术数的李业兴是位通儒，其相关看法经常成为国家重大举措的参考，《北史》载“神武以〔李〕业兴明术数，军行常问焉”，修筑邺南城也不例外。《魏书》卷八四《李业兴传》云：

迁邺之始，起部郎中辛术奏曰：“今皇居徙御，百度创始，营构一兴，必宜中制。上则宪章前代，下则模写洛京。今邺都虽旧，基址毁灭，又图记参差，事宜审定。臣虽曰职司，学不稽古，国家大事非敢专之。通直散骑常侍李业兴硕学通儒，博闻多识，万门千户，所宜访询。今求就之披图案记，考定是非，参古杂今，折中为制，召画工并所须调度，具造新图，申奏取定。庶经始之日，执事无疑。”诏从之。

可见，当时邺南城的建造原则是“宪章前代，模写洛京”。负责其规制的人主要是李业兴，他的知识背景是我们探寻“筑城得龟”的经学渊源的途径。

“筑城得龟”的诞生还与邺城的自然环境有关，是巧妙地利用古漳河的泛滥与大禹治水时“河出图，洛出书”之相似性，而将后者嫁接在前者之上，试图实现其象征意义的替代。

古漳河或曰老漳河，旧分三道。南道由河南至直隶、大名入卫，这就是今天的漳河。中道由大名分支东北行，历旧广平、河间、天津诸府入运河，此乃所谓的老漳河，它是漳河的正支，亦即《水经》中所记载的。北道则由河南分支历旧广平、顺德二府，北行入宁晋泊。合滏阳、滹沱，这就是俗称的小漳河。因漳河洪水经常泛滥成灾，邺地的土豪和巫婆相互勾结，搞“河伯娶妇”，坑害百姓。魏文侯二十五年（前 422）西门豹治邺“投巫凿渠”，人所共闻，不遑赘举。但是，漳河洪水在南北朝时仍旧经常泛滥成灾，并没有太大的改变。这种状况与大禹治水传说的背景相同，无疑在客观上给这个神谶的制造提供了有利条件，而且也给制造者以创意的灵感。

“河出图，洛出书”是大禹治水乃至治理天下的重要法门。“洛书”即与神龟有关，今存《孝经援神契》辑文中尚有 7 处提到此类神龟。禹治洪水，赐洛书。“洛出书”说的是大禹在洛水（即洛阳地区）治水时有一神龟负文而出，列于背，有数至于九。大禹遂根据龟背纹路的指示治理了天下的水患，龟背上的纹路就是所谓的“洛书”。这个神话至少有这么两层意思。其一，洛龟的出现是跟平定天下水患联系在一起的，由此有可能寓含着借此平息漳河水患的意义；其二，洛书与河图代表了古人的天下观，暗示着当时的洛阳是天下的中心，如《孝经援神契》便称“八方之广，周洛为中”，这实已成为一种文化共识和认同。龙马负图出于河、玄龟背书出于洛，是谶纬文献中出现得最多的帝王受命神话和祀典，此谶纬之风已使河图、洛书成为帝王接受天命的符瑞，是政权正统的象征所在。而禹得洛书存在治水及受舜禅等不同说法，这种多义性客观上也给了李业兴之流自如发挥的空间。

根据徐兴无的研究，在谶纬中，唯有禹两观河洛，分别在受舜禅的前后：治水观河而得金瑞，受禅观洛而得洛书。以此推之，将这个谶纬置于当时天下鼎峙的政治格局之中，它的被嫁接正好说明了东魏建国者的用心所在，也恰反映出“筑城得龟”创始者以邺城为天下之中的企图，这就是将邺城营造成天下文化、政权的正统所在。

至于“宪章前代，模写洛京”。则是更具体的规划、建置问题。比如邺南城的宫市位置及门阙名称也无一不沿袭北魏洛阳城之旧；对洛阳汉魏石经的迁转。这都是物质上取代洛阳的举措。

最后，我要强调一点，我在研究都城布局的过程不仅关注其城郭内的小布局，还注意考量整个都城的大布局。中国古代城邑与附近形胜，包括邻近的墓葬区和宗教区（如佛教石窟寺），乃至天象，在城邑布局中是一个有机的整体，更是一种制度。这一点从邺城大布局的变化可以得到证明。曹魏时，邺北城只有西侧高岗上有所谓曹操的陵墓——高陵，而不见其他的墓群；这时期也不见与邺北城配套规划的佛教石窟。这一切都表明此时的邺北城尽管也是“王业之本基”，但实际上在时人的心目中并没有取代洛阳的中心地位，尽管曹魏的统治者试图通过权力中心都城在地理上的转移与建设来实现新生政权的权威性；在邺都也积极吸纳天下文士以将都城营建成天下文化的中心。遗憾的是，洛阳为“天下之中”的固有观念实在是太强大了。这一点从曹魏的最后定都洛阳以及同时期的墓葬主要集中安排在洛阳北邙可以得到印证。实际上，北魏的迁都洛阳也正是看中了洛阳在政治文化中不可替代的地位。

到了东魏的邺南城，这一切都发生了变化。邺南城不仅在形态的若干方面模仿，甚至在建材上直接采用洛阳城的东西——已如前述，而且在大布局上也完全模仿，只不过是根据邺城的具体地理形势作了适当的变通。

洛阳的墓葬区主要集中在城北部的邙山，东魏邺城墓葬同样集中安排在北郊。另外，北响堂山石窟也在邺南城北部开凿，其建造的上限在东魏天平元年（534），至迟在东魏武定五年（547），石窟已基本建成。这表明石窟的凿建与迁都基本上是同时进行的。由此也给我们透露出石窟寺与邺南城是统筹设计的大布局的一个内容，只是石窟寺与都城的相对位置不同于洛阳城时期。

以上是我简单跟大家分享我关于东魏邺南城规划政治文化层面的思考，请大家批评指正。

谷　卿：谢谢王老师的分享，给我们描述了一个关于建城的很有意思的传说：筑城得龟。我们知道中国古代城市的建造历史有很多类似的传说，北京城好像八臂哪吒，陈学霖先生曾写过一部专著《刘伯温与哪吒城》，讨论从元代以来北京城建城的传说。刚才王老师从“筑城得龟”这样一个谶纬的角度解释城市规划，在我看来是相当有趣的，而且她也提供了非常多的文献证明，从另一个角度对何老师关于邺城规划的表述也予以了呼应。

接下来有请张雪松老师。他也是从文献出发，谈一谈北朝邺城寺院佛教的情况，这也是我们今天讨论题中应有之义。

张雪松：因何利群老师从邺城出土的造像记出发，比较详细地论述邺城佛教，故本人主要从传世文献出发，挂一漏万地简单介绍一下北朝邺城寺院佛教的情况。本人的发言大体分为后赵和北齐两个部分。

第一，后赵时期，从家巫到寺院僧团佛教的转型与发展。4 世纪的中国北方，在儒家传统史学中被视为“五胡乱华”的黑暗时期。在五胡十六国中，石勒、石虎父子的后赵，苻坚的前秦，姚兴父子的后秦，都扶植和利用佛教。后赵建都在邺（今河北临漳），石氏父子宠幸神僧佛图澄，并在中国历史上第一次正式允许汉人出家。由此佛教僧侣从类似家巫的小团体，开始正式合法化为寺院僧团。

佛教在中国发展的早期，很多僧侣十分类似于家巫，他们跟随帝王或武将左右，甚至跻身军旅，谶纬预言，名动华戎，最著名的如佛图澄，原在后赵石勒大将郭黑略家，“每知行军吉凶”，后深得石勒、石虎宠信。此类神僧北方较多，多与胡人将领参与军机；佛图澄的早期活动亦属此类，后得到统治者的宠幸，并用慈悲等佛教理念对统治者有所规劝，即所谓“佛图澄入邺，而石虎杀戮减半”。

佛教初传，《高僧传》中记载的这类以佛图澄为代表的帝王大族家巫类型的僧人极多。佛教这些家巫类型的宗教职业者，其组织形态，可能与汉魏时期的方仙道类似，如1991年新出土的《肥致碑》记载的那样，也有少数师徒技艺相传的小团体，类似于私学，受热衷此道的大族供养。早期僧人有为数不多的弟子，受到周围少数较为富裕的世俗大族供养，这一情形可以从现存一些汉魏时期翻译传抄经典的后记中，得到不同程度的印证。但这种小团体还不是后世有组织的寺院僧团。佛图澄及其弟子，就是兼具家巫小团体及寺院僧团两种性质的过渡典型。

《高僧传·佛图澄传》：

石虎有子名斌，后为勒儿，爱之甚重，忽暴病而亡。已涉二日，勒曰：“朕闻虢太子死，扁鹊能生。大和上，国中之神人，可急往告，必能致福。”澄乃取杨枝咒之，须臾能起，有顷平复。由是勒诸稚子，多在佛寺中养之。每至四月八日，勒躬自诣寺灌佛，为儿发愿。

《晋书·佛图澄传》亦承袭此记载，稍有缩略：

勒爱子斌暴病死，将殡，勒叹曰：“朕闻虢太子死，扁鹊能生之，今可得效乎？”乃令告澄。澄取杨枝沾水，洒而咒之。就执斌手曰："可起矣！"因此遂苏，有顷，平复。自是勒诸子多在澄寺中养之。

大约在4世纪上半叶，中国北方已经出现将幼儿寄名在佛教寺院中以求得保佑的宗教习俗。石斌乃石虎之子，卒于公元349年，史有明文。《晋书·佛图澄传》谓石斌为石勒爱子，实谬。当从《高僧传·佛图澄传》"石虎有子名斌"。

石勒与石虎关系颇为复杂，"石勒字世龙……父周曷朱"，"石季龙（石虎），勒之从子也……勒父朱幼而子季龙，故或称勒弟焉"。石勒年长石虎21岁，如果石虎是石勒的"从子"，则两人为叔侄关系，如此石勒爱石斌则是爱其孙子一辈的子弟；但按照《晋书》的记载，石虎幼年又被石勒之父周曷朱收为子，这样石虎就是石勒的弟弟，而且石勒、石虎，又称石世龙、石季龙，显然是兄弟关系，石虎称"季"（孟仲叔季之季）为小弟。又《资治通鉴》卷八十六："初，上党武乡羯人石勒，有胆力，善骑射。并州大饥，建威将军阎粹说东嬴公腾执诸胡于山东，卖充军实。勒亦被掠，卖为茌平人师欢奴，欢奇其状貌而免之。欢家邻于马牧，勒乃与牧帅汲桑结壮士为群盗。及公师藩起，桑与勒帅数百骑赴之。桑始命勒以石为姓，勒为名。"可知石勒开始以石为姓，是他被掠卖与师欢，又被帅欢放免，继而为盗之后，石世龙、石季龙这些称呼的出现，当在此时或稍后。又据《晋书·石勒载记》，石勒被掠"时年二十余”，即石虎出生之时。因此石虎的幼年时，石勒被掠，石勒、石虎两人是失散的。但尤其值得注意的是，石虎的青少年是跟石勒之母生活在一起的，《晋书·石季龙载记》：“永兴中，与勒相失。永嘉五年，刘琨送勒母王及季龙于葛陂，时年十七矣。”当时石勒意图杀掉石虎，也是得到石勒母亲的保护：“快牛为犊子时，多能破车，汝当小忍之。”

由以上种种迹象似乎可以推测，石勒成年时，其父周曷朱已死，其母或下嫁给了石虎之父寇觅，故在这个意义上（而非“勒父朱幼而子季龙”）石勒与石虎成为了异父同母的兄弟。这样石勒死，石虎废黜石勒所立太子石弘而代子，则属兄终弟及。十六国、北朝时期的皇位继承，父死子继还是兄终弟及，斗争十分惨烈；加之后世史书遮蔽太后下嫁之“丑”，故很多兄弟关系亦晦暗不清。石勒、石虎的同母兄弟关系，恐由于上述原因亦被隐秘。类似的情况在当时的历史中可能所在多有，例如李凭教授在研究北魏清河王政变中，考证出拓跋烈为道武帝的同母弟。

《晋书》这段记载将石虎改为石勒，既遮蔽石勒、石虎的兄弟关系，而且出现了石斌为石勒子这样严重的错误记载。如果石勒、石虎为同母兄弟，则石虎之子石斌与石勒的“诸稚子”即为同辈，属兄弟关系，故按《高僧传》记载，石斌被佛图澄治愈，“勒诸稚子”也被送到寺院寄养，这样便可顺理成章，亦可佐证石勒、石虎的兄弟关系，旁证石勒母下嫁石虎父的史实。

石虎之子石斌被佛图澄治愈后，石斌的伯父石勒将自己的幼子多送在佛寺中抚养。这说明，在4世纪中国北方已经开始出现将幼儿寄送佛教寺院，度为沙弥而保命的宗教习俗。后赵政权石氏将其子弟寄养在寺院中，可能也被度为沙弥。

《高僧传·佛图澄传》：

时太子石邃有二子在襄国，澄语邃曰："小阿弥比当得疾，可往迎之。"邃即驰信往视，果已得病。大医殷腾及外国道士自言能治，澄告弟子法雅曰："正使圣人复出，不愈此病，况此等乎！"后三日果死。

又《晋书·佛图澄传》亦承袭此记载，唯佛图澄弟子竺法雅误为"法牙"：

季龙太子邃有二子，在襄国，澄语邃曰："小阿弥比当得疾，可往看之。"邃即驰信往视，果已得疾。太医殷腾及外国道士自言能疗之，澄告弟子法牙曰："正使圣人复出，不愈此疾，况此等乎！"后三日果死。

石邃的小儿子被称为"小阿弥"，"阿弥"或为其小儿子的名字。

在西晋以前，中国佛教的主体是胡人佛教、侨民佛教，汉人是不允许出家的。而且中国原本也没有"出家"这个概念，据季羡林先生考证："后汉没有'出家'这个词儿。

曹魏时期，这个词第一次出现，也仅仅在一些经里。其余都用‘舍家’‘去家’。后秦时期，‘出家’这个词儿再一次出现……吴时‘出家’根本没有出现。东晋‘出家’与‘舍家’并存。到了宋代，则全部变成了‘出家’。”“‘出家’这个词儿……的渊源……说明了，古代居住在我国境内的各民族是相互学习的。”

在法律上许可汉人出家，在南方始于东晋明帝太宁年间（323—325），北方开始于后赵石虎建武元年（335）。北方在讨论是否允许汉人出家时，有过一段十分著名的争论。汉人王度曾经奏议全面禁止信仰佛教，其云：“佛是外国之神，非天子诸华所可宜奉。”石虎答道：“朕生自边壤，忝当期运，君临诸夏。至于飨祀，应兼从本俗。佛是戎神，正所应奉。”进而下令“夷赵百蛮，有舍其淫祀，乐事佛者，悉听为道”。后赵政权开始正式允许汉人出家，大量兴建寺院。当时佛教界的代表人物佛图澄的身份也从类似家巫，开始向寺院僧团领袖过渡。

当时邺城应该已经佛寺林立，佛事活动也很多，《冥祥记》中的记述：“晋沙门慧达，姓刘名萨荷，西河离石人也。未出家时，长于军旅，不闻佛法；尚气武，好畋猎。年三十一，暴病而死。体尚温柔，家未殓。至七日而苏。说云：‘……见从伯，在此狱里。’谓荷曰：‘昔在邺时，不知事佛。见人灌像，聊试学之；而不肯还直，今故受罪。犹有灌福，幸得生天。’”说明后赵时，邺城已经有浴佛（“灌佛”）活动，而且浴佛是收费做功德，可以保佑亡者死后升天。

佛图澄是东晋佛教领袖道安的老师，庐山慧远的师祖。佛图澄“先后门徒，几且一万。所历州郡，兴立佛寺八百九十三所，弘法之盛，莫与先矣”。佛图澄本人是新旧佛教僧侣身份转换的重要代表，也是中国佛教寺院发展的关键性环节，佛图澄所代表的邺城佛教，也成为中国佛教寺院发展史上的重要一环。

第二，北齐时代寺院讲经与城乡俗讲。北齐时，邺城佛教得到空前发展，邺城内佛教寺院讲经说法活动最为活跃。乃至于听讲僧人众多，主讲人对于学僧有时也会有所选择，如北齐林法师，“在邺盛讲《胜鬘》并制文义，每讲人聚，乃选通三部经者，得七百人，预在其席”。因此，有些主讲僧人，追随其听经的学僧（“常徒”），人数相对固定，“并是常随门学”。

当时信众，在听法时，多有期待出现祥瑞的宗教心理，如《续高僧传》北齐僧范传载：“尝有胶州刺史杜弼，于邺显义寺请范冬讲，至华严六地，忽有一雁飞下，从浮图东顺行入堂，正对高座，伏地听法，讲散徐出，还顺塔西，尔乃翔逝。又于此寺夏讲，雀来在座，西南伏听，终于九旬。又曾处济州，亦有一鸮飞来入听，讫讲便去。斯诸祥感众矣，自非道洽冥符，何能致此？”

魏晋南北朝时，“官寺”的供养十分丰厚，“既住官寺，厚供难舍”，除饮食还有寒衣，如释圆通在北齐武平四年（573）于邺都大庄严寺坐夏安居，听《涅槃经》，“夏中讲下”后，照顾一生病客僧，该僧人病好后要离寺，圆通劝其：“今授衣将逼，官寺例得衣赐，可待三五日间，当赠一袭寒服。”官寺僧侣，受四时供养，这是其能够安心听经的经济基础。当然，并非所有僧人都有资格居于官寺，“凡受官请，为报不浅，依如僧法，不得两处生名”，即每位有资格进入官寺的僧侣，都需登名造册，若要改换寺庙，则需“今且还去，除官名讫，来必相容”。而僧人出家，也会分配寺院，如释童进“隋初得度，配等行寺”。南北朝时若寺院僧侣多寡过于悬殊，也会进行调配，“至明年（武平五年）夏初，以石窟山寺僧往者希，遂减庄严、定国、兴圣、总持等官寺，百余僧为一番。通时尔夏预居石窟”。圆通在武平四年（573）于邺都大庄严寺，后因石窟寺僧侣稀少，故将庄严、定国、兴圣、总持等官寺僧侣调往石窟寺，故第二年，圆通即住石窟寺。

道宣《续高僧传》言邺西北鼓山，原本神异僧传说不少，但“自神武迁邺之后，因山上下并建伽蓝，或樵采陵夷，工匠穷凿，神人厌其喧扰，捐舍者多。故近代登临，罕逢灵迹。而传说竹林，往往殊异。良由业有精浮，故感见多矣”。在道宣看来，神宫仙寺，讨厌喧闹，故常隐匿，故人们难以找寻。但这恰好反衬出当时即便在邺城郊区，也是佛寺林立，佛教十分昌盛热闹。

北朝时，邺城佛教僧人讲经，也受到儒家思想影响，例如名僧昙迁，出家前随舅父齐中散大夫国子祭酒博士权会学习《周易》。魏晋南北朝时“河北学者”多主郑玄易学，昙迁的舅父权会即信仰佛教的易学家卢景裕弟子，《北史·儒林传序》："自魏末，大儒徐遵明门下讲郑玄所注《周易》。遵明以传卢景裕及清河崔瑾。景裕传权会、郭茂。权会早入邺都，郭茂恒在门下。"昙迁从权会授北朝官方易学，故尚郑学象数。据《续高僧传》载："曾有一妪失物，就（权）会决之，得于兑卦。会告（昙）迁曰：'汝试辩之。'应声答曰：'若如卦判，定失金钗。'妪惊喜曰：'实如所辩。'迁曰：'兑是金位，字脚两垂似于钗象耳。'舅曰：'更依卦审悉盗者为谁？'对曰：'失者西家白色女子，奉口总角可年十四五者将去，寻可得之。'后如言果获。有问其故。迁曰：'兑是西方少女之位，五色分方，为白也。兑字上点表总角之象，内有尖形表奉口之相。推而测知，非有异术。'舅乃释策而叹曰：'吾于卜筮颇工，至于取断依俙而已，岂如汝之明耶！老舅实顾多惭，方验宣尼之言：后生可畏也。'"昙迁的这段判辞，即从象数出发。

除了讲经说法，义理探讨，俗讲也成为邺城佛教的重要内容。《续高僧传·道纪传》记载，道纪在北齐宣讲《成实论》，门徒众多，颇有声望：

门学业成，分部结众。纪用欣然，以教习之功成遗业也。天保年中，秋初立讲，纪引众首，出邺城南，彼旧门人又引众入，正于闸侧欻尔相值，纪曰："卿从何来，殊无礼也！如何师范辄抗拒耶？既不倾屈，理宜下道。"彼曰："法鼓竞鸣，利建斯在，声荣之望，师资焉有？"纪不答，自为下道，出于城外。回首告其属曰："吾讲《成实》，积三十载，开悟匠导，望有功夫。解本拟行，斯遗诫也。今解而不行，还如根本不解矣。徒失前功，终无后利。往不可追，来犹可及。请并返京，吾当别计。”乃退掩房户，广读经论，为彼士俗而行开化。故其撰集名为《金藏论》也。

北齐道纪原本研究和讲述《成实论》“积三十载”，但感觉没有达到其预期的教化徒众的效果，“吾当别计”，后改行从事唱导，“广读经论，为彼士俗而行开化。故其撰集名为《金藏论》也，一帙七卷，以类相从，寺塔幡灯之由，经像归戒之本，具罗一化，大启福门。论成之后，与同行七人出邺郊东七里而顿，周匝七里，士女通集，为讲斯论，七日一遍。往必荷担，不耻微行，经书塔像为一头，老母扫帚为一头。齐佛境内，有塔斯扫……因斯以励道俗，从者众矣。又复劝人奉持八戒，行法社斋，不许屠杀。所期既了，又转至前，还依上事，周历行化，数年之间绕邺林郊，奉其教者十室而九。有同侣者故往候曰：‘比行化俗，何如道耶？’纪曰：‘彼讲可追，今则无悔。既往不咎，知复何言。’后遭周氏吞并，玄教同废，呼嗟俗壤，每崇斯业，及开法始，更广其门。故彼论初云‘邪见’者是也。所以世传何隐论师造《金藏论》，终惟纪也，故改名云。然其所出，抄略正文，深可依准”。道纪是在邺城周边巡回教化的唱导僧人，挑着佛经等物，每到一处召集居住在周围的男女前来听他宣讲，宣讲数日后再前往他处。唱导宣讲是有故事底本大纲的，即他编辑而成的《金藏论》也称

《众经要集金藏论》，在中国久已亡佚，亦无经录记载，但唐代就传入日本，《东域传灯目录》卷下就著录有该书，并对日本文学史的发展有不少影响。现今敦煌文献和日本古写本，七卷《金藏论》现存四卷，即卷一、卷二、卷五、卷六。

5 世纪末到 6 世纪初的几十年间，是北朝佛教发展一个十分值得关注的时期，《魏书·释老志》记载，北魏太和元年（476）“京城内寺，新旧且百所，僧尼两千余人，四方诸寺，六千四百七十八人，僧尼七万七千二百五十八人”。而到了北魏正光年间（520—525）之后，“正光以后，天下多虞，王役尤甚，于是所在编户相与入道，假慕沙门，实避役调，猥滥之极，自中国之有佛法，未之有也。略而计之，僧尼大众二百万矣，其寺三万有余。”短短半个世纪的时间，北朝的僧侣数目就从不到 8 万人一跃而 200 万人，占据了政府编户人口的 1/15。而且数百万僧侣的数目在北朝中后期一直得以保持，北周武帝灭佛之前据说至少还有 300 万僧徒，“时僧尼反服者，三百余万”（《佛祖统纪》卷三十八）。其间僧侣数目是否有夸大，今天已经不可能详细考证，但综合各家史料记载（《魏书·释老志》《洛阳伽蓝记》《历代三宝记》记载北魏末年僧尼人数近 200 万人，《大唐内典录》《历代三宝记》记载北齐僧尼人数近 200 万人，《历代三宝记》《辨正论·十代奉佛篇》记载北周僧尼人数近 100 万人）来看，可以说 5 世纪末至 6 世纪初，北朝僧侣数目暴增，僧侣数目保持高位直到北朝末年，应是不争的事实。

从僧团和寺院规模上来说，北齐是北朝乃至整个魏晋南北朝时期佛教发展的顶峰，邺城是北齐的首都，邺城佛教在魏晋南北朝佛教史上的重要地位，应该得到充分的重视和多方面、跨学科的深入研究和探讨。

谷 卿：谢谢张老师！佛教讲“成住坏空”，我们通过一个城市的成和坏，可以看到国家的兴和亡。刚才张老师给我们介绍了寺院的情况，寺院作为一个神圣空间，它既在空间上造成一个区隔，也在信仰上、阶层上、思想上、文化上造成一种区隔，通过研究寺院和它背后的文化，很多议题可以引发出来。刚才张老师谈到很多，不光是艺术的、政治的，还有文学的，还有社会学方面的话题，给我们很多启示。邺城作为六朝古都，留下了很多历史信息，我们今天请到的杨莽华老师，他主要从事建筑历史研究和建筑文化遗产保护工作。接下来请杨老师来谈谈，作为“另一个”六朝古都邺城的宫城建筑，以及社会变迁的历史。

杨莽华：谢谢谷卿老师，也谢谢何利群老师。在2005—2010年之间，我有四五年做北朝墓群大遗址的保护规划，后来也做规划纲要，磁县去了很多次，中间也穿插去了几次邺城。当时，何老师考古所的同事徐光冀、朱岩石老师也来中国艺术研究院参加过研讨，我们也去考古所拜访过当时的所长和几个老师，在磁县我们也有交流。所以我在今天的学术活动里找到了亲切感。虽然这个事情过去十来年了，但是想起当时的工作，和此后给我们带来的关于遗产保护虽不是一套非常完整的思路，但对我们的保护理念和对于遗产的态度，甚至价值观都有非常重要的影响。

因为十几年前和今天人们对遗产的看法是不同的，刚才说到北朝墓群，当时就有很多话要对考古的老师们要讲要问的。因为当时我们做这个之前首先会想到，因为我们之前做过建筑遗产的保护规划，遗址类的这是第一次。后来还做高庙、平粮台保护规划，也是遗址类的。在这之前和做的过程当中对这个事情的评估有很大差别，因为去了就是 134 个墓，有的没封土，只有一个标识，有的划了保护范围，有的没有划。这个封土实际上并不代表当时墓的中心大致就在附近，它可能就是这个墓边缘的一角。所以，做保护首先要搞清楚文物的本体非常困难。在做考古发掘的时候，10 多年前不知道是不是都是这种情况，把东西拿走以后就回填了。高洋墓像一口枯井一样，要做它的保护规划，对文物本体和未发掘、未知部分的研究，对保护范围进行划定非常重要，还包括墓葬的形制，神道、墓道。所以我们拼命找这些资料，也向徐老师和朱老师多次请教，他们也提供了很多有益的建议。但是能得到的东西确实很少，这也是我们后来保护规划迟迟没有通过的一个重要原因。每次评审专家都会提到你这个遗址范围含糊不清，所以你划定的这个保护区划，还有你的价值评估都站不住脚。包括以后做高庙，很小的一块面积。也是因为这个原因，保护规划频频被退回。

说到考古，对于我们的历史建筑研究是输入性很大的一个学科，我们可能很多东西都是依靠考古成果。所以考古过去的惯例，我不知道 10 多年前和现在的方式有没有不同。比如现在我们要做遗址公园设计，有文物保护的内容，还有对历史遗迹的认识，甚至会有一些模拟考古的景观设置。这些东西频频要去你们那里取经。包括回填以后，当然回填或许是一种保持现状的方法，我们还是希望能从考古老师那里得到非常大的帮助，所以我今天来向做考古的老师学习。我跟喻老师说我是理工科毕业，从事了 30 年建筑设计的工作。后来又转而研究建筑史，有研究佛教建筑的课题，还做保护规划和古建筑修缮，包括遗址公园设计。在这个过程当中总有深入不进去的时候，总想直接从考古成果里得到依据，包括平面图、建筑的基础，还有规模、尺寸之类。我们研究城市，研究建筑单体以及建筑群落的历史变迁，它们和环境要素之间的关系，及形成的文化景观遗产，现在更多地注意到这一点，早些年比较关注建筑本身的存续。

您考古所去世的杨鸿勋老先生，做了几十年的建筑考古，在他这个位置上，在这方面做工作相当多，他有句话：建筑考古核心就是把建筑复原了，让大家看到这个建筑什么样。老先生的贡献非常大，也有才华。

您刚才说的青龙寺是唐代的，塔在院落中心，后来这种情况越来越少。我在敦煌壁画里看到唐代寺院已经类似后来伽蓝七堂的方式，我给人家做寺庙建筑设计，肯定以伽蓝七堂为蓝本做仿古佛寺的设计。现在新建寺院不少是仿唐的。杨鸿勋老师做过青龙寺的研究论述，塔在院落中央，和您刚才的图上一样。我们的很多研究或者工作，对考古成果是很依赖的。

在建筑界，搞历史研究的，有两个热门的问题要回答：一个是中国现存最早的建筑在哪儿、什么样。梁思成找到了南禅寺、佛光寺，唐代的建筑很少。我们前所长萧默先生已经去世了，他在敦煌做了多年研究工作，据说是梁思成先生授意他做的。20 世纪 90 年代初的时候，杨鸿勋老师当时有一个与日本的合作项目，在日本的一些模仿石窟的空间内，把敦煌壁画复原在墙上面。我当时做壁画上面建筑部分的描绘，画了无数个斗拱、建筑构件，发现敦煌壁画对建筑记录的真实感超强，唐代寺院和日本现存寺院建筑的关联，在这上面反映得非常清楚。

还有一个问题是中国的塔到底怎么来的，是否是从印度的塔借鉴过来的，和我们汉代明器中的楼阁式建筑是什么关系？齐头并进的演进，还是到了什么年代出现了分合的关系？很多人探讨过，有些答案可能要从考古方面得到证实。包括杨老师，多次探讨这个问题，他在你们所里，从考古成果很快可以得到建筑的图形。

已经消失的古代建筑的研究，根据考古资料，加上壁画、墓葬、石窟寺上的发现，做复原，有时候有点像电影置景，电影里做得太假。前段时间有个电影《妖猫传》，就是讲在青龙寺出家的空海，那个日本和尚，这些问题可能连缀起来也是挺有意思的。

说起永宁寺塔，因为中国最著名的就是这个塔，虽然存在了很短时间，但它是一个建筑奇迹。根据《洛阳伽蓝记》的记载，差不多 150 米高，后来《水经注》里也说 150 米，包括杨先生也认为有 150 米高。建筑历史研究所的陈明达先生说 80 多米，那也不低。但是，如果用现代建筑的设计规律研究它的大致高度，是可以根据基础深度来推算的，基础埋深和塔的高度是有一定比例关系的。土木结构的塔，凭借木材搭建，在今天用钢材建造 150 米那么高也不轻松。

您刚才讲核桃园，基础有 5 米的埋深，是一个地宫的深度，地基用十几层鹅卵石垫层。你们是不是据此埋深，有一个塔高的大致判断。我说的是一个很外行的话，但是从建造的规律来看，有一些情况从古到今可能是差不太多的，就是建筑的高度对应基础的深度，确实是有一个比例。在这一点上，像永宁寺塔的高度，能否得到一个大概的技术层面的近似结果，或许有助于对塔高问题的讨论。这一系列的问题，我想要依靠考古的结论。可能对于考古我们给不了什么，却要从考古那里拿东西。当时在做北朝墓群保护规划的时候，好像只有简报，没有发掘报告，是不是涉及发掘人员的权益保护。

总之，考古可能在未来，对于我们文化资源的保护，是一个基础性的工作，特别依赖这方面的成果。我不太同意建筑考古就是为了复原的观点，通过它找出来的建筑基址这些遗存，推论建筑的空间构成以及和环境的关系已经很好了。我简单说这么多，有问题想起来再提问。

何利群： 谢谢！其实杨老师对我们考古提出了很多的要求，我们也希望以后能做得越来越好。杨老师说了很多，我相信可能有很多没有到过考古现场或者没有从事遗产保护这方面工作的人，理解不了。杨老师说的我完全可以理解，杨老师提了很多问题，我简单回应一两个。我觉得有一个问题是学科的界限不一样所导致的。为什么说学科的界限不一样，比如说考古我们关注的问题，我们用我们的理论方法去做我们的工作，我们的关注点在什么地方，做古建的关注点在什么地方，包括做历史的、做宗教学的，每个人的关注点不一样，我们获取材料的方法、技术手段都是考古学。举个例子，很早以前，我们做赵彭城佛寺挖掘，《国家地理》要给我们写一个报道之类的，版权没问题，是我们已经发表过的，但是他去挑选图片的时候，我们拍的图片是100多个G的有关遗址发掘的图，而他们需要很多特殊角度和效果的照片，我们提供不了。对于我们来说，从考古学角度尽可能把所有的角度、所有的东西拍得很全了，但是因为学科不一样，他说你要把前景虚化、把背景实化之类的，我说我们是做考古工作，不是给你们这个做工作的，你们有你们的特殊要求，我真的不懂。我们最基本的考古学这工作我能拍清楚，正面侧面，但你说什么特殊艺术效果，不是我没有艺术细胞，我们想都没想过这一点，我只是从我们的角度去收集资料。比如说你做文化遗产，做建筑考古复原，我们考古的没有这个材料，我们把所有的材料提供给你了，你一定觉得这个地方多一张照片，那个地方多一个什么东西会更好，这是一个很重要的方面，所以可能你觉得我们提供的资料不够详细，虽然有很多，不足以解决你们所面临的一些问题。每一个角度、每一个方向、每一个学科，但实际上每个学科都有局限性。我所收集的资料依靠的是考古学的目的，很难解决别的学科全方位的要求。

杨莽华： 当时杨先生把大明宫的考古的资料发在日本的杂志上，之后考古所的人谈到其中有错误，就是两个人对事情的理解不同，可能是不在一个频道上，我有这个感觉。

何利群： 因为现在我们的古建，特别是唐代以前的，我们没有。

杨莽华： 复原以后最大的问题是把很多历史信息给掩盖了，或者对人有误导。

何利群： 包括塔基，如大庄严寺，他们希望把塔复原建得越金碧辉煌越好，国家文物局把权力下放以后，地方拨了钱，有复原的钱了。

杨莽华： 不能在原址上，可以选其他地方。

何利群： 因为我们自己不做古建复原，我们做的复原都是请专家做的。永宁寺我们考古界测量可能是 100 米，不会超过 100 米，它的地基长宽是 101 米，深度不详我们两个佛寺的地基平面宽度 42 米、深 5 米左右。

杨莽华： 知道地基的深度差不多能判断高度，建筑的推算是根据每一间的宽度和高度的比例，以倍数关系算的，算出来是 80 多米，这个确实没有办法。

何利群：杨老师有空再指导一下我们的工作，我们这几年的发掘对于古建方面，要改写，因为我们的古建，都是北齐的，现在发现两个大型的塔，两个大型的佛殿，还有周边古代建筑单廊、复廊、连廊全部发现了，而且结构都很清楚。

杨莽华：刚才听到的核桃园考古，完全可以修改佛教建筑史的一些内容，确实在时代划分方面是这样，谢谢！

谷　卿：谢谢两位老师的对话！在这里面所有的争执也好，困惑也好，对话也好，越多越深入，越能够让我们认识到不同学科背后的逻辑。杨老师在讲话当中也让我们了解到建筑历史和建筑考古不同学科各自的特点，显示了对话的可能性。刚才王老师和张老师分别从传说背后的历史逻辑和事件背后的历史逻辑来讨论相关问题，杨老师和何老师的对话把这个物质资料背后的历史逻辑议题也牵引了出来，接下来要请谈晟广老师继续在物质资料方面讲一讲，他报告的题目是“嚈哒时期佛教艺术初探”，在座的朋友们如果参加过我们的第二期“汲古论坛”对此可能有印象，谈老师在介绍他在阿富汗考察的见闻和心得的时候，讲了一个引子。

谈晟广：谢谢喻静老师的邀请！我有点上当了，因为之前我本来想讲一个北朝佛像风格转变的问题，后来她说你随便讲什么都可以，我就做了这个题目，结果发现大家都在讲邺城，我却在讲嚈哒，好像有点不搭。但事实上也很搭。为什么？邺城存在的时空就是嚈哒存在的时空。做这个题目也是个偶然，我之前做过阿富汗文物的展览，叫“器服物佩好无疆”，我们选取的一个小标题，是“东西文明的阿富汗国家宝藏”，在这里面我们发现了东西方文化交流的一些密码，阿富汗真的是东西文明交汇的一个十字路口。我们都知道佛教起源于印度，一般认为佛教艺术的起源——犍陀罗艺术起源于巴基斯坦北部。但是通过这个展览发现好像还有待探讨的一个空间。阿富汗处于多文明交汇的一个点，它的东方是中华文明，北方是欧亚草原，东南方是印度，西边是波斯、阿拉伯、埃及和两河、古希腊、古罗马。阿富汗这个地方曾经被希腊占领过，是希腊化的土地，所以在这个地方出现了很多融汇古希腊、古波斯还有两河文明，埃及文明、印度文明，包括中华文明的特征。

当年法显、玄奘要去西方求经，去的是哪儿？首先就要通过塔里木盆地的沙漠越过葱岭，从阿富汗往南折到印度这个地方，这是中国僧人向西方求经的必经之地。通过阿富汗考古的地图，可知遗址星罗棋布，非常多，这个国家因为战争的原因导致我们对它了解很少，尽管它是我们的近邻，却是我们最陌生的近邻。这个国家主要分为三部分，第一部分是北部区域，有一个阿姆河流域，当时的月氏人，在这个地方建的国家。兴都库什山脉，海拔很高也很冷，印度人要翻过来就会冻死，所以兴都库什的意思就是杀死印度人。

我们都知道月氏人后裔以阿富汗为中心，后来建立了一个与安息王朝还有古罗马、中国东汉并列的一个重要的政治政权，也就是贵霜帝国。它的范围，北边可以到咸海，南边到印度半岛，跟中国接界。这个帝国鼎盛时期在 2 世纪。贵霜王朝崇尚佛教，佛教艺术在这里得到了一个非常兴盛的发展。正是因为这个地方曾是希腊人的殖民地，当时的人把希腊的信仰跟佛教信仰结合，创造出了佛教艺术。

嚈哒人是谁？他们公元 4 世纪 70 年代跨过阿尔泰山向西南前进，首先他们统治了粟特人，公元 425 年灭掉了贵霜，当时月氏人南迁也是这个线路，他们被匈奴人驱赶，后来越过阿姆河，建立了贵霜，也是这样的一个线路。嚈哒灭了贵霜之后，建立了帝国，最后公元 567 年灭亡，是因为突厥人兴起，突厥人联合波斯萨珊，因为萨珊被他们臣服了，一直不甘心，后来联合突厥人把嚈哒人灭了。中国古籍里有很多记载，称它为滑国，他们的年代从 42 年开始算起到公元 567 年，有 500 余年的时间，我们正好可以看到这个年代，北魏是公元 386—534 年，其后西魏、北周、东魏、北齐。我们可以看到，如果我们讲北朝在中国的西方最近的近邻就是嚈哒。如果我们研究佛教艺术，中国的佛教艺术受到了犍陀罗的影响，从来没有人提到过嚈哒。《魏书》记载嚈哒大月氏种族的起源也很复杂，有的说是高车人，有的说是月氏人。我们看这是塔里木盆地，盆地西部地区基本上都是嚈哒的范围，现在的和田地区和喀什地区几个重要的石窟都是在它的势力范围内。这是印度，这是巴基斯坦，这是阿富汗，范围相当广，我们可以看到北魏，这边是嚈哒，这边是波斯萨珊，这边是东罗马。它的统治范围东边到塔里木盆地，西边和波斯接近，南边是天竺，北边是高车。《北史 · 西域传》说他们非常凶悍。

北魏时期对嚈哒的了解得益于宋云、惠生的游记。《洛阳伽蓝记》卷五记载，十月初到了嚈哒，感觉像是一个原始社会一样，但是他们人很凶猛，所以受诸国贡献，南至牒罗就是恒河中游巴特那一带……东北及于阗，西及波斯，40余国皆来朝贺。他们讲到嚈哒王的记载，没有音乐，奇特的装扮，最重要的一点说他不信佛法，多事外神，后来形成嚈哒时期佛教的一个重要的说法，甚至说他们毁佛。事实上不是这样，史载嚈哒朝贡北魏一共14次，北周3次，南朝梁5次，跟中国的关系十分密切。我们经常看到中国国家博物馆收藏的梁萧绎《职贡图》，这就是嚈哒人，还有吐火罗人、高句丽人。他们事天神、火神，每日则出户祀神而后食，可以看出来他们信仰拜火教，是不是真的不信佛法，多事外神呢？事实上在这些臣属的国家里面，比如说在于阗之西，也是属于嚈哒的统治范围，“其城方十里余，多寺塔，皆饰以金”，从这句话里可以看出他们并不是没有佛教的，也可以说嚈哒跟小国的关系，只要给我朝贡就可以，我不干扰你的信仰或者直接派人统治，因为他们人口十分有限。

还有朅盘陀国，亦事佛道，附于嚈哒。

《洛阳伽蓝记》里波罗国也属于嚈哒的统治范围。“其城内外凡有古寺”。当时的这些记载，可以看到嚈哒时期佛教没有失落。我想北魏时期佛教的兴盛可谓跟嚈哒不无关系，能不能找到嚈哒时期佛教的特征，因为我们佛教艺术找源头的时候一找就找犍陀罗去了。

巴米扬大佛也就是嚈哒存在的时候或稍晚开始修建的，但可以看到当时的佛教在阿富汗这个地方并没有灭绝。

因为做阿富汗特展，阿富汗国家博物馆邀请我们访问了一趟阿富汗，首都喀布尔有一个盆地，这个盆地佛教的资源非常多。刚才何老师讲到最早的塔，寺庙都是以塔为中心的，现存阿富汗最早的一个佛塔的基座，其实跟我们佛塔的起源也是有关系的，也是喀布尔市区里面的塔。

喀布尔市区偏南一点，有一个高地，在这个地方前几年发现了嚈哒时期的佛教遗址。因为有嚈哒王的钱币，可以确认是嚈哒时期的佛教遗址，是逐渐往上的，沿着山坡建的一个遗址。

从这个山坡往下看，可以俯瞰整个喀布尔城市。在这里面发现了嚈哒时期的雕塑，这个雕塑这样看，它这边是菩萨，这边是坐佛，他们雕塑的技巧是非常高超的。

他们喜欢白颜色，是不是跟他们的皮肤白有关系，因为他们皮肤白可以被称之为白匈奴。

最近大家可能听说过有个艾娜克遗址，时间跨度非常长，从公元前 2 世纪到 8 世纪，差不多延续了 1000 年，我们可以找到很多早期的犍陀罗风格的，也包含很多嚈哒时期的风格的，背面还有彩绘，非常精彩。

刚才说龟兹风，现在已知克孜尔石窟基本上都是 4—6 世纪。年代很难断，我们可以看到风格来源跟嚈哒时期的风格十分紧密，更何况于阗这个地方，还有北边那一带，整个塔里木西边一带都是属于嚈哒势力范围，这是我的一个初步看法，当然还需要进一步论证，所谓的龟兹风可能就是嚈哒风。

所以我们想去阿富汗，也许是后年，做一个艾娜克的展，借艾娜克谈一谈从犍陀罗到嚈哒以及更晚时代的整个以阿富汗为中心的佛教艺术的传统，通过这个可以观照中国艺术佛像的真正起源，希望后年能够做成。

谷　卿：感谢谈老师给我们提供了另一种视角，而且在梳理这个思路的同时又牵出一个逻辑链条，即将给我们带来的这个大展，值得期待。刚才提到今天的讨论，从传说和事件的历史逻辑推进到物质资料背后的历史逻辑，而且关于这些历史逻辑的讨论当中，几位学者都表达了改写历史的冲动，刚才何老师和杨老师的对话当中也提到了类似的想法。谈老师的分享让我们重新认识了犍陀罗艺术和嚈哒佛教艺术，让人感到特别兴奋，看看接下来几位老师是否再进行一些对话和交流？

杨莽华：问谈老师一个问题，刚才您说的塑像是泥塑多还是石刻多？

谈晟广：都有。

杨莽华：泥塑材料的选择当时有没有什么原因？跟它当地的资源情况的关联性。

谈晟广：据我观察好像阿富汗石刻不像犍陀罗那边多，不像巴基斯坦这边那么多，好像泥塑更多一点，具体什么原因，我也不是很清楚。但是我的一个推想，还是可能跟阿富汗的传统有关系。因为刚才说最早的古城阿伊哈努姆是公元前 3 世纪到前 2 世纪的存在，这里看到大量泥塑，完全是希腊风格的。我们看到泥塑风格一直在阿富汗延续，希腊人首先在阿富汗活动，然后因为被月氏人逼迫南迁，迁移到巴基斯坦，所以把这个风格带过去。巴基斯坦那边可能那个石材更多一点，所以可以制造佛像的石材也许更多。事实上新疆还有中亚地带，比如说乌兹别克斯坦也有一些泥塑的塑像，还有新疆主要还是泥塑，这跟它的天然环境有关系。像甘肃河西走廊也是以泥塑为主，所以这个泥塑的传统还是来自阿富汗。

杨莽华：谢谢！

谈晟广：他们有进贡中国，北魏时进贡 14 次，关系非常密切，我忘了放图了，巴基斯坦的北边就是洪萨，那个地方，喀喇昆仑公路沿线还有一个北魏的人留下来的到访的题记，不但他们派使到中国，而且北魏也都派使节过来。

喻　静：我补充一点北魏的材料。宋云和惠生是受胡太后的派遣去取经的，永宁寺大塔就是胡太后时候修建的。永宁寺大塔其实就是模仿雀离浮图。雀离浮图的“雀离”是什么意思？carri，就是轮宝的意思。作为转世轮王，有八个轮护持他，转轮圣王统治四天下，需要有一个合法性，这个合法性是靠轮宝来表达的。而这个轮宝就是犍陀罗语里的我刚才说的那个词，翻译成中文就是“雀离”。胡太后让宋云和惠生去取经的时候，为雀离大塔带去了很多装饰物，这个装饰物是干什么用的？如果他们见到了雀离浮图，希望他们把这个饰物挂在浮图上。在《洛阳伽蓝记》里有一段描述，他们真的把这个装饰物挂在雀离浮图上，迎风飘荡，景象非常壮观。

谈晟广：对，您说到永宁寺我想起来，因为我做这个 PPT 十分匆忙，没有来得及翻史料。永宁寺的泥塑绝对跟嚈哒有关系，我还没有来得及比较。

喻　静：我看到 PPT 另外一幅图，您最后放了一个造像碑。

谈晟广：那是艾娜克的造像碑。

喻　静：这个和北齐有关系，这是佛本生故事的起点，燃灯佛授记的故事。它传到中原以后，云冈石窟同类题材的叫“阿育王献土因缘”，三小孩叠加起来向燃灯佛献土。刚才说到北齐文宣帝有一个僧统叫法上，他把僧俗分开，文宣帝经常让法上踩着自己的头发走过去。法上扮演燃灯佛，文宣帝扮演佛的前身——菩萨。这个故事是从佛经里过来的，它是说当年菩萨见到燃灯佛远远走来，地下有一个水坑，他把自己的衣服脱下来铺在水坑上，结果衣服不够大，没有盖住水坑，菩萨就把头发从前面披下来，铺在水坑上，让燃灯佛从他的头发上走过。燃灯佛就说你未来将要成佛。这个菩萨就是后来的释迦牟尼佛，他在这世降生在转轮圣王之家，成为王子。后来他选择了出家，所以就没有成为转轮圣王，如果不选择出家的话，他就是佛教中所谓的转轮圣王。这个故事和北齐文宣帝息息相关，他把它变成一种仪式，变成确认自己是用佛法来统治国家的转轮圣王，具有统治的合法性的一种标志，一种国家性的仪式。

谈晟广：对，佛法是从西边来的，西方到底是什么样子我们还不清楚。

喻　静：最早的佛法都是大乘佛法，和帝王有关系，犍陀罗地区的大乘佛法是用来治理国家的。刚才张老师谈到后赵的石虎和石勒。《邺中记》里面记载了一种非常奇特的装置，现在已经无法复原了，是浴佛用的，这是个机械装置，被用在“天王”的登基仪式上。“天王”是个有大乘佛教意味的封号，张老师曾经在一本书里谈到过，“天王”和中土的皇帝、天子还是不太一样的，自封“天王”，就是想做大乘佛教的转轮圣王，而不是华夏的“天子”。石虎就说他本来是出自西方的，现在是要君临诸夏。在他的想象中，他作为一个胡人，他和夏的关系是君临诸夏，而过去的夷夏之防是夏人以自己为中心，是想防范夷狄对自己的改变。但是在石虎看来不一样了，他说他要君临诸夏。邺城是齐桓公时候建立的，邺城为了什么而建？是为了拱卫诸夏。邺城这个地点为什么重要？北方的少数民族认为，可以踞邺而君临诸夏。汉族人建立邺城的初衷是，邺城是要来拱卫诸夏的。邺城，正好处于攻和防的相会处，处于游牧文化和农耕文化的交汇处，也处于佛教意识形态和中土儒家意识形态的交锋融合处。

这是我刚才听了各位老师讲的之后谈一点感想，非常感谢何老师，何老师给我们提供了丰富的实地考古的材料。我上一次听他的讲座在国博，有很多普通观众，何老师放图片更多，现在这次他只是针对我们各位老师不同的专业有所选择，但是邺城依然是一个非常迷人的存在，也没有什么可点评了。今天还有王静老师，她讲了东魏建都城，尤其讲了北学有谶纬的传统。杨老师主要是讲的考古建筑，你们的学科很依赖考古学，但是各自有不同方法，你们的学科希望考古学提供吻合你们这个专业的材料，但何老师觉得只能尽量去做。

何利群：考古学已经成为很多学科的基础材料，就像数学一样，我们给美术史、艺术史、建筑史提供材料，我们受自己学科的限制，我们视野的限制，每个人、每个学科都站在一定的角度去搜集资料、整理资料，所以我们经常是被大家所指，我们不能解决他们的学科的问题，但是我们说我们没那个想法，没那个意识，我们学科受限制的。我给杨老师解释这个，不是说我们专门忽略了什么，我们想尽可能把材料收全，我们考古报告严格要求，考古发现以前倒推回去，但实际操作中不可能做到这么详细、这么仔细。所以很多学科对我们还有一个误解，比如我们研究佛教，我也是学佛教考古，我亲自发掘，我拼命找佛教。我们不能这么挑剔，我们有学科的。首先满足大的范围，然后一步步解决，不能说我想挖曹操墓我跑遍全中国挖曹操墓，这辈子可能都找不到，反而浪费很多钱，是不允许的。还有一个问题，我们考古做的工作受很多方面的限制，受经费的限制或者受课题的限制，比如我做这一块，别人说你把那块做了多好，就能解决什么问题。比如搞建筑的说你就挖这个建筑，你把这个塔挖了，你把那个大殿挖了多好，但是我们不能挖这个，我们不能想挖哪里就挖哪里，我们提供的材料不是想象得那么全。由于各种原因，我们只是确定了它是寺院，基本就可以换地方了。我们也想尽可能做细点，但是由于我们这个学科没有强制性要求，要求我们必须把某些东西要彻底解决清楚，这个涉及很多问题。所以我们提供的资料可能大家觉得挺重要的，就说你为什么不把那个做了，但是我们真的做不了。受我们学科的影响，我们不可能把几万平方米，比如邺城100万平方米全部挖掘出来，我们只能挑一些关键点。因为考古挖掘也是破坏，如果你的工作做得有问题，你挖完这里以后就不可能恢复了，所以我们尽量以尽可能少地挖掘来解决尽可能多的问题。大家对我们期待很高，我们压力很大，谢谢！

喻　静：是，好像所有学科眼巴巴盯着考古学，希望地下挖出新东西给本学科积累学术成果，增长一点创新的领域。何老师自己也做很多研究，我读过何老师很多文章，他关于邺城在佛学方面的文章写得非常精彩。我刚才突然想起一个问题，想请教张老师和何老师，请问地论学派的南道和北道，是以邺南城和邺北城作为分界线的，是这样吗？

张雪松：现在好像基本不这么讲，可能就是一个比较泛的称呼。相州的南道、北道，真要找一个分界线，现在没有十足的证据。过去人比较较真，一定要找一个分界线。还有一个日本学者，他已经去世了，他说："我特别希望我将来死了以后能够埋在分界线那个地方。"因为他搞了一辈子地论研究，但是现在大家说可能也不是那么回事。简单补充一下，《大唐西域记》里玄奘讲过，授记的地方在哪儿，现在一般讲安达克是布发掩泥授记的地方。

喻　静： 布发掩泥有具体的地点的。

张雪松： 它可能是阿富汗本地的一个故事。

喻　静： 今天的论坛真是一场盛宴，大家可能很希望找时间去亲访邺城，如果要去的话就可以拜访何老师。

何利群： 欢迎大家去邺城参观考察，我们那边有两个博物馆，国博特展回去我们今年年底有一个重新布展，包括考古工地，欢迎大家去参观指导，谢谢！

喻　静： 今天的讲座就到这儿。

谷　卿： 感谢喻老师，感谢各位来宾，也谢谢各位听众的参与。特别要提醒一下，国博的展览还有几天，没有去欣赏和学习的朋友们，可以在展览结束之前去参观体会一下。今天的论坛到此结束，下期再见，谢谢大家！

5

视点·焦点·拐点：数字人文与古典文学

时间:

2019 年 11 月 8 日

主谈人:

叶　晔　浙江大学中国语言文学系

刘京臣　中国社会科学院文学研究所

李飞跃　清华大学中国语言文学系

诸雨辰　北京师范大学文学院

胡韧奋　北京师范大学中文信息处理研究所

主持人:

彭　志　中国艺术研究院中国文化研究所

评议人:

郑永晓　中国社会科学院文学研究所

彭　志：各位来宾、各位朋友们，今天我们在这里举行中国文化研究所主办的“汲古论坛”第五场“视点·焦点·拐点：数字人文与古典文学”[①]。不知不觉中，从3月初的草创到如今的渐成规模，一路走来，“汲古论坛”先后讨论过“‘中’与‘忠’：作为文化典范的颜真卿及其书法”“文明交融：在阿富汗宝藏里发现中国”“格古鼎新：陈介祺与晚清金石文化的振兴”“与华相宜：多学科视野下的邺城考古新发现”等主题，涉及了书法、金石、考古、丝绸之路等不同领域。我想探讨这些主题，也践行了我们创设“汲古论坛”的初心，即研讨文学、史学、哲学、艺术学相关问题，关心跨学科、跨语际与跨文化议题，了解前沿新知，兼顾冷

---

① 按：“汲古论坛”第五场“视点·焦点·拐点：数字人文与古典文学”受邀主谈人共有五位，因叶晔教授在论坛发布的观点系其初步想法，尚需雕琢打磨；刘京臣副研究员的观点则为其一篇构思中论文的核心案例。两者皆需较长时间完善、发布。经两位主谈人提出，此次2019年六场论坛的结集暂未收录两人观点，相应发言部分也作了技术处理。

僻旧学，注重研究方法的更新和反思，促进人文学者的互动与沟通。

在前面四场的积淀之下，我们设计了第五场的主题“视点·焦点·拐点：数字人文与古典文学”。“数字人文”是个舶来概念，是指针对计算与人文之间的交叉领域进行学习、研究、发明以及创新的一门学科。就研究范围而言，数字人文几乎涵盖了传统人文学科的各个方向，例如历史学、哲学、文学、语言学、艺术学、考古学等；就研究方法而言，超文本、资料视觉化、统计学、文本探勘、数位制图、云计算等各种技术手段不断地被开发应用。可以说，随着技术革命的到来，数字人文影响着人类生活的方方面面，也不可避免地会影响到人文学科的研究、生产和传播。数字人文时尚且专门，是一种新型学术模式、组织形式和文化模型；古典文学植根于中国本土，当两者相遇，将会碰撞出不一样的绚烂火花。

首先我想为各位介绍今天到场的嘉宾。中国艺术研究院中国文化研究所副所长喻静老师，中国艺术研究院研究生院中文系主任、马克思主义文艺理论研究所副所长鲁太光老师，中国艺术研究院艺术学研究所负责人李修建老师，中国社会科学院文学研究所研究员郑永晓老师，浙江大学中国语言文学系教授叶晔老师，中国社会科学院文学研究所副研究员刘京臣老师，清华大学中国语言文学系副教授李飞跃老师，北京师范大学文学院讲师诸雨辰老师，北京师范大学中文信息处理研究所讲师胡韧奋老师。

今天还有很多学者和媒体朋友们到场，《艺术学研究》执行主编孙晓霞老师、编辑崔金丽老师，红楼梦研究所石中琪老师，还有远道而来的复旦大学中文系、兰州大学历史系、河南大学艺术学院的学者们，以及文化所的各位同仁张红萍、秦燕春、谷卿、霍明宇几位老师。为本场论坛提供新闻报道的则是《中国文化报》《文艺报》《新京报》《中华瑰宝》等几家媒体。

本场“汲古论坛”的议程分为领导致辞、嘉宾主谈、长桌对谈、专家评议、听众提问共五个部分。首先我们想请文化所喻静副所长致辞，有请喻老师。

喻　静：按照原计划，我并不能参加这次论坛，要赶高铁到洛阳去。我主要做佛学研究，对这个话题完全陌生。今天彭志请来的都是学界很有影响的老师、前辈，我的任务主要是向大家表示最真挚的感谢和最热烈的欢迎！

中国文化研究所墙上挂了赵朴老的字“汲古得修绠，开源引万流”，“汲古论坛”就取自赵朴老留给我们的这份精神遗产。这个论坛设置的初衷是想为年轻的学者提供机会，把某些学问领域和某些话题引进中国艺术研究院。比如敦煌学，比如今天要讨论的“数字人文与古典文学”这样的话题。

我今天非常想参与整个论坛，全程把它听完，因为我对之完全陌生。刚才请教了郑老师，郑老师给我讲了很多。我刚才开玩笑说，从佛学研究的角度，数字人文是不是在讨论“机器人能不能成佛”的问题？再次感到非常遗憾，不能跟各位老师相处很长时间，也不能从你们这里受教。

希望各位老师和各位前辈，会后到中国文化研究所去坐一坐，以后也能够常来常往。彭志这样的年轻人，刚刚参加工作，加入中国文化研究所，还比较稚嫩，但是他们有强大的后续发电能力。他们在未来长成什么样，中国文化所就是什么样子。当然这是站在一个所的角度，扩而充之，站在整个人文学术研究领域，甚至于我们所身处的世界，也是一样的：他们是什么样，未来就是什么样。再次感谢各位老师对他们的扶持，对我们的支持。接下来请鲁太光老师代我主持本场论坛。鲁老师是非常有造诣的学者。谢谢各位！

彭　志： 谢谢喻静老师简明扼要、开宗明义的致辞，我们“汲古论坛”的初心、追求在喻老师娓娓道来的表达中更加清晰可见了。组织各期的“汲古论坛”，也多次得到了中文系的支持，有请中文系鲁太光主任为我们说几句，有请鲁老师。

鲁太光： 我简单说明一下参加本期论坛的原因。主要是受人之托，忠人之事。前天晚上 11 点左右，喻静老师给我打电话，说家中临时有急事，但郑老师、李老师、诸老师、胡老师来参加论坛，她作为主办方的负责人不能来接待大家，与大家交流，心里很过意不去，就委托我来接待一下。后来彭志联系我，也表达了这个意思。他们都很真诚，看得出来对各位老师的尊重，所以我就不自量力，答应了他们的委托。今天下午喻静老师还是挤时间来了，那我们两个就一起向郑老师、李老师、诸老师、胡老师的到来表示真心欢迎和感谢！希望你们把中国文化研究所，把我们中国语言文学系当成自己的第二个学术据点，多来支持我们。再就是我觉得喻静老师很重视“汲古论坛”，在所里同事配合下，无论是选题，还是组织，都做得非常好，所以，我今天也是抱着学习的态度来的。待会儿，听各位老师的高见。谢谢大家！

彭　志：非常感谢鲁太光老师的精彩致辞，从他的言语中，我们看到了砥砺和勖勉，也对“汲古论坛”的未来有了充足的信心。下面我们进入嘉宾主谈环节。三位主谈人讨论的主题分别涉及“基于大数据技术的古代文学经典文本分析与研究”“计算语言学在古典文学领域的应用”等。这些主题的设置，一方面是考虑到每位主谈人的研究方向有所侧重，更为重要的是想通过数字人文与古典文学互动之后生成的一些不同面相，来呈现新兴技术与传统学科之间交叉的丰富可能性。

第一位给我们主谈的是清华大学中国语言文学系的李飞跃老师。李老师主要从事唐宋文学研究、文学与艺术文献整理研究，李老师是刘石教授主持的国家社科基金重大项目“基于大数据技术的古代文学经典文本分析与研究”的主要参与人，现在有请李老师就此专题谈谈他，以及他们课题组的设想与实践。

李飞跃：各位老师好！非常高兴能有机会回到所里参加这场学习研讨。彭志兄给我命的题是围绕我参与的刘石教授主持的国家社科基金重大项目“基于大数据技术的古代文学经典文本分析与研究”，谈一下我们最近正在做的一些工作。我的发言主要包括背景与基础、目标与思路、内容与结构、相关研究共四个部分，相应内容请大家参看刘石教授发表于《数字人文》2020 年第 1 期的《大数据技术与古代文学经典文本分析研究》一文。

背景与基础方面，文本数据分析一直是国外计算语言学、信息统计学等交叉学科研究的前沿热点。美、英、法、德等西方发达国家都已成立了国家级项目组或研究中心，致力于对包括《圣经》、莎士比亚戏剧、法国中世纪诗歌等多语种文学经典的内容分析，产生了一批引人注目的实证性与理论性成果。20 世纪 50 年代，瑞典汉学家高本汉也已运用统计学方法研究《红楼梦》的作者问题。近年来，这些交叉学科在中国获得了长足发展，并开始进入古典文学与文献学学科，在对古典文献的分词、标注等方面有了较多应用。基于深度学习的古典诗歌生成与分析系统，基于统计学模型的中文文本分析等技术在古籍文本切词、比对、计算等方面已具有初步成果。数据库在研究中日益发挥着不为人所熟知的诸多功能。

作为工具的计算机，已从文献检索时代进入到数据分析时代。计算机不仅能帮助我们从海量文献中快速检索到所需的资料，还能以数据为基础帮助我们发现问题和分析问题。顺应学科交叉融合的大趋势，有助于促进文理结合及创新突破。新一代关系型、结构化数据库结合大数据分析技术及相关方法与范式，既可为基础文科的研究提供数据、技术支持，也能够促进研究方法和范式的创新。随着数字人文技术的发展，数据分析的技术和方法越来越具针对性和有效性，能更清晰地揭示隐藏在文学史背后的作家与社会之间、作家与作家之间、文本与文本之间的直接与间接、显性与隐性的多种关联，能以全知型的视角系统整体地还原和呈现文学史的立体景观，改变传统的思维方式和研究范式。

大数据及其相应技术已经成为当代科技发展的重大标志，渗透到社会的各个领域，对社会知识体系及思维方式产生了重大影响，而基于这一技术对古代文学经典文本进行高效和深度分析，可将文学研究纳入一个更宏观的视野，提高研究结论的精准性、稳定性及可验证性，促生新的研究理念、方法与范式。但总体来看，古典文学研究领域对大数据的运用目前还停留在数据建设和全文检索的初级、表层阶段。

目标与思路方面，经典文本是古代文学学科的基石，以先秦至明清品类纷繁的古代文学经典文本为研究对象，利用计算机、统计学等学科的新兴技术手段，发掘依靠阅读经验难以发现的文本组织特征及相互关系，可定量统计、分析及归纳单凭人力难以解决的诸多问题。选择先秦至明清时段古代文学经典文本进行相似性、关联性、规律性研究，有望解决古典文学研究领域长期存在的疑而难决的作品归属、作品辨伪、异文辨析、修辞特色、风格生成、题材变迁、因革影响等方面的问题。

一是重新验证已有成说的经典史论问题。比如，提出“文必秦汉，诗必盛唐”的以明代前后七子为代表的文人群体，其诗文创作是否落实和如何落实其文学创作的主张？利用共词分析、语义分析、人物事件交杂等技术方法，正可尝试创新分析和解决诸如文体形式、社团流派、人物关系、情节演进、阶段特征、历史影响等问题。

二是解决人力难以彻底解决的疑难问题。为作品归属、重出异文、改编续写、风格流派、文类划分等提供新的证据、思路与方法。如唐宋诗“体格性分之殊”的判断，诗词曲三种相近文类格律、用韵、题材、语词、典故、句法、意象、风格的穷尽性统计，为定性分析提供数据支撑，提高研究结论的精确性、稳定性及可验证性。

三是超越主观感受与印象分析层面，科学梳理文学发展史长时段中存在的特征、规律及作家作品之间的各种关联。比如陆游诗近万首，词自中唐产生而历经各代，其题材、修辞、风格变化轨迹究竟如何，数者之间的关系怎样？通过对一个作家或一类作品的深度学习，发挥其文本比对、关联分析等技术优势，追踪挖掘以往不曾注意到的迹象或线索，能够大幅度提高文学经典研究的可靠性与科学性。

以上研究设想的实现，建立在两个基础之上。

其一，古代文学经典文本数据的结构化。采用大数据语义分析中常用的联系算法进行关键词管理。同时，利用已有人名、地名、职官、俗语、典故等专名词库进行辅助，提高分词、标注的速度及准确率。发挥精细化语料库的功能，使其从“字联网”形态进入到更深层的“意联网”脉络，借以快速检阅各种庞大的文类和文本，发掘其中的隐含信息和潜在规律。

其二，利用大数据技术构建多样化文本分析系统。运用深度学习的方法和技术手段，对古代文学经典文本进行多维度、多模块和多属性分析，识别文本中的关键词，针对不同问题选定语料库和设定算法。通过搜寻、比对、聚类等方式，评估不同文本语段之间的相似度和相关性，构建符合学科规范的立体知识网络。

大数据分析可以让研究者具有“上帝视角”，做到整体和系统地重新认识经典文本的形态特征、生成演变和相互关联，从而带来研究视野、观念和方法的转变。不过，大数据毕竟只能作为学术研究的辅助手段而非替代方式，文学研究中新技术手段的应用需要充分依靠计算机科学和统计学的专业研究人员，文学性问题的提出和分析处理却不可能完全交给机器，相反，从问题的设置到语料的选取再到分析结果的解读、意义的阐释、体系的建构等，都将由古代文学和文献学相关领域高水平的专家学者完成。

内容与结构方面，在依靠经典文本库，运用大数据技术手段的前提下，我们列出古代文学文本研究的问题清单，对文本及基于文本的相关问题进行计算机与统计学的深度分析，再结合文学史论及具体作品对分析结果进行阐释和研究。现阶段数字人文研究的主要技术方法，包括机器学习与人工智能、数据库建设、计算语言学、社会网络与地理信息系统、数据与文本挖掘等方面。这些技术方法在人文社科领域正在被推广使用，且取得了突破性成就。我们将有针对性地创建和改进算法和理论模型，以增强解释的准确性与有效性。

我们所聚焦的古代文学经典文本研究的主要问题，具体而言，有以下几个方面。

一是大数据时代的古代文学文本分析技术研究。利用已经成熟的统计学、计算语言学等技术方法，构建适用于文学文本研究的统计分析、数据挖掘与算法模型。同时，针对古代文学文本的特点，研发具有针对性和适用性的工具，并在此基础上构建分析平台。

二是基于人工智能技术的古典诗歌分析系统的构建。以经典诗词文本为研究对象和文献基础，通过机器学习和模型构建，衍生出模拟创作和研判作品的计算机系统，输出多维度、研究型、体验式经典文本交互系统。预期完成的系统不但可以为经典文本的研究者提供时代、风格、用韵等专业领域的判定，辅助经典文本整理中的辨伪、辑佚、系年等工作，还能提升普通读者的人机互动学习和创作体验。

三是基于文献知识库的汉代至元代作家生平事迹研究。在中国古代文学经典文本库及知识库建构的基础上，促进古代文学经典文本数据的结构化，发挥精细化语料库的功能，快速搜检各种庞大的文类和文本，发掘其中传统汉代至元代作家研究中未曾触及的潜隐信息，为文学经典的解读提供更为广阔坚实的基础。

四是基于计算风格学的明清小说研究。从语言学的角度探讨词汇特征、语法特征和语义特征在明清小说中所起作用和所充当的功能角色；从数学角度发现适宜特征选取和特征比较的统计模型；从计算机科学角度优化假设检验、聚类、分类和深度学习算法，自动对小说作品进行词汇、句法和语义的计量风格特征统计和分析。尤其以中国古典小说名著《红楼梦》《三国演义》《水浒传》《西游记》《三遂平妖传》《金瓶梅》等为研究对象，将语言学、数学和计算机科学的相关理论相结合，从交叉学科的角度研究四大名著的风格特征。多方面、多角度运用科学的研究方法，来判断《水浒传》《西游记》和《红楼梦》后四十回的作者归属等问题。此项研究，亦对其他存在作者争议的作品分析具有借鉴意义。

五是基于复杂网络的文本与人物研究。以唐宋时期经典作家作品为主要研究对象，兼及明清小说，围绕文学文本生成、文学文本经典化、人物生平及社会网络分析等问题展开研究。以韩愈、苏轼等个案为例，详细考察和直观呈现韩愈、苏轼二人真实可靠的社会网络与社会交往过程。借助于传统的小说叙事、修辞分析以及文体测量手段，从文体学和文学社会学的总体视角对元明以来的长篇章回小说经典文本做长时段、总体性考察。考察大规模叙事性文本中所形成的人物关系网络在关键节点和群体层面可能具有的结构性特征，以及近代以来叙事性文体观念、虚构性叙事文学的人物角色功能变化等问题。

六是基于文本深度挖掘的文体与文论研究。基于数字人文领域中广泛使用的“文本挖掘”方法，对不同文类文体的语言特征及其文本功能进行分析，尤其对声韵词句特征、格律形成演变、情感表达等作出新的探寻。利用文本深度挖掘得出的数据，对文学研究中重要的两个领域“文体”与“文论”中出现的重要论题进行具体而微的专题研究。

相关研究方面，以经典诗词文本为研究对象和文献基础，在处理、阐释文本的基础上，通过机器学习和模型构建，衍生出模拟创作和评判作品的 AI 系统，并与“文本生成”“文体与文论”等领域的研究成果形成链接，输出多维度、研究型、体验式经典文本交互系统，为经典文本的研究者提供时代、风格、用韵等专业领域的判定，辅助经典文本整理中的辨伪、辑佚、系年等工作，同时提升普通读者的人机互动学习和创作体验。

今后拟从下面几个方面同时开展工作。

一是古典诗歌分词及知识图谱。运用计算语言学和自然语言处理技术，自动实现针对古典诗歌文本的词汇抽取、分词和关联分析。开发适合古典韵文特别是诗歌的文本分析模型和工具；通过共现分析、关联关系挖掘等技术手段，在诗歌及其语言以及相关各文化要素之间建立关联关系，并上线首个“古典诗歌知识图谱”。

二是古典诗歌的声律模式研究。古典诗歌在声韵、平仄等方面符合某种较为严格的规律和范式，但实际上也有不少突破经典声律模式的案例。我们将尝试采用大数据分析的方式，为海量古典诗歌建立声律统计模型，处理古音韵及多音字等问题，发现"拗救"等变体的规律和原则，对古典诗歌声律规律实现穷举和归纳，突破传统研究范式的局限性。

三是面向溯源的中国古典诗歌风格研究。诗歌的"风格"问题可谓古典诗学的元问题，时代之争、地域流派、影响流变等诗学问题，无不与此相关。我们将借助海量古典诗歌样本，综合运用统计学习方法和深度学习技术，建立可对抽象的诗歌"风格"进行表示、量化、计算、溯源的新技术、新方法，为解读传统人文经典的风格特征、人物塑造、本事源流、影响追踪等提供新的途径。著名数学家丘成桐先生提出，能否经由《红楼梦》中诗词作品的风格、艺术和思想、内容溯源，探寻作品中的人物原型。这是一个有创意的想法，我们亦将就此试作努力。

从学科交叉的角度来看，文学研究所讨论的文学本体及其文学性，向来是基于阅读经验的文学研究，这一"经验"很难为人工智能所复制。本研究试图以计算的方式分析和理解此"经验的文学性"，以期获得可量化甚至为机器所学习的"计算的文学性"，若能达成这一创举，则有望成为人工智能在文学艺术领域的进步台阶。配合本研究开发的阶段性工具，如"古典韵文分词工具""计算风格及匹配方法论”“古典诗歌声律模型”等，皆具有技术层面的探索意义。本研究的预期目标之一“古典诗歌知识图谱”，亦属具有创新性的研究。

目前可用于统计分析的关系型古籍数据库建设还比较薄弱，适用于人文研究的分析工具、分析方法、分析模型还相当有限。近年研究依赖较大的一些电子古籍库主要用于检索，还不是结构化的能进行统计分析和再生知识的数据库。未来的学术研究很大程度上将是基于数据驱动，数据平台、技术平台和研究平台三位一体的模式将成为常态。在结构型数据库和数字人文时代，研究成果将立足于数据和分析，同时也将加载到数据平台被分享。超越现有基本电子古籍库的新一代关系型知识库正在出现。

经典的传承与研究关系到民族文化与精神的塑造，具有不可估量的重要价值。利用大数据技术研究经典文本，将会大大提升古典文学研究的科学化水平。大数据技术作为一门新兴技术，不仅能改变我们的思维方式，还有可能在相当程度上改变我们的世界观。当然，由于人文社会现象的复杂性、多样性，尤其是精神交往和思想沟通具有个性化、非量化和多义性的特点，完全依赖大数据的人文社会科学研究又很容易陷入科学抽象弱化、人文关怀缺失和情景化的研究逻辑被打破等危机，如何避免陷入这些危机，也是需要我们同时关注的问题。

数字人文到底是一种数字文献学、一种批评方法，还是一门交叉学科，目前尚有不少争议。在我们看来，当今人文的数字化，譬如传经之有造纸、学问之有印刷，必将使人文知识诸门类的媒介载体、传播接受、教育教学、创作研究等为之一变。作为一门新兴技术，它的出现不仅改变了我们的知识形态、思维方式、审美观念、研究取径，还有可能改变我们的世界观，为我们建立一个新的世界本体。也许有一天，数字人文乃至数字学术已经成为所有学科的共识，我们创办的《数字人文》刊物的名字也将因其过于包罗万象而不复有今天的意义。那正是我们所期待的。

我的报告就是这样，请大家多多指教，谢谢！

彭　志：谢谢李飞跃老师给我们呈现的精彩阐述，清华大学依托于一个重大课题、一本学术刊物和一套人才培养体系，想来将来肯定会引领中国数字人文以及古典文学交叉研究的方向。在进行第四组的主谈之前，中国艺术研究院常务副院长喻剑南先生也来到了我们的会场。喻先生本身是中国古代文学出身，我们今天的主题也是数字人文与古典文学，期待一会儿喻先生也可以充分地参加到我们下一步的“长桌对谈”环节！

第二组给我们联袂主谈的是北京师范大学文学院诸雨辰老师和北京师范大学中文信息处理研究所胡韧奋老师。诸老师主要从事清代文学理论、数字人文研究，胡老师研究方向是自然语言处理、计算机辅助语言教学、古汉语信息处理。两人合作开发了“唐诗别苑——基于知识图谱的《全唐诗》语义检索与可视化平台”“古诗文断句——基于机器学习的古代诗文自动断句小工具”，现在有请诸老师、胡老师就“计算语言学在古典文学领域的应用”谈谈他们的想法。

胡韧奋： 谢谢彭志老师的邀请，也感谢今天在座的各位老师的精彩报告，今天我报告的题目是“金风玉露一相逢”，这里“金风”可能是古典文学，它正在焕发越来越多的新生机，而“玉露”则指计算机技术，计算方法和现在的人文学科有越来越多的交叉。

先简单介绍一下我们比较熟悉的计算语言学，它做的是什么样的事。其实它也是一个交叉学科，语言学中有一个分支——计算语言学，同时，在计算机系人工智能学科方向下面也有一个分支叫自然语言处理。所以在这个方向的学者一部分是完全理工科的背景，但是也有一部分可能是中文系甚至英文系出身。具体来说，计算语言学所做的事情，概括为三件：对语言的分析、理解和应用。三件事和我们今天的生活关联非常紧密。比如我们每天都会用的搜索引擎，其实就是要分析并且理解我们输进去的内容，并且给我们想要的答案。比如我们写英文论文的时候，高度依赖的谷歌翻译、百度翻译等，对一种语言分析和理解以后转成另外一种语言。不知道在座的老师和同学是不是智能生活助手（比如 SIRI）的忠实用户，平常用手机问一下天气怎么样或者定个闹钟，还是挺方便的。

这些技术背后的原理是差不多的。在这里先简单用一个场景来介绍，就是我们手机上的人机对话助理，它是如何处理信息的。

首先，来了一段语音，把它转成文字。转成文字以后，就进入一个语义理解模块，这就是我们分析和理解语言的核心。比如说问一下“北京明天的天气怎么样”，系统首先会把我们的问题定位到一个系统能够支持的功能当中，到底要查天气还是想播音乐还是其他，所以要做一个分类的工作。之后如果确定了是天气以后，可能会再进一步地去做分类，看它到底是天气下面哪一个具体的意图。第一件事领域分类，第二件事意图分类，都是在对文本进行分类。第三件事情如果我已经确定是天气领域下边要查询通用天气的意图，那么为了给用户反馈这个答案，我知道你查天气，我还需要知道你查什么时候哪里的天气。需要做进一步的解析，到底哪个词是地点、时间。具体执行时，对每个词都要判断一下是时间、地点、人物，还是什么都不是。通过这样的方式，把核心的信息找出来，得到语义理解的结果，最后生成答案。

说到这里，计算语言学做的非常核心的事情就是分类，通过分类去完成看起来比较智能的一系列的操作。我想大家在使用手机语音助手的时候也会碰到问题，你会发现它很傻没有办法回答我的问题的时候，这是因为类别定得不够精细，没有办法把你的问题丢到你想要它被分到的类别当中去，导致它没有办法识别。所以有多智能就要付出多少人工，这个人工就是需要有产品经理去定义这些细分的类别，以及标大量的数据由机器学习。

具体怎么样做分类？其实可以把它变成一个数学问题，

当我们有了文本，去计算它属于每个类别的概率是多少，然后把概率最高的那个类取出来作为最终的预测结果。分类领域和意图的时候，大约是这样的步骤。刚才还有一个任务是提取一串文本中的时间、地点，需要对文本中的每个字或词去做分类，这个任务在自然语言处理里叫序列标注。对于各位老师同学来说，很熟悉的一个任务就是给古文加标点或者断句，其实也是做序列标注任务，需要对一段话中的每个字都判断一下要不要句读，如果这里要句读，应该是逗号还是问号，原理都是共通的，模型也是一致的，都是来自分类的思想。

到古诗文应用的领域，做了这样几个工作。首先为大家介绍一下，我们在古籍整理方面的工作，一会儿诸老师介绍具体的文学研究问题。在古籍整理方面，我们做的是自动句读和标点的工作。在我一开始的认知当中，会觉得有那么多的书出版了，是不是大量的书都已经被句读整理完成了？结果发现并不是这样，反而是只有 25% 左右的数据是做过整理的。如果还有大量的古籍数据尚未整理，用计算机来实现这个事情，就具有一定的现实应用价值的。同时这件事情也比较有挑战性，我们拿常见的深度学习模型跑一跑，发现效果只有百分之七八十，并没有达到非常实用的水平。

刚才我们说到，句读和标点需要对每个字做分类，也是典型的序类标注问题。去年谷歌公司推出了一个很厉害的语言模型 BERT，BERT 对于语义信息的表示是很有优势的。在看到这个模型之后，我们就想把它用到古汉语领域，使用 33 亿字的古汉语语料库，训练能理解古汉语的 BERT 模型，这个过程是十分消耗计算资源的。在花了很多电费之后，我们终于得到这样一个模型。接下来，我想对 BERT 和之前比较通用的一种词向量模型 Word2vec 作一个对比。Word2vec 也是谷歌公司在五六年前发布的一个重量级的工作。

Word2vec 可以把每个词表示为一个向量，即一串数字，这个数字到底什么意思，是没有办法解释的。但是我们可以用这串数字也就是一个向量做类似于这样的加减法的运算，比如中国—北京约等于俄罗斯—莫斯科，eat—eats 约等于 drink—drinks。也就是说语义信息和语法信息可以通过向量运算得到。我们用一个很小规模的《左传》语料库去训练一下 Word2vec，意义相似的词聚集在了一起，比如这边都是春夏秋冬等表示时间的词。那么，BERT 比 Word2vec 到底好在哪里？

Word2vec 的一个特点是每一个词只有一个独一无二的向量，假如说一个词是多义词的话，比如说“白”这个词可以表示颜色又可以表示白目，意义很丰富的时候其实比较适合由多个向量进行表示，而不是只有一个特定的语言向量。

BERT 可以做到这样的事情，输入任何一句话，可以给这句话当中的每一个字定制一个根据当前上下文理解的语境向量。比如对于 Word2vec 模型来说，“安”最相近的一些字就是“宁”“永”“平”“保”等。如果用 BERT 表示“安”的话，每句话中的“安”向量都不一样，我们可以找到一些其他的句子当中的“安”，和当前这句话当中的“安”的意义是比较接近的。所以，BERT 的特点是可以联系上下文，对于字词的语境含义进行一个比较清晰的编码。如果一个模型可以联系上下文来理解词义的话，再让它去做断句和标点，效果理论上应该可以做得更好。所以我们在 BERT 之上，再引入其他的一些神经网络模型来学习断句和标点。

在喂给模型数据的时候，对于诗来说，把诗歌的题目也放进去，这样的话会避免它学习到每隔 5 个字或者 7 个字断一下的特征；对于词的话，因为词牌名可以提示标点规律，所以我们就把词牌名给去掉；对于古文则不做其他的单设。我们用 90% 的数据提供给模型学习，剩下的 10% 不重复的数据用来测试评估模型的表现。最后的效果，在古诗上能够做到 99% 以上，在词上能做到 95% 左右，古文上能够做到 92% 左右。

举几个例子。

第一，对于诗词上的数据来说，模型对于节奏感和韵律感把握比较好。

比如对于这样的一首诗。

Model 1：应接有不暇 ○ 幽忧能顿除 ○ 明当增短日后且怆离居

Model 2：应接有不暇 ○ 幽忧能顿除 ○ 明当增短日 ○

后且怆离居

Model 1 是一个传统的神经网络模型，看到“日后”很容易把它连在一块。但是基于 BERT 的模型，即 Model 2 则会准确切分。

对于词的例子来说，这几个“瑶台月”堆在一块确实不是特别好分，乍一看很容易断错：

Model 1：梅花发 ○ 寒梢挂着瑶台月瑶台月和羹心事履霜时节 ○ 野桥流水声呜咽 ○ 行人立马空愁绝 ○ 空愁绝 ○ 为谁凝伫 ○ 为谁攀 ● 折

Model 2：梅花发 ○ 寒梢挂着瑶台月 ○ 瑶台月 ○ 和羹心事 ○ 履霜时节 ○ 野桥流水声呜咽 ○ 行人立马空愁绝 ○ 空愁绝 ○ 为谁凝伫 ○ 为谁攀折

第二，利用了语境信息的编码，对于上下文有一个比较好的呼应。

Model 1：李十一郎行修 ○ 初娶江西廉史王仲舒女贞懿贤淑 ○ 行修 ● 敬之如宾 ○ 王女有幼妹尝挈以自随 ○ 行修亦深所鞠爱

Model 2：李十一郎行修 ○ 初娶江西廉史王仲舒女 ○ 贞懿贤淑 ○ 行修敬之如宾 ○ 王女有幼妹 ○ 尝挈以自随 ○ 行修亦深所鞠爱

Model 1：秋 ○ 荆伐郑 ○ 公会齐人 ○ 宋人邾娄人救郑书者 ○ 善中国能相救

Model 2：秋 ○ 荆伐郑 ○ 公会齐人 ○ 宋人 ○ 邾娄人救郑 ○ 书者 ○ 善中国能相救

比如说李行修这个人娶了这个人的女儿，这个人的女儿性格怎么样，然后行修对她非常尊敬，那后文再提到行修的时候，传统的模型（Model 1）其实是不知道是指代前面的李十一郎。所以它把主语和谓语分开了，但是基于 BERT 的 Model 2 还是能够把这样的关系潜在地学习出来。

“公会齐人、宋人、邾娄人救郑”，“郑”指代的是前面提到的郑国，所以我们需要联系上下文来理解，才能够把这里的句读做对。

最后，我们尝试对已出版古籍中的错误进行分析。《钦定四库全书总目》这本书中有 11 条错误，我们的模型能够把其中的 8 个错误都做对，有 3 个犯了和出版书籍中一样的错误。《周礼正义》这本书中有 49 则比较难的断句错误，模型能够做对 27 则左右。这个工具，我们已经发布在网上，欢迎各位老师使用。如果有什么批评和建议，也欢迎向我们提出。

有了这样的一系列的机器学习方法，我们还可以做一些其他的事情。具体怎么去做？抓住本质，就是什么问题可以作为一个分类问题来解决。比如来了一句话，我不知道这里面的字是什么含义，可能在古诗文的学习当中是一个比较重要的问题。比如，我们可以利用 BERT 判断一个句子当中的某一个字属于什么含义，这就是一个比较典型的分类问题。其实就是去选义项，如果我们把一堆句子当中的“信”的词向量取出来，然后作一个降维的处理，我们看到它其实本身就已经能够把这些词义比较好地区分开，比如右上角这些都是表示“音讯消息”的含义，中间这部分是表示“使者”相关的含义。如果我们把不同时期的语料取出来，去探测它不同义项的比例，我们就可以找到它的本义是什么，意义又是怎么样地被引申。我们可以看到，“信”在春秋战国时期基本上很少表示“音讯消息”或者是“送信人”这样的含义，也很少用作人名、地名，但是到了汉代就会非常多地去做人名和地名，可能是伴随着思想观念渐渐深入人心，大家愿意去用一些意义积极的词取名字。我们可以把这样的一些词义引申路径汇集出来，这样的方法可以进一步地去研究一些中国古代思想观念的流传和变化。

我们还可以拿它对作品的归属进行分类，早在20世纪80年代的时候，一批数学家开始使用这种方法讨论《红楼梦》作者的争议。后四十回是不是曹雪芹写的？就是一个二分类问题。他们利用文本当中的虚词作为特征去构建分类模型，从而去做一个判断。与之相关的是非常多的，比如《金瓶梅》，比如刚才老师们说到的一本书成书年代有疑问，或者出版的年代有疑问的。其实我们可以利用语言特征，甚至是能够有古籍扫描的图像的特征的话，都可以送到分类模型里面来，让机器帮忙决策，但是前提是有一些标注好的数据让它去学习。

我这边就先分享到这里，接下来我们请诸老师来为大家介绍一些比较专业的文学研究的问题。

诸雨辰：各位老师好！这个题目之前在北大的会上汇报过，所以部分老师看到过。我一直在想，以数字人文的方法研究文学，该如何展开？如果按照文学的通行定义——显现在话语含蕴中的审美意识形态，那么这其中“意识形态”最虚，最不好做。“审美”也比较朦胧，不太好量化，可能需要更多人力。我们都非常羡慕浙大和清华的团队作战，但我们俩只能打游击战。所以打游击战最简单的考虑就是聚焦于“话语”。

当然，聚焦于话语也有不同的选择。按照郭英德老师对文体学的定义，从话语最外在的体制层面，到最内在的体性层面，难度也不同。因为我们人力有限，所以就从最简单的做起，所以选了“拗救”这个课题，因为它不太需要考虑更多语意的信息。“拗救”在唐宋诗学中非常常见，比如“山雨欲来风满楼”，其中就有“拗救”，应该是三拗五救，如果对应到五言诗来说就是“一拗三救”。“欲”应该平而用了仄，所以后面的“风”字本来应该用仄，这里却换用平声救回来，这是唐诗中常见的现象。

关于“拗救”，从清代文人王士禛、赵执信开始，就有很多复杂的总结，比如单句有四拗三救、一拗三救，对句就更复杂了，有三拗三救、四拗三救，有三四拗三救。同时，他们还提出了诸多的特殊句式，使“拗救”的问题更为复杂。以至于我有时候讲课讲到平仄“拗救”，就容易把自己挂在黑板上。所以我们就想，能不能运用《全唐诗》大量的数据运算，来判断唐代诗人写作的时候，他们到底如何“拗救”？赵执信的总结是否有过度之处？基于这个初衷，我们选择了这样一个选题。

我们先从《全唐诗》的数据库中选取合适的研究对象，因为绝句比较复杂，五言绝句起源于汉代，七言绝句起源于魏晋。所以七绝的律化程度非常高，而五绝的律化程度非常低。因为五绝的问题实在过于复杂，我们只有两个人做，不能大规模人工校正，所以要解决律诗的平仄问题，只好删繁就简，就决定抛弃绝句，只看五律和七律。操作上，就是用平水韵文本和诗歌文本做匹配来标平仄。当然最好处理的就是无争议的平声字（A 类）和无争议的仄声字（B 类），少数未出现在平水韵中的字（D 类）也还好，因为毕竟数量非常少，可以人工标注。最复杂的是既可以有平声，又可以有仄声的字（C 类），比如“分”“长”等。

对于这类平仄难标的字，我们取的是非常偷懒的办法，提出一个“无罪假设”。即假设一个诗人作诗的时候，会尽力保证让诗歌的平仄尽量符合标准。那么在一句诗中，如果某个字同时有平声与仄声两种读法，取平声的时候符合格律，而取仄声不合律，我们就假设这句是符合格律的。比如“野火烧不尽，春风吹又生”，这个句子我记得还有论文专门讨论，因为“不”和“吹”都同时具有平韵和仄韵。王力先生说这是“拗救”，但是又有人反驳说这不是“拗救”。那在我们比较偷懒的“无罪假设”下，遇到这种只要可以变通就能合律的句子，都一律简化为律句。这是一个偷懒的办法，但是没有办法，因为两个人实在做不了更多的人工校对。

顺便一提，我们之前去台湾参加过 DADH 2018 的学术研讨会，在会上了解到台湾大学蔡瑜老师的团队，也在处理相似的问题。他们的做法是先给诗歌做分词，就是把诗句切割成具体的一个一个的词，然后句可以对词和字进行消歧，消歧之后就可以做多音字的判断，他们是属于比较直面问题。但是蔡老师的方案，在做分词时会产生大量的标注工作，所以还是需要铺人力进去的，必须团队作战，我们没有人力可铺，只好用这种假设的方式取代。

这样识别出了律句，当然也就识别出了拗句。从实验数据上看，首先可以得出第一条文学结论，我们发现五言律诗似乎比七言律诗更多地用拗句。至于说有没有一些可以值得分析的文学的理论问题，还没有展开。而观察这些数据标注以后的唐诗，就可以比较清晰地看到“拗救”的频次、频率，得到最终的统计结果。我们可以看到，一些排名比较高的“拗救”句式，确实比较符合像赵执信他们所提出的四拗三救、一拗三救的说法，还有一些符合他们总结的特殊句式。总体上来说，清人的总结具有一定合理性。见下页表格：

表 1 《全唐诗》中本句单拗频次

序号	平仄组合类型	频次	占比
1	（仄）仄平平平仄平	929	25.39%
2	平平仄平仄	2542	25.36%
3	（仄）仄平平仄平仄	927	25.33%
4	平平平仄平	1877	18.73%

续表

序号	平仄组合类型	频次	占比
5	平平仄仄仄	1382	13.79%
6	（平）仄仄平平仄平	503	13.75%
7	仄平平仄平	1243	12.40%
8	仄仄仄平仄	957	9.55%
9	（平）平仄仄仄平仄	282	7.71%
10	平仄仄平仄	737	7.35%
11	（仄）平平仄仄平仄	268	7.32%

表 2 《全唐诗》中对句双拗频次

序号	平仄组合类型	频次	占比
1	（平）平平仄仄平仄 _（平）仄仄平平仄平	134	26.53%
2	（平）平仄仄仄平仄 _（平）仄仄平平仄平	109	21.58%
3	仄仄仄平仄 _ 平平平仄平	319	21.18%
4	仄仄仄平仄 _ 仄平平仄平	305	20.25%
5	平仄仄平仄 _ 仄平平仄平	280	18.59%
6	（平）平仄仄仄平仄 _（仄）仄平平平仄平	72	14.26%
7	平仄仄平仄 _ 平平平仄平	206	13.68%
8	（平）平平仄仄平仄 _（仄）仄平平平仄平	51	10.10%
9	仄仄平仄仄 _ 平平平仄平	51	3.39%
10	仄仄平仄仄 _ 仄平平仄平	51	3.39%

上面分别是单句和对句的拗句频次及占比，其中既包括了赵执信讲的四拗三救，也有王力先生讲的对句三拗三救，单句一拗三救同时救。可见前人的总结有一定合理性。但是，我们在写论文的时候还做了另一部分工作，就是要考虑“拗而不救”的现象，否则很难判断到底哪些是有意

识的“救”。这里出于简化这个报告的复杂度的考虑，就没有呈现，详细的辨析可以参考我们在《中国诗歌研究》上发表的论文。做完了什么是“拗救”，什么是唐人拗了但是不救的，就可以发现王士禛、赵执信有一些过度发挥的地方，他们所讲的一些救法，从数据上看，其实经常是“拗而不救”。

最后，我们总结了关于“拗救”的“常”与“变”。就单句而言，其实只有“四拗三救”一种。“一拗三救”虽说也很常见，但是减去了“拗而不救”的表格之后就会发现，“一拗三救”其实是为了和对句的“拗救”相配才会出现的，单句的“一拗三救”反而不常见。对句是以“三拗三救”作为常用的句式。相对而言，对句的“四拗三救”和“三四拗三救”的比例都会低很多。那么对“拗救”理论做相对简而化之的概括，就是单句“四拗三救”，对句“三拗三救”。另外还有两个是比较特殊的句式，一个孤仄的“平平平仄平”，加一个“平平仄仄仄”的三仄调，这两个特殊句式也比较常见，别的似乎不常见。“变中之常”也得益于中国艺术研究院，最初我们投稿给了《文艺研究》，陈斐老师给我的建议就是要考虑“常中之变”和“变中之常”的问题。所以在陈老师的建议之下，我们想“拗救”的问题可能不仅仅是一般来说“二四六分明”的问题，可能是以音步为节奏单位，在一个音步单位的尾音上，保持平仄的相对平衡。但是最后非常可惜的是，没能等到《文艺研究》的终审，因为我们两个都是北师大的师资博士后，有巨大的出站压力，必须在两年之内把文章发出去，最后我们非常遗憾，没有再等下去。这是“拗救”方面的汇报。

顺便一提，就唐诗的自动标注来说，我们还在考虑进一步发展。今天与会的几位老师周末都参加了北师大的唐宋文学学术会议，在大会报告上，清华的谢思炜老师作了白居易的五言诗的句式分析，陶文鹏老师点评时就说，这是计算机做的事情，但是谢老师很勤奋的用人工去做。当时我在下面听会，一时兴起，就去试着拿这些诗句当场实验一下看行不行。当时实验的结果是这样，有两条路径：第一条是让计算机做分词，先分词再标词性，从分词效果看，目前比较便捷的分词工具，对于唐诗来说效果不是特别好，所以时常会有难度。第二条路就是不分词，全用字来做，这样没有分词的问题，但是又有一个消歧的问题没有解决。比如“司马”是一个名词，如果从分词来做，“司马”是名词没有问题，但是如果全切成字的话，“司”就变成动词，所以又是一个难度。大致上判断一下，我觉得大概只有 70% 能够标出来。由此而发，我也有一个疑惑、焦虑，用数字人文的方法肯定是在一定的准确率情况下，得出我们的结论。而人文研究在多大程度上能允许数据的容错率？这个问题也一直令我比较焦虑，一会儿“长桌会谈”的时候向各位老师请教。

最后“唐诗别苑”的部分，让胡老师作一个介绍。

胡韧奋：各位老师好！最后是一个小工具，在会上作一个简单的汇报，请老师们多多批评指正。尝试对唐诗的主题情感风格，诗歌当中提到的人名、地名等信息去做抽取。正如刚刚诸老师所说的，这种自动的人名、地名的抽取，其实是有错误存在的，所以最开始我们在抽出来的结果当中就发现，A和B发生了交叉，但是他们的生卒年是不交叉的。后来，我们用生卒年信息做一遍筛选，但是还有很多诗人的生卒年信息是缺失的或者有待考证。后来，我们对几十万首诗词的数据也作了类似处理，目前唐诗的数据发布在“唐诗别苑”网站上，同时配套还有一个微信小游戏，大家可以扫码一分钟快速答题，冲击排行榜。此外，我们还对知识图谱的可视化做了一些工作，比如说诗人和诗人之间的交游关系，整个唐代来看的话，白居易是毫无疑问的核心，一是写诗写得非常多，二是特别喜欢和朋友之间赠答。

初唐、盛唐、中唐到晚唐的社交网络上也呈现出来一些有意思的规律。比如，初唐的时候社交网络集中在皇帝宰相这样的一些人周围，到盛唐的时候一批士大夫就慢慢地成长为核心，中晚唐的时候社交网络的核心又变成了隐士、和尚、道士这批人，时代的政治社会因素对于文学创作、诗人之间的社会交往产生了显著的影响。

最后，感谢大家，这是我们北师大中文信息处理研究所、文学院以及互联网教育国家工程实验室一起完成的几项工作，谢谢！

彭　志：感谢诸雨辰老师和胡韧奋老师的联袂登场。他们两人联合作战，通过一些窗口，比如像断句、拗救、唐诗别苑等，观照数字人文和古典文学互动、交叉的一些可能性。刚才两组三位老师给我们分别展现了聚焦此话题的多个面相。

第五场我们为“汲古论坛”的议程新设立了一个“长桌对谈”的环节，有这样一个变革，源于我自己在浙江大学求学时的经历。那个时候，在友声读书会里，彼此之间畅所欲言，有时候争论得窘迫词穷，有时候争吵得面红耳赤，那种无所忌惮的思想交锋，充满了兴奋感。而今，我也想尝试着重温与移植这种感觉。

在“长桌对谈”环节，几位主谈人及评议人郑永晓老师围绕“数字人文与古典文学”展开激烈对谈，对谈主题既可以是宏观层面上的数字人文概念与发展历程、古典文学领域数字人文研究情形、数字人文研究的局限与前景等；也可以是中观、微观层面关涉量化分析、空间分析、文本挖掘、可视化等技术、方法革新等。我们对谈的第一层次是“什么是数字人文？以及镜子的反面——什么不是数字人文”，这涉及数字人文的概念辨析与发展历程。对谈的第二层次是“交叉的可能性：数字人文与古典文学研究”，这是尝试缕清数字人文与古典文学两者互动之后的纷繁面相。对谈的第三层次是“研究方法抑或范式革新：数字人文研究的局限与前景”，涉及的具体对象是古典文学，从根本上探讨两者的未来交叉方向。这些讨论的层次会蕴含在一些具体的问题讨论之中。

王建军：我有一个问题想请教一下各位老师。家谱里面有一个这样的问题，在具体操作的时候，好多是不准确的信息，或者是错误的信息。我以前做宋代文学的研究，涉及这种家谱时错误更多。像清溪沈氏家族的家谱还算保留得比较好的，但是里面的错误信息也很多，如何去处理这种错误信息，然后在数字化以后去提高它的准确性。刚才诸老师也说到准确性问题。还有一点，好多家谱往往会涉及分辨真伪的问题，在数字化的时候，怎么去分辨它的真伪？在里面需要做一些什么？我想请老师们解答一下。

刘京臣：这位老师提的问题非常好，您刚才所讲的家谱问题，虽然我们讲正史、方志和家谱是现在史学研究的三大基石，但是很多学者包括我身边的很多学者对家谱的使用是持特别谨慎的态度。我其实也是这样看的，您说的这个问题，我觉得应该这样来看。

我们肯定是首先要把家谱数字化，数字化之后再基于数字化基础之上的家谱来判别它所谓的真伪问题。在我使用的过程中，也咨询过宋代文学研究对于谱牒和方志用得比较多的，像武汉的林岩老师，我曾经问过他，包括我自己使用的体会。林老师做硕士的时候也接触过浙江当地很多相关的家谱。在使用的过程中，我们发现有这么几个特点。

其一，一般而言，明清时期江浙地区的家谱是比较可信的，其他一些地区的家谱，作伪的可能性会大些。

其二，相对而言，明清时期的家谱中呈现的近世可信度是比较高的。一般而言，宋元家谱中会出现很多伪托的。第一类是这个人根本不是这个家族的，他把他归到这个家族内。第二类，还有一种比较常见的现象，比如说做某地家族时，那这个姓氏的家谱比如说是形成于晚清，不管六修也好、七修也好，那晚清修这个家谱的人，把当地所有同姓的人的谱牒都收归进去。把别人家族中的人，比如在宋朝出现的，也统合到家族里边，这种现象也会有。但不能因家谱中出现这些问题，就不去使用这些家谱。一些关系光靠正史是无法完全呈现出来的，还有一些需要借助这些家谱，帮助我们进一步细化。您说的确实是，包括浙江这个做史学研究的老师，也写过怎么利用谱牒，同时警惕使用谱牒这类的文章。我们得使用它，但是又不能很放开手脚地去使用，这确实是很矛盾的一个问题。

叶　晔：想请教一下诸雨辰老师、胡韧奋老师一个问题，刚才说的断句涉及词的部分，比较有兴趣一点，词的标点抹掉词牌名以后，正确率大概 92%。因为很多词比较复杂，当然也有相关的词谱可作为借鉴。我想了解 92% 之外的 8% 的情况，具体是由哪些原因造成的？这 8% 里是否有一部分是词体所独有的特征造成了出错？

胡韧奋：我回答一下这个问题，当时在词上面的评估是 95% 左右，古文是 92% 左右。词这个方面确实未从这种非常专业研究的视角去看。我们当时分析错误原因的时候，注意到一方面是提供训练的学习数据本身不是百分之百正确的，因为并不是权威的出版方提供的精校数据，里边包含的错误会有所影响；另一方面，有一些表达的规律不是常见的，比如当时测《周礼正义》的时候，有一些《说文解字》式的表达方式，某字，什么含义。这样的表述不常见，模型做得不是很好。这位老师提的这个问题，非常值得探讨。我们可以把这个模型做对的数据拿出来，邀请各位老师从专业的角度做一些分类分析，我觉得这会有火花。

我们现在也在对《全唐诗》《全宋诗》《全宋词》进行全样本格律的分析。我们理解的像王力先生他们做的是一个抽样式的格律，或者小数据的归纳，现在有了全样本，确实能把王先生提出的一些格律作出验证，验证之后发现有一些规律，王先生没有提出来。数据研究关涉数据驱动，而数据驱动倒逼我们对历史或者理论进行重新思考。唐朝的诗律到底什么样，尤其用平水韵标唐诗，如果精确的话，对它进行分析的时候，这个问题可能就出来了，到底适用性如何？这个时候在一个小样本或者只有粗略数据的时代没有问题，但是现在掌握了全样本数据之后，就需要对它进行精细化操作。

现在有一个非常深刻的感受，已有的理论框架不足以解释新的现象，包括诗歌的声韵，甚至好多问题，我想关于艺术层面可能也是这样。现在文本挖掘技术比较先进，随着语音识别和图像识别技术的发展，将来可能对艺术方面的冲击也会比较大。艺术学的好多研究可能也会面临着这样的一个重构问题，其实艺研院有很多这方面资料上的优势，清华有“三宝”——校训、校友和校园，艺术研究院也有“三宝”——研究所、期刊和图书馆。尤其是图书馆的好多资源，听说仅碑帖就有 10 万张，这是好多地方不具备的优势，有这样一些独特资源，足够建立起有全国影响力的数据库。

对于将来的学术模式、学术平台的理解和应用非常重要，期刊有一天也可能平面化，比如知网正在做的，就像今日头条那样进行推送。但是今日头条这种方式，核心期刊、权威期刊和一般期刊没有差别。将来的学术必须进入这个平台才能发力，进入这个平台才能对话。所以从这个角度来说，谁抢先把这个平台搭建出来，谁就有可能在将来的学术研究中占据主导地位。

鲁太光：李飞跃老师是咱们院的“院友”，刚才他介绍的那些功能，我们院领导也有所考虑，有机会的话，我们请飞跃老师牵线搭桥。

彭　志：刚才几位老师针对一些话题进行讨论和回应，初步地给我们“长桌对谈”的环节开了一个好头，但是我感觉还不够激烈，想当年我们可是争论得面红耳赤，有可能打起来的状态。期待接下来有一些更为激烈的话题，有一些思想的交锋，才会对彼此的想法有更具冲击力的指导意义。秦老师，您听了今天的嘉宾主谈，有什么想法？

秦燕春：完全抱着学习的态度来，各位的表现都非常精彩，我个人也听得很认真，大数据库对于人文研究所带来的利益和冲击是这代人无可回避的。这是共业。但因为主持人的有意设定，我被提名要当反面教材。实际上的反对派其实已经都走了，一定不是坚持到讲座行将结束的这一个。既然被逼扮演反派，我只讲两个例子吧。

一个是当代著名的学界前辈许倬云先生，在《十三邀》

的采访中曾特别强调：

现在的知识分子，是网络知识分子，是检索机器，不是思考者。现在做注脚的人越来越少，答案太现成，都是像麦当劳一样。短暂吃下去，够饱了，不去想了。

其中也有针对当下教育状况的直接的不满：

今天的教育，教育的是凡人，过日子的人……今天的大学教育令人失望，美国大学教育也是，最大缺陷——零碎。

生于书香门第的江南世家又受过充分良好的西学训练，许先生这样看待“现在”和“今天”并不奇怪。有比较才有伤害。

读书的目的、意义、究极价值何在？甚至可能还不是成为“思考者”，“为学大益，在自求变化气质”（张载《经学理窟·义理》）——直接改变生命的表法、滋养身命更滋养慧命，这正是传统意义上的“性命双修”。

还有一个例子是《郑天挺西南联大日记》。我读到 1938 年 3 月 30 日这天，因抗战爆发而从北平辗转迁长沙、经广西、经越南辗转至云南蒙自的郑天挺于彼时北大文法学院新校舍落脚不久，即开始了对“读书”问题的反省：

自移居校中，终日栖栖遑遑，未读一书，未办一事。翻检射猎，不足称读书也。工匠市侩之周旋，起居饮食之筹计，不足称办事也。常此以往，真成志气销沉之人矣。

郑天挺的本职为北京大学教授兼秘书长，不久之后还将受聘成为西南联大的总务长，其间又担任过北大文科研究所副所长、北大史学系主任。在北大校史中的几次重要关头，如七七事变后南迁、战后复员、解放战争时期护校，被其表兄梁漱溟称为“性缓才敏”的郑天挺都发挥了重要作用。虽然郑天挺行政事务缠身兼之慎重为文，一生留下的著述不算多，但质量却很高，傅斯年就称赞他“不为文则已，为文则为他人所不能及”。可见郑天挺日记中自我期许的“读书”（“翻检射猎，不足称读书”）与“办事”（“工匠市侩之周旋，起居饮食之筹计，不足称办事”）两端其实他都做得很到位、很出色。其在中国传统的远因，即当推源“宋初三先生”之一的胡安定首创的“经义与治事”两斋分制。

作为辅助手段的数据检索当然不能被纯然当作阅读本身。让人揪心的是工具本身常常会掩盖了目的，乃至直接成为目的。我们醉心于检索的快捷与快感，也迷情于资料的浩瀚与丰沛，却不见得一定能够成功“不忘初心”：学术研究的终极意义何在。

郑永晓：我简单回应一下，我非常理解您的这种隐忧，我也有同感。

第一，近几十年来，社会科学向自然科学靠拢，人文学科向社会科学靠拢这种趋势是很明显的，是难以阻挡的，像互联网、大数据、人工智能这种技术的发展，是时代发展与科学技术递进的结果，不是哪个个体，不是哪个科学家能够决定的，换句话说，就是它们的发展是人类文明自然进步的结晶，我们是没有办法阻挡的。当然它的发展对于人文学科来讲，可能有利也有弊。我们只能以正确的心态和方法应对这种技术可能对人文学科带来的冲击，而不可能阻挡这种趋势，也不要无视这种趋势。

第二，数字人文是有边界的，计算机和人所做的事情一定是有些不一样的地方。我们一定要把数字人文能够做什么，不能做什么，它的优势在什么地方，它的短板在什么地方等问题区分清楚。刚才有位老师提出了一个很有启发性的问题，就是从宗教的角度讲，机器人的智能水平继续进化，能不能最后像人的修炼那样变成佛。我个人感觉至少在目前阶段，在人工智能发展的现阶段，人工智能、人工智慧能否达到佛的境界也只能停留在哲学层面上，况且若要修炼成佛，既要修炼智慧，也要修福报，更要有慈悲之心、清静之心，这不是人工智能的发展逻辑。因此，这个问题基本上我们可以暂不考虑。我们需要考虑的是机器能够帮我们做什么，如何趋利避害？也就是我们需要尽可能利用这些新技术、新理论、新观念为人文学科服务，而又能保持人文学科特色，避免唯技术论。我个人认为数字人文不可能包打天下，我相信没有哪个数字人文研究者敢说数字技术可以解决一切问题。但是这位老师有这个隐忧，我觉得非常可贵，我们搞人文学科，尤其我们文学研究，本质上讲是我们与古代作家心灵之间的对话，审美、心灵方面的感悟是我们人类的长处。发挥我们的长处，与数字人文研究进行大数据分析并不矛盾，各有擅长，各司其职即可。

鲁太光：这个在欧美已经有所运用，并有一些成果。弗朗哥 · 莫莱蒂是美国比较著名的文艺理论家，他有一个很著名的说法“远距离阅读”，谈的就是数字人文，是想通过数字技术建构一种新的文学和文学史研究范式。他的大致思路是说，我们现在的文学史研究，尤其是欧美主流的文学史研究，主要就是看经典作品，并以此为基础建构文学史。他认为这是不公平的，一是对那些被“遗漏”的作家、作品来说不公平，二是对那些被“遗漏”的国家、地区不公平，比如，在欧美主流文学史中，亚非拉的文学就谈得相对较少或很少。要解决这个问题，需要海量阅读。可我们想一想，一个人、一个团队，就是再勤奋，即使达到顶峰，那又能读多少作品呢？“遗漏”的还是大多数。那么怎么解决这个问题呢？弗朗哥 · 莫莱蒂的思路就是数字人文技术，通过大数据，把以往被“遗漏”的地区、国家，被“遗漏”作家的作品纳入研究视野，所以，他把这叫“远距离阅读”。这个思路很好，成果也有一些，但是也面对着一些质疑。他有一本书叫《布尔乔亚》（*The Bourgeois*），还没有翻译过来，我把朋友的译本认真读了一遍，觉得很有启发，确实显示了不一样的世界文学图景。所以我是期望这种方法能够应用到我们的文学研究中来的。比如，中国的“新文学”，自五四运动到现在，100 多年，我们以往的研究，不过是谈作家作品思潮，后来拓展到文学场研究，可是还有很多问题没有得到研究，比如文学空间百年来的变化，比如人物交往关系的变化，比如文学叙述节奏的变化，这些，数字人文都会提供有益的帮助，能够拓展研究疆域，甚至更新研究范式，对此我很期待。但我确实也有一个困惑，文学研究必定涉及价值判断、审美判断，说到底，还是依靠研究者的禀赋与修养，在数字人文背景下，对研究者的禀赋和修养要求应该说更高了，而不是低了。所以，如何平衡好二者之间的关系，我觉得是一个大问题。我猜测，这应该也是秦燕春老师对数字人文保持警惕的一个主要原因吧。

李飞跃：我也回应下秦老师的问题。当年刚到院科研处工作时，负责科研成果的搜集，有这个契机开始阅读秦老师的文章，此外，一直到现在，她的微信公众号我也会经常阅读。我能够理解秦老师这样的一种关心，其实我关注数字人文也是因为 2016 年 AlphaGo 战胜李世石之后，我本人比较喜欢围棋。那个新闻对于我来说其实蛮冲击的，后来我看到很多报道，说有些人的信仰一下子倒塌了。其实 AlphaGo 战胜李世石之后也在不断升级，人工智能在各个领域进行了摧城拔寨，比如可以做音乐，可以进行绘画，可以机器写作。专就机器写作而言，我们现在的新闻好多已经是机器人写作的了，据说到 2035 年将有 90% 的新闻都是机器人来写。我们现在看到的很多网页的评论据说 50% 以上都是机器人的发帖。事实上，我们已经和机器在一起生活，我们不知道谁是机器，这样的过程中，我们在思考我们做的东西难道那么快就没有意义了吗？想了解它，把人解放出来，做真正有益的事情，比如审美、体验、感悟、批评这样的事情。这是一个非常痛苦的转型，一方面我们把有些东西交给机器去做；另一方面我们把注意力集中于思考人之所以为人，还有将来的学术应聚焦到批评、体验、感悟和审美这些关涉艺术的核心部分。人工智能摧毁的是外在的东西，最内核的是艺术。如果人文艺术被取代了，我们人类就真正地成为生物电池。这是我的一点感想。

听众提问：我想提几个问题，我作为一个数字的爱好者和体验者，我就特别想分享一下刚才老师的关切。我觉得如果调高视野来看的话，不管做医学或者说是画画，或者搞文学的，甚至是搞理科的，其实要干的事情是同一个事情，就是一直在描述一些客观的规律，描述一些公式，或者说我们的情感，最终趋向于做同样的事情，我觉得这个并不矛盾。而且说数字化这个东西，我觉得就包括您刚才提到的宗教的问题，我觉得就是一个神一样的存在。有的时候能够反映明天会发生什么事情，数字会告诉你，我觉得最终不会是很矛盾的问题。这就像人一样，在现实的社会里头，也会有比较恶的人、比较恶的东西，但人类一直在往更加文明的方向发展。

数据也有这个趋势，比如到了一定的阶段，感觉就像是超人类、超世俗的力量在指导。所以我今天也想请教各位老师，究竟数字和人类之间的关系，是凌驾于人类之上，还是由人类控制的？我一直也想问这个问题，这是我的一个直观感受，我自己也做了 12000 多个群，体验数据还是体验得比较扎实。我对这个体验还是很深刻的，我会发现数字确实可以检查，包括孔子的语言也有数据检查的问题，言外之意就是网上很多特别的人文领域，数据化的发展也提供了量化评价。说实话我作为业余爱好者，见到老师特别紧张，不知道表达是不是清楚，但是我特别想分享，特别想给这位老师分享一下我的一个感受，也希望得到各位老师的批评指导，谢谢！

诸雨辰： 我补充一下，因为之前有类似的问题出现。我跟我师弟聊天的时候，他也对我的研究持坚决反对意见，前天专门花了一顿饭的时间驳斥我，最后把我定义为内心极度缺乏安全感，所以对科学有依赖。后来针对这个话题呢，我在来之前也补了一些课，但是今天发现有马克思主义理论的专家，所以可能是班门弄斧了。但是我在补课的时候确实也觉得很有意思，就是利奥塔的理论。今年还是一个很火的文艺学方面的研究热点，因为恰逢他的《后现代状态》出版 40 年，书中有大量的对于信息技术的考虑。

利奥塔在很久以前就推测说未来会出现一个新问题，就是知识的外化现象，使得知识成为一种商品。而随着知识成为商品，就有了叙述性的知识和科学性的知识两条完全不一样的路径，由此就会触及信息霸权问题的反思。我觉得利奥塔让我觉得最有远见的地方，就是他提出，在一个社会的发展过程中，信息，也就是知识的充分流动，才能让这个社会发展更进一步。这个意义上，传统的研究方式反而可能成为发展中的噪音。

这个观点之所以很吸引我，就是因为我们也确实感到了知识成为外化的商品之后，出现了大量的知识壁垒，尤其是很多团队的研究成果，比如各种数据库，往往不对外公布，实际上就成为一种壁垒。尤其是国图做的善本书图像化的工作，非常好！极好！但是使用起来就是极不便！所以还是有知识壁垒。但是反过来，胡老师跟我介绍了谷歌把大量的算法公开，作为开源的工具对全世界公布，结果反而让知识更加充分地流通起来，反而加速了谷歌的技术发展，同时也像利奥塔所说，让整个社会更加进步。所以我觉得虽说会抱有一些疑惑或者隐忧，但是这可能是未来的方向，我们没有站到未来，所以看不到未来的事情，但是哲学家的描述给我们一点希望。

另外，在之前的报告中，李老师也提到了从金甲文到写本，再到刻本的变化。其实媒介的变化，都会产生文本信息的损失，现在大家都知道，先秦时期的文本具有多元性，在经过了定本之后，由多元走向了封闭，其中肯定丧失了很多东西，但是似乎没有改变我们对于先秦文化之经典地位的看法与认识。所以，这种隐忧当然存在，但是从理论来说，也有一些理论家给出了一些让我们有所安慰的答案。我是这么想，当然想得还很不够。

彭　志：刚才的“长桌对谈”环节，我们择选讨论了“数字人文与古典文学”的三个层次，这也大致可以对应于我们本次论坛主题的前缀修辞“视点·焦点·拐点”，即探讨新兴技术与具体学科交叉之后所呈现出的错综面相、主要取径及方法革新，而我们的目标则是努力找寻古典文学的未来方向。几位主谈人给我们展现了这个领域的最前沿思考。争论的火苗越烧越旺了，我的心愿终于达成了，我们这个火苗可以在线下继续燃烧。下面是郑老师的评议环节。郑老师研究领域为唐宋辽金元文学、文献学，主持了中国文学网、中国社会科学院数字文献学实验室及若干数据库的建设工作，是国内较早从事数字人文研究的学者，有请郑老师进行评议。

郑永晓：感谢中国艺术研究院各位老师的邀请！能有这么一个机会，跟大家交流，互相学习，我非常高兴。这里我也谈不上评议，谈一点自己的感受吧。我觉得今天的会议大家谈了很多的问题，有技术层面的问题，也有理论方面的问题，更有对未来的期待。从古典文学研究的视角，老师们提出很多的期望，对计算机科学和人工智能有很高的期望。总体上讨论很深入，我很受启发，很受教益。我想谈几点感悟。

第一，数字人文其实在我们中国已经有比较长的历史。数字人文是近十年传入的概念，但是不等于我们此前没有这方面的研究。由于我国历史悠久，历朝历代积累的文献汗牛充栋，治文史的学者面对浩繁的文献，往往只能选取自己感兴趣，且便于阅读的那部分文献进行阅读和研究。有些大型总集、类书，其中含有很丰富的有价值的文献资料，如《永乐大典》《古今图书集成》等，有时并不需要精读，但是因为卷帙庞大，想快速查询到某个具体的文献便颇为不易。因此，电子计算机这一新生事物在 20 世纪 70 年代末传入我国的时候，部分有远见的学者就看到了其在文献处理方面的潜在优势。社科院主办的《国外社会科学》1979 年第 1 期刊发了署名“力一”的《苏联学者谈电子计算机用于人文科学》，编译介绍了苏联《高等学校通讯》1978 年第 5 期刊载的 M. 安德柳辛科介绍计算机用于人文学科的一篇文章。文章谈到，当时已经有若干人文学科积累了使用计算机的经验，如历史学，可用于对史料、考古学资料及民族志资料的信息加工。又如语言学，可用于统计修辞学，统计词典学等。次年，该刊又编译发表了《法国〈世界报〉谈电子计算机进入人文科学问题》一文，介绍了法国国立科学研究中心于 1975 年成立人文科学电子计算机实验室的情况。刚才有位老师谈到，在 1980 年的国际红学会议上，陈炳藻先生提出用计算机统计《红楼梦》的字词，以辅助确定《红楼梦》尤其是后四十回作者的问题。陈先生是华裔美国人。国外的这些信息可能激发了国内部分学者的兴趣，也开始关注并尝试将计算机技术应用于人文研究。就我国而言，受这次国际《红楼梦》会议上陈炳藻先生论文的启发，镇江的彭昆仑先生开始利用计算机程序探讨《红楼梦》人物年龄的问题。因为凡是《红楼梦》的读者都知道，其中很多人的准确年龄不容易说清楚，这一回是几岁，下一回可能就对不上了。彭昆仑先生 1960 年北京大学地质地理系毕业，1976 年调到镇江地区地震办公室，1985 年调到镇江市科委工作。他是一个红学爱好者，他利用计算机对《红楼梦》的时间进程和人物年龄建立数学模型，所得出的结论令人耳目一新。1985 年他调到镇江市科委后，又与东南大学（原南京工学院）合作完成了《红楼梦》数据库。同年，深圳大学完成了《红楼梦》多功能检索系统。同样在 20 世纪 80 年代初，钱锺书先生的女儿，北京师范大学钱瑗教授到英国访学，看到英国人用计算机研究莎士比亚，就把这个信息告诉钱先生，钱先生立刻受到启发，责成其助手栾贵明先生从事这方面的研究。在钱先生指导下，栾贵明先生主持的课题组先后完成《论语》数据库、《全唐诗》速检系统等，并曾荣获 1990 年"国家科技进步奖"三等奖。这些都是我国早期数字人文方面的实践。因此可以说，数字人文这个概念的出现，虽然不到十年，但其实它的历史很长，无论国内国外，都已经有很多的学者、科研单位完成了相当多的工作，这是一个方面。

第二，我个人觉得数字人文研究，确实是前途光明的，还是要更多地去考虑它的正面的、积极的因素。刚才李飞跃老师谈到了清华大学立项的项目，我觉得这个立项，国家重大社科基金招标项目，其立项本身就说明数字人文这个话题已经进入到我们人文学科的主流话题和研究范围内，说明大家对这个问题已然非常重视，不再是像过去那样一个很边缘的、小众的话题。清华本身也有这样的实力，一方面清华的人文学科实力很强大，同时也有像孙茂松先生这样在中文信息处理方面卓有成就的计算机资深专家参与。

这两方面结合起来，足以保证课题组在数字人文方面做出具有前瞻性的探索。我相信等到这个课题结项的时候，一定会对数字人文在文学领域的探索提供很多宝贵的经验和实实在在的推动，所以是非常值得期待的！当然我们也可以有些隐忧，也要预防数字人文的冲击是不是会带来一些弊端，我们要趋利避害。

除了李飞跃老师这种宏观上的探讨，微观方面像胡韧奋、诸雨辰等老师的报告也提出并解决了很多有意思的具体问题。我个人觉得过去我们一般把计算机作为一个工具，一个辅助性工具。传统上搞文学研究者多偏重于情感鉴赏分析、理论分析，计算机充其量只能充当一个小小的配角。在很多学者看来，计算机数据库的优势就是查询文献更方便，但是学养深厚的老学者没有计算机的帮助照样能写出优秀的著作。目前流行的一些数据库，如中国基本古籍库、国学宝典等，给大家提供的也主要是检索功能。至于很多数据库提供的年表、日历、繁简转换等，实际意义不大。所以相当长时期以来，大家把计算机和数据库视为一种工具也是可以理解的。但是我觉得经过近年来大家的共同努力，众多学者的积极参与，数字人文研究应该正从一个工具层面向更高层级发展。也就是说，它不再仅仅充当一个检索工具，而是能不能够发现问题，能不能解决问题，能不能解决传统文史研究里面所不能解决，发现不了的问题，这是大家看好数字人文的主要出发点。我刚才看刘老师的研究，从 GIS（地理信息系统）、家谱等理念去进行家族方面的研究，就很有启发意义。当然传统学术中也有家族、姻亲、交游方面的研究，但是传统研究一般只能局限于个案的研究，没有能力进行一个时代，或一个较大地域的家族群体研究。而借助于大数据技术，我们看到，数字人文方法能够同时进行若干个家族，或某个较大区域的进士文学创作与姻亲、交游情况的研究，这是非常难能可贵的，也是传统方法所不能比拟的，彰显了数字人文的独特性和魅力所在。还有刚才胡韧奋、诸雨辰老师关于诗韵“拗救”方面的统计分析等，都不是传统方法所能够完成的。所以，我觉得数字人文的发展前景一定是非常广阔的。在现阶段，我们还是要多看到它的正面的、积极的意义，发挥它对传统人文学科的助力和升级迭代功能。

因为我本人的专业是古代文学和文献学研究，所以较早就对古代典籍的数字化和数据库技术比较感兴趣。十余年前，学界一些同仁提出了数字文献学的概念，旨在倡导加强计算机科学与传统文献学的关系，尤其是探讨古籍数据库建设与应用中出现的问题，提升数据库建设与人文学科的关系。刚才有老师从古典文学研究者的角度对数字人文提出了几点希望和要求，比如他谈到借助一系列的古籍文献库和大数据技术，我们是否可以了解明代某个时期某个作家的阅读书目，或者说他在世的那个期间哪些书籍比较流行。这显然是一个相当学术化的问题，目前林林总总的古籍库还不具有这样的功能，我以为甚至在未来较长时期内也很难具备这样的功能。相对而言，我更偏好于希望古籍数字化技术能实现相对容易但对古文献研究有切实帮助的技术突破，比如完整准确地以数字化手段再现纸质版本的所有信息，包括封面、封底、扉页、版式、藏书章、批注、序跋等，而不仅仅提供正文中的文字；实现图像检索和自动比对，这对于古籍校勘、辑佚和辨伪等可能大有裨益；数据挖掘与书目分析技术，以恢复传统目录学那种“辨章学术，考镜源流”的功能。数字人文包括前数字人文时代，计算机、数据库等相关的硬件、软件、概念都是西方的舶来品，我国历史悠久，文献众多，在古籍数字化、古籍数据库建设和相关理论研究方面如能实现一些进步，也是我们在数字人文理论研究领域本土化方面的一点贡献。

第三，加强相关实用工具的开发。数字人文，顾名思义是计算机数字技术、理论与人文学科的结合，被视为交叉学科和前沿学科。所以我个人认为，这一交叉学科的发展需要依赖更多具备计算机科学和人文学科两方面素养的综合型人才。对于我们普通的人文研究者而言，我们也应该了解一点计算机知识，清楚计算机能够干什么，计算机的思维方式有什么特点，这样我们才能请求计算机方面的专家开发适合我们文科应用的软件。当然我们也希望计算机专家爱好文学，具备一定的人文素养、人文知识。这样双方才有可能建立协调的沟通机制，开发出真正适合人文学科学者的工具。以我有限的了解和粗浅的认知，数字人文在古代文学、文献学和历史学等领域的应用，除了 GIS（地理信息系统）外，比较成熟的应用还不多，一般还是在计算机检索的基础上开展的辅助性研究。近年来，数字人文快速发展，复杂社会网络分析软件 Gephi、Ucinet，文献计量学软件 CiteSpace 等，获得越来越多的赞赏。有些学者利用这些工具撰写出了一系列优秀的科研论文。作为一名古典文学研究者，我也希望计算机专家多开发一些适合处理中国古代典籍分析和处理的工具和软件。当然，这里也存在一个小问题，就是数字人文工具和学者的角色定位以及各自的功能。比如目前有较多学者运用社会网络分析软件 Gephi 进行文学作品的分析，例如有学者使用它来分析莎士比亚名作《哈姆雷特》，发现其主题与我们传统的理解很不一样。这显然很有启发意义。但是假如有不止一位学者应用此工具进行同一作品的分析，那会出现什么情况？得出的结论相同还是相异？所得出的结论应归功于工具软件还是归功于使用软件的人？但是我想，无论如何使用这些数字人文工具软件，学者本人的人文修养、传统学科的学术功力是非常重要的。没有对历史文献的深度理解、把握，没有传统学术训练，仅仅凭借数字人文工具是不可能产生优秀研究成果的。

刚才诸雨辰老师谈到计算语言学问题，我也很受启发。我觉得语言学在人文学科中是最接近自然科学的学科。自然语言处理研究是信息处理中的重要课题，汉语语词自动切分又是汉语自然语言处理的基础，对于从语言学角度介入人文学科具有重要意义。而文学是语言的艺术，利用计算机对以语言为载体的文学作品进行分析应该大有可为，我印象中北大胡俊峰老师有一篇博士论文就是利用计算机辅助研究古典诗词作品中词汇的语义分析问题。考虑到语言与文学具有天然的密切关系，计算语言学与文学一定能够碰撞出耀眼的火花。

第四，刚才我谈到的，数字人文一定是要有一个边界，不是什么事情都能做，至少现在不能。当然人工智能的发展速度确实出乎我们很多人的意料，人工智能在人机对弈、模式识别、自动工程、自然语言理解和机器翻译等领域，已经出现很多成熟的技术和成果。甚至有人恶作剧，还运用人工智能攒制论文，向国际著名期刊投稿，那么多国际著名的权威专家审稿时居然没能审出来。但是我想写论文主要凭借文献的收集整理和逻辑推演方面的能力，人工智能确实可以在一定范围内代替人的行为，甚至可能表现更为优异。但是人工智能与人类智能还是会有所区别的。所以我更愿意主张应搞清楚数字人文的优势所在，它的能力边界在什么地方，它能够替我们解决哪些问题，以便我们利用其优势介入到传统人文学科，助力传统学术的继承与超越而结出新的硕果。另一方面，我们也不要以为人工智能可以代替人类处理一切事情，比如对于文学作品的鉴赏与评价，因为涉及个人阅历、人生经验、审美能力、学术修养等多种主观因素，加之不同时代作品风格各异，甚至同一朝代的不同时期，文学作品的风格也不尽相同。对同一首作品的长短优劣，不同的人得出截然相反观点的例子并不鲜见。一篇作品很优秀，不代表模仿它的作品也很优秀，即使其语言和风格高度相似。这体现了文学创作和文学评价极为复杂的特性。因此我个人感觉像这类本身主要依赖个体主观审美感觉的工作，就不一定是人工智能的长项，我们也不应该把这类事情交给机器去处理。因此，我们一方面可以探索利用数字人文手段进行文学写作，当然也可以尝试利用机器去对作品做一些评价。但是我更倾向于认为，这不是机器应该处理的事情，我们分析、鉴赏优秀的文学作品，可以从中得到审美的愉悦。如果计算机去鉴赏，它能得到什么呢？因此，有些事情没必要通过数字人文手段，它也不一定做得好。我们不一定需要强求数字人文去参与所有的人文学术的研究，同时对数字人文的发展是否会产生某种副作用也要保持必要的警觉。

总体来讲，我觉得今天大家发表的研究成果，都是很有深度的。我学习了很多，很受教益。谢谢中国艺术研究院提供了这一极好的交流平台，谢谢各位老师！

彭　志：感谢郑老师的精彩评议，涉及他在数字人文领域的思考及实践，对几位主谈人阐述主题的归纳，以及“长桌对谈”环节的评骘，我们看到了一位国内数字人文领域的拓荒者对晚辈的鼓励和期许。今天时间也不早了，感谢各位嘉宾的精彩阐述。我们下一期会继续探讨学术前沿话题，但具体主题还没有确定。讨论平台已经建立，争辩火苗也已经扇呼起来，我们到时候再聚。

6

敦煌历史文化与敦煌古代工匠

时间：

2019 年 12 月 22 日

主谈人：

马　德　敦煌研究院敦煌文献研究所

李海波　西北大学丝绸之路研究中心

景天星　陕西省社会科学院宗教研究所

张　鹏　山东大学文学院

赵玉平　中国社会科学院文学研究所

主持人：

喻　静　中国艺术研究院中国文化研究所

评议人：

崔红芬　河北师范大学历史文化学院

喻　静：大家好！欢迎大家能够来到今天这个会场。

原来我们都是在研究生院的第五会议室举办论坛，今天因为有硕士招生考试，委屈大家挤在一个比较小的空间，我们就当在敦煌石窟里面。我先介绍一下嘉宾。今天的主讲人是资深敦煌学者马德老师。嘉宾中，河北师范大学历史文化学院的崔红芬教授，她是国内仅有的二十几位懂西夏文的专家之一，我们说她属于"稀有学术动物"。她将担任本场评议人。另几位是西北大学丝绸之路研究中心的李海波教授，陕西社会科学院副研究员景天星老师，山东大学文学院副研究员张鹏老师，中国社会科学院助理研究员赵玉平老师，他们将在马德老师的演讲结束之后和马德老师进行互动。我先介绍一下我们的"汲古论坛"。"汲古论坛"是中国文化研究所打造的中国传统文化交流平台，"汲古"两个字来自当年赵朴初先生为本所题词"汲古得修绠，开源引万流"，原迹此刻就挂在中国文化研究所的墙上。

"汲古论坛"是旨在研讨古代文史哲艺的相关问题，关心跨学科、跨语境与跨文化议题，了解前沿新知，兼顾冷僻旧学，注重研究方法的更新和反思，促进人文学者尤其是青年学者的互动与沟通。“汲古论坛”专门建立了公众号，大家可以查到前几次“汲古论坛”的文章及报道。本次“汲古论坛”我们邀请到的马德老师，他是敦煌研究院研究员、敦煌文献研究所的前所长，他是国家社会科学重大招标项目敦煌遗书数据库建设的首席专家，是兰州大学历史文化学院的兼职教授、博士研究生导师，同时也是海内外多所著名高校的课座研究员和特聘教授。马老师从1978年起从事敦煌研究至今，研究领域涉及敦煌历史地理、敦煌石窟、敦煌佛教文献、敦煌佛教文化、敦煌吐蕃文化等，出版专著《敦煌莫高窟史研究》《敦煌古代工匠研究》《中古敦煌佛教社会化论略》等，在国内外书刊发表论文160余篇，形成了自己独特的人文科学研究方法体系。马德老师也主持完成了国家社会科学基金西部项目两项，还有教育部人文社科重点项目重大项目立项，他的研究成果多次获得国家级和省部级的奖励。

我本人对马德老师一直怀有深深的敬意。前几年我有幸和马德老师同游云南佛教名山鸡足山。当时我是坐缆车上去的，马老师是和运送食品的驴子一起从小路上走上去的。我当时目送他的背影远去，朴实而沉静，给我很深的印象。马老师和驴子一起，慢慢消失在山间小路……他这次给我们讲的是“敦煌古代工匠和敦煌文化艺术”，他之前出了一本书，这本书我今天带来了，就是《敦煌古代工匠研究》，是一本厚重的，背起来沉甸甸的大书。

说起敦煌，大家首先会想到壁画、造像这些辉煌的敦煌艺术，其次可能会想到艺术遗存背后所关涉的敦煌文化、思想、伦理、信仰，或者由此而思考不同文明形态如何在敦煌这个地方碰撞、交流和互鉴。其实敦煌最容易被我们忽略的就是敦煌工匠群体，关于“敦煌学”，我在 20 世纪 80 年代听到海外学者的说法，很受震动：敦煌在中国，敦煌学在世界。意思是敦煌学研究是一门世界性的学问，是全世界的显学，但是中国本土敦煌学研究，至少在 20 世纪 80 年代和 90 年代，和世界水平还是有一定的差距。而像马老师这样的老一辈敦煌人，很多人都是以这种说法为耻的，现在我为什么想起这个说法呢，因为我看马老师在书中又提到了。这种耻辱感是他们把一生献给敦煌和敦煌学的动力。马老师的这本书功力很深厚，文献翔实，方法多样，有很高的学术价值，这一点是不容置疑的。但我更想说的是，在这本书里面，马老师倾注了他的情感；我看这本书的时候，真实感觉到马老师对敦煌工匠真是有感情，这种情感体验是你在阅读其他学术著作时很难获得的。敦煌这座应有尽有的宝库，难道不是众多无名的工匠一锤锤开凿、一笔笔画就的吗？和学问相比，敦煌精神更为宝贵，敦煌精神正是由敦煌工匠默默传承的。如果说“敦煌学在世界”，“敦煌精神”却为敦煌工匠所独有，也为我们中华民族所独有。所以敦煌是我们的学习资源、研究对象、研究方法，敦煌更是我们的情感依托和精神支撑。在书中，马老师把自己和自己的老师，都称作是敦煌工匠，即便他们今天已经不需要再做古代工匠那样的手艺活，他们的工作是保护和研究，但在本质上他们就是继承了先辈精神的敦煌匠人，是站在我们面前的真实的敦煌匠人！所以我读马德老师这本著作的时候不时被感动到。我刚才说到读这本书的感动是读其他学术书所没有的体验。

我不知道大家记不记得我们发的本期论坛的海报，海报上有一只鸟，那就是西安大、小雁塔的那个“雁”。海报上的这只大雁，在敦煌石窟里，既存在，也不存在。因为它的底本是敦煌第 135 窟壁画上的一处小图案，而颜色是我自己在电脑上涂上去的，一个涂色小游戏。所以我现在可以非常自豪地说：“我花了五分钟画了一只大雁，算不算敦煌的一个数字工匠？”以上是略显冗长的开场白，下面请马老师开始今天的演讲。

马　德：非常感谢喻老师给我一个跟大家交流的机会，也感谢各位朋友来捧场。因为我做这个题目的讲座已经好多次了，有一种走到哪里都是讲一种内容的感觉，自己心里面有时候过不去，虽然我从事这个项目的研究有 30 年的时间，但是要天天在这里讲，在那里讲，讲来讲去还是这么几句话的话，有时候自己也很不好意思，所以我希望在说的过程中，大家随时可以提出异议，因为我想今天在这里的很多老师朋友们对敦煌也是比较熟悉，有一定程度的了解。所以关于敦煌本身的一些基础方面的知识，我可能就会简略一点。主要就是两大部分：一是敦煌历史文化遗产，还有就是敦煌工匠的一些问题，最后就是敦煌新时代的一个展望。有时间多说几句，没时间就少说几句。

喻　静：在座的不一定对敦煌熟悉吧，你们对敦煌了解吗？了解的情况如何？我们院里面没有专门做敦煌学的学者，借着这个平台，我想把“大家”请进来，让“大家”了解敦煌的艺术。

马　德：实际上我当年到敦煌以后，有很多敦煌方面的知识还是跟我们院的老师们学习的，这些老师们有很多已不在世了。如常书鸿先生，20世纪90年代就去世了，史苇湘先生是2000年去世的。还有在这里做过所长的萧默先生，我们两人有很深交往，他也是年纪轻轻的就去世了。我在敦煌学习的过程当中，跟我们院好多老师经常请教，所以回到这里就像回到自己的单位一样。萧默先生说，当时这个单位叫文化艺术研究所，他说他在这个所里面的时候，讲起这个单位就是“我们所”，我们当时叫敦煌文物研究所，他在这里讲的“我们所”是敦煌文物研究所，然后到敦煌去讲的“我们所”就是文化部文化艺术研究所，所以有一种回家的感觉。这次参加这个论坛是第一次，非常感谢大家！

下面我就给大家做一点介绍，2019年8月19日习近平总书记到敦煌视察，然后对敦煌文物保护和研究作了很多很重要的指示，他在座谈会上有一个十分重要的发言，当然媒体上公布的内容是比较少的，但是在这里他讲的重要思想就是要十分珍惜祖先留给我们的珍贵的文化遗产，坚持保护优先的理念，加强石窟建筑、彩塑、壁画的保护，应用先进科学技术提高保护水平，将这个世界文化遗产代代相传。也对我们很多年的工作给了一个充分的肯定。我分三个方面给大家介绍一下敦煌的基本情况和汇报我的一些研究工作的情况。

敦煌文化遗产第一部分指的是敦煌的历史文化遗产。首先给大家讲一个概念问题。敦煌是一个地域，现在我们约定俗成的说法叫“敦煌学”，实际上“敦煌学”这个名词是不太科学的。现在我们好多老师们可能都讲英语，那么敦煌学如果翻译成英语的话，可能还是要翻译成“敦煌研究”。现在好多单位都叫“敦煌学”，包括兰州大学也叫敦煌学研究所。“敦煌学研究”翻译成英语就是“敦煌研究研究”，这个就比较滑稽。所以我们还是从科学的概念上讲，叫敦煌研究。虽然大家约定俗成都那么叫，但是我们心里面有数。比如我们今天年轻人、老年人的年龄阶段划分，尽管把 65 岁以下的都划成年轻人，我现在刚过了 64 岁，还是在年轻人范围，但是我自己心里有数。虽然大家都那么说，但是你自己心里要有数，对，还是不对。

敦煌是个地名，敦煌文化属于这个地域范围；这个在历史上尽管有变化，但是我们如果仔细地看一下，它作为一个文化圈的地域范围，是汉代河西四郡之一的敦煌郡的范围，这个范围是非常奇特的，而且 2000 多年在这个圈里面是什么郡就是什么文化圈，主要是在自己的文化圈进行发展，当然跟周边也进行交流，当时跟世界各地也进行交流，但是有自己的特点。敦煌文化的范围就是包括今天敦煌还有瓜州县（安西县），肃北、阿克塞两个民族自治县，还有玉门市的部分地区，当时是汉代敦煌郡的范围，大概有人计算过，说是有 8 万或 10 万平方公里。

研究敦煌，就是我们以前如果作为史学研究的话，从传世文献进行研究，后来有了出土文献就出现了二重证据，但是如果以前不看出土文献，光看传世文献是没有办法进行敦煌研究的。正史加起来就几百个字，有一些地方志是有一些东西，这个流布范围很小，好多人都没见过《敦煌志》，以前叫县志或者地志，后来其他的州志都加在里面了。

当然它给敦煌也下过一些定论和结论，比如对敦煌两个字的解释，“敦，大也；煌，盛也”，但是也有人说敦煌是民族语言的音译，这个原来叫吐火罗。吐火罗是当时的一个民族，或者说吐火罗的意思就是当时秦汉时期活动在敦煌那一带的大月氏或者是月氏，这个民族文化叫吐火罗文化。

那么敦煌就是吐火罗的音译，这是一种说法，而且现在这个说法流行的范围还比较广，这个学术问题正在进行讨论。但即使是民族语言的音译，把它赋予汉文的意思，是“敦，大也；煌，盛也”，这也没有什么错。有的专家就说敦煌就那么一个巴掌大的地方，既不大也不盛，但这个要看从哪个方面去理解。“大”和“盛”应该也是一个相对的概念，看跟谁去比，用什么去比。

那么还有一个讲法，就是“华戎所交一都会”，意思就说是经济文化交流的中心地，一个交通要塞，是一个交流的中心，因素是多元的。但是因为我们都知道敦煌是以敦煌石窟而闻名于世，但是关于敦煌石窟在传世文献里面去找，找不到几个字，虽然在地方志里面有描述，但很简单。正史里面就看不到一个字，就是在一些佛教的史籍中会有一些描述，但是非常少，并不多。所以如果从事敦煌研究的话，光看传世文献是没有办法进行研究的，必须要到实地进行研究。因为我们现在面对的敦煌文化遗产，老祖宗的这些遗留在文献里面没有记载。

我分这么几块给大家介绍，一是历史的遗迹和遗物。包括在敦煌留下来甚至包括自然时期的遗迹，游牧民族时代的遗迹，另外就是农业起源时候的遗迹，再就是汉代以后，再就包括晚一些的隋唐之后的州县城池。

肃北县保存有被认作是相当于春秋战国时代的岩画。跟真正的壁画相比较而言的话还不是一回事，因为没有任何文字的记载。我们在其他的山沟里面还经常见到这样的刻画，一看就是现代人画的。所以你说这是古代人画的还是现代人画的，没办法去推测，就是画在上面。在我们莫高窟前面还有一个采石场也有，但是那个采石场好像有题记，有唐朝的题记，肃北的岩画比唐朝的岩画早了 1000 多年，到底是哪个时期的，我们也说不上，现在我们就按早期的游牧民族给大家介绍。

玉门关，敦煌人叫小方盘城，现在也是世界文化遗产。玉门关问题这些年争论比较大，本来玉门关也是搬了好多地方，汉代就搬迁过，后来到了唐朝又换了地方，所以玉门关到底是哪一座，这个到现在仍争论不休，而且很多地方都在争，现在大概在酒泉和敦煌这一带有五六处被认为是玉门关的遗址。

河仓城离刚才玉门关关址不远，那个叫小方盘城，这个叫大方盘城，这是敦煌当地老乡根据它的样子叫的，应该是一个方形的，但是这个做军需储备的仓库，古代就叫河仓城，这是文献里面记载的。

悬泉置遗址是敦煌20世纪90年代发掘的一个驿置遗址，中间一个是邮政，一个接待来往的各种各样人物的地方，是汉代的一个接待站，就像我们现在很边远高原地方那样的差不多，这个地方出土了3万多枚汉简，从西汉到东汉，各个时期都有，而且记载的各种来往人物，包括军队、商队、政要等都有，所以这也是世界文化遗产。

敦煌汉代郡城的遗址。原来是在河的西岸。汉代开始在这儿建一直到元，到明朝就荒废了。后来清朝重新开发以后，把敦煌县城建到东边，西边就成了农田，城里城外全部都是农田，于是这个城墙就毁得差不多了，剩下不多。为什么要毁，因为一般农民没有文物保护意识，不知道这是历史文化遗产，他们只知道40多年城墙是很好的肥料，所以这个城墙就做了沃土，种了庄稼，好在还剩了这么一处。

唐代锁阳城的遗址在瓜州，因为古代这里没有什么人员，所以这个城除了一些自然损害以外，保存比较完整，再加上年代也没有那个久远。那就是汉代的一些县城，在敦煌郡里面的一些县城，多多少少保存了一些。

我们莫高窟上面也有汉代的这些遗迹，这里有一个很高的，我们叫大沙坡。现在第一高峰上面有一堵残墙，是晚唐时候的一个建筑遗址。第二高峰是汉代的一个烽火台遗址，里面用的材料跟其他烽火台材料是一样的，石块、芦苇、沙子、泥土，而且这个地方有很多汉代的陶片。看来面积有十米见方。这可能还不是一个普通的瞭望烽火台，可能是一个生活基地。当然再往下大概有的地方就是水源，是与莫高窟相邻的河。

第二个文化遗产就是石窟。这就包括莫高窟、西千佛洞、榆林窟、水峡口、肃北五个窟、一个庙等。其实汉代敦煌郡这个范围内的石窟都属于敦煌石窟。在敦煌石窟创建以前，我们刚才看到的烽火台就在上面那些地方，汉代已经有人在这里住，后来才有创建。因为这个地方是古代寺庙的遗址，现在留在上面的地方是大概 10 世纪建筑的一个土围子，后来是敦煌当地放骆驼、放牛的一个圈，有时候人也在里面休息，后来人都没有管。

文献里面有记载，在莫高窟创建以前就有仙岩寺。大家都知道，敦煌有一位很有名的高僧叫竺法护，在佛教史里面叫敦煌菩萨。因为在敦煌还没有发现其他的佛教遗址、遗迹的情况下，我们认为这个地方就是当年竺法护活动的地方。这里记载的就是索靖题壁仙岩寺，索靖和竺法护都是敦煌同时期的人。索靖西晋时在长安做官，竺法护后来是带着他的大队人马在长安建了敦煌寺，两个人都是敦煌人，而且敦煌就那么大地方，有几个人互相之间都认识，熟得不得了。做官也好，译经也好，他们之间的关系是一直不断的。所以索靖题壁仙岩寺就是给竺法护的寺庙题写。而且这个仙岩寺一直到后来还在用，直到公元 10 世纪的时候还在用，但是后来旁边有其他的建筑，那么这个建筑就是刚才我们看到的小土围子，那就是 10 世纪重新建的讲堂，但不是在下部，是在中部，应该是 9 世纪的时候全部被毁掉了，因为民族关系的问题。

关于敦煌莫高窟是什么时候创建的，普通的说法就是公元 366 年一个叫乐尊的和尚开凿的，但是还有五代时候的记载，在公元 353 年的时候就已经开凿了石窟。那么公元 353 年在什么地方开凿的呢？可能就是离莫高窟还有两公里的地方的两个窟。

那两个龛跟这两个龛有点像，为什么呢？因为这个是在浙江天台山的赤城山。天台山的开山祖师是叫昙猷，昙猷是敦煌人，在敦煌出生、长大，在敦煌开始学佛修禅，他大概是在公元 360 年去的浙江。那么公元 360 年以前就是在敦煌，而且在《高僧传》里面是禅僧。

竺法护和昙猷相差可能有四五十年的时间。这个地方就是他们两个人曾经一前一后活动过的地方。首先《高僧传》记载，“经法所以广流中华者，护之力也”，没有竺法护就没有中国佛教，没有中国佛教的今天。而且这个话到现在佛教专家也不否认，不管谁写佛教史都要把这个写进去。这是第一句话。第二句就是讲的“先是世高、法护译出禅经，僧先、昙猷等并依教修心，终成胜业”。我们把这个世高和僧先先不说，先讲竺法护和昙猷这两个和尚。法护译制了禅经，然后昙猷照着他译的禅经进行修行实践，正因为法护翻译的理论有了昙猷成功的实践，所以才成就了中国佛教的大业。

这个地方是他们两个成就中国佛教大业的地方，我把它看作中国大乘佛教的发祥地，因为竺法护开始译经的时候译的是大乘佛经，在他以前只有东汉翻译了一部还是两部，竺法护翻译了一百五六十部。而且他完全是以个人的力量翻译，他没有被后来人写进四大翻译家还是五大翻译家。佛教史专家们没有这么写，但是我认为他是不是比鸠摩罗什还厉害，我认为他贡献比较大。鸠摩罗什也好，还是后来的玄奘法师也好，靠的都是国家的力量，靠着帝王，不是个人的力量。竺法护他的团队最多有 1200 多人在长安，但是这个人都是靠着自己的力量在做，所以他的贡献更大，而且他早，比鸠摩罗什早 100 多年。

昙猷在敦煌坐禅时间比达摩早了 180 年，但是没有人认昙猷，大家都认可的是达摩，看来外来的和尚好念经，也不是现在才有的这个话。我作为一个敦煌人心里很不平衡，不知道大家如何？不要说昙猷了，就是说比昙猷晚了十几年以后，在莫高窟开窟的乐尊和尚也是一个禅僧，最早开窟的时候，他也是坐禅修行，那么他也比达摩早了 160 年，可能就是在敦煌有点名气，在其他地方就没有名。

有关敦煌石窟艺术的一些知识，以前主要分三个方面：

建筑、造像、彩塑，后来又增加几个类别如绢画等，这后来被称之为美术品。这后面我还要跟大家说，是出自莫高窟的藏经洞。

“美术品”是外国人的说法，大部分的美术品是画在绢上面的，所以叫绢画。但是除了画在绢上的，还有画在麻布上的，纸上的也很多，还有在其他材质上的。有人说应与藏经洞出土的敦煌遗书名字相对应叫敦煌遗画，就是遗留下来的画。

另外在敦煌曾经出土的书法，除了写经书法还有洞窟和绢画上的题记的书法，也是敦煌的一个重要类别。在敦煌藏经洞出土的一些美术品里面还有版画、刺绣、纺织品、剪纸、画稿，这些后面给大家看一下。

石窟建筑是载体，建筑方面我就给大家介绍简单一点，还有造像是怎么做的。

石窟建筑是一个纵长形的，莫高窟因为地质构造的关系，在建筑形式上有一些不太一样。这是一个纵长形的。我们把这个净深比较深的长方形顶叫作盝顶形。正方形的我们叫覆斗形，覆斗形中间是正方形，盝顶形中间是长方形。虽然都是来自中国古老的建筑形式叫帐，后来我们说“帐篷”的“帐”也写成这个“帐”，但是帐在过去作为一种建筑，是象征神圣。汉武帝时候，有记载说“汉武帝造甲乙二帐，甲帐居神，乙帐自居”。那么也就是说帐只能是神仙和皇帝居住的地方。所谓佛龛，佛作为最大的神仙当时住帐是没有问题的。很有意思的就是这边有中国传统的建筑形式，也有印度传过来的这种佛教形式。

莫高窟第 275 窟是一个帐形窟，是中国汉文化的建筑，前面塌掉了，在后面的两边分别有四个小龛，是阙形龛，这个阙就是汉代的建筑；前面是圆券型的，这就是印度的一个古老的佛教建筑的形式。第 254 窟的龛也很有意思，在中心柱的后部，在石窟后部，是印式风格，这一块龛都是印式，人字坡下面的菩萨龛就是汉代的阙形龛，前面等于是全汉式的，后面是全印式的。

造像它分了好几种，有木骨泥塑，主要的骨架部位用木料绑起来，然后再绑上草，最后彩塑。

还有石胎泥塑，是在开凿的过程中把这个佛的大体形状留下来，然后再装饰。

下面说壁画。壁画研究的专家比较多，大概有一个分类，我们有的老前辈说分了六类、七类、八类，简化一下给大家分三类介绍，第一类是经变画。有大佛的经变画，还有故事画，有各种社会生活画，其他老专家做了专门分类，但是我为什么要归为同一类呢？就是因为它都是根据佛经的内容来画的，就是表现佛经的内容来说明佛经，所以都叫经变，不管是什么画面都是为了解释佛经。第二类就是装饰图案，这没有问题。第三类就是历史人物画，这个主要的是供养人像，就是这个洞窟的主人，有一些是帮助修建这个洞窟的施主叫供养人，还有少量一些历史人文故事画，基本分这三大类。

释迦牟尼讲经说法的地方是在他的佛宫里面，第 217

窟这个画得很富丽堂皇，在盛唐时候，可能皇帝住的地方都不一定有这么豪华。甚至还有人说这中间贴的瓷砖，而且是彩色，是套色的。到底是不是真的？

还有一幅壁画叫《化城喻》，一堆人在沙漠里行走，在戈壁滩上走了很久，最后走不动了，然后有一个法力广大的人给他们变幻出一座城市，让他们进去休息，吃好喝好休息好，等大家睡醒后这个城市就不见了。现在对这个壁画还有不同的意见。

关于反弹琵琶的壁画在洞窟里面有很多，我们看到的第112窟的不是最早也不是最好的，但是这个大家比较认可。因为我们单位有研究音乐舞蹈的老师们，请仔细看一下。首先这个琵琶是可以反弹的，这是在演奏过程当中一边弹琵琶，一边跳舞，现在有一些老艺人不跳舞坐在那儿弹，但是她可以把那个她弹的乐器随便在头上身后这么架起来，虽然人没有舞，乐器在舞，但是调子没有乱。所以我觉得这个反弹琵琶，一边弹一边舞可以做到，但是有一些常识性的问题还是不对。比如伎乐按弦的手法不对，这样的话就不成调子了，这不是她的问题，是画家的问题，可能这位画家不一定会弹乐器，但是壁画里面有手画的比较好的，一看就是懂乐器的画家画的。

从20世纪70年代末开始，甘肃歌舞团创作《丝路花雨》就把这个搬上了舞台，其实他们并没有理解这幅画的真正含义，只是把这个当成舞蹈造型，琵琶在她手里就是一个普通道具，不是一个乐器，就做一个造型。造型是如何做的呢？她这个后脑勺背着琵琶的尾部，背在背后这是可以弹的。但是她把琵琶弦背在后脑勺，这个就没有办法弹了。这么一弄，后来所有艺术都是按照这个舞蹈来做的，包括现在敦煌城中心的石雕也是把弦放在前面，这就是一个违背常识的问题。这是糟蹋我们老祖宗的智慧。所以我看了之后我说我的心里在流血，真的是接受不了。但是你还不敢说，你说之后也没有人听。

《弥勒经变》，榆林窟的第 25 窟，也很有名。因为壁画内容特别丰富，时间关系我就不多讲了。

《出行图》，把历史人物故事化了，如《张议潮夫妇出行图》和《曹议金夫妇出行图》，因为画很长，很大，照片显示不太清楚，大家知道有这些画就可以了，如果要研究光看这个不行。

《举哀图》，这是佛祖涅槃以后，普通人接受不了这个事实，痛不欲生。割耳朵的、剜心的、目瞪口呆的，还有泪流满面的。

这两身女像是普通母女两人，这里我讲一个插曲，题记是“释迦牟尼六曲愿舍贱从良，及女喜和一心供养”。是以母亲的口气和她的女儿画了六身佛像进行供养，目前问题出在这个“及”字上。“及”是一个及不及格的“及”，我们有一个专家写文章介绍的时候就直接写成“妓”。“舍贱从良”是什么意思呢？她们是属于寺庙里也好，在大户人家也好，官府也好，面对的是无穷无尽的赋役，就是伺候人家的。但是有时候遇到大赦天下，或者遇到她们的主人发了慈悲心，就可以变成自由人，分田分地，过上普通老百姓的生活。那么这母女两个的愿望也是这个，就是为了有一天摆脱这种身份，变成自由女，所以来供养佛，出资画佛像供养佛。结果我们那位老师直接写成“妓女”，说这个莫高窟由妓女修造，这个影响很大，而且影响很不好。可能以后大家还会看到这样的介绍，如果大家看到了，自己心中知道就行了，不要谈多了。并不是那么回事，跟妓女没有关系。

另外还有一些日常生活场景，雨中耕作，还有敦煌农家院，自己家有院落、果园、菜园，在庄前屋后还有土地，很多情况他们都是独门独户的格局。当时庄园怎么建怎么布局，都是有一定的规定，在什么地方分别是什么，是有规定的。而且在过去的律书里面也都有各方面的规定，所以修房子不能乱修，一定要按照规定走。

接下来就是跟我们丝绸之路有关的《张骞出使西域图》，骑在马上的是汉武帝，跪着的是张骞。它先说汉武帝梦见西方有金人，这是编出来的故事，当然也有一些历史依据，然后张骞带着他的人马跋山涉水到了大夏国，到了之后得到了祭天金人。

有烽火台的壁画也不少，像古代来往敦煌的全景图，东来西往的商旅图，有骑马骑骆驼的，这个车是骆驼车，在中间休息。这里有口井，打出来的水供人畜饮用，给骆驼灌药，以增加骆驼长行的耐力。前几年，骆驼作为交通工具的时候这个情况还有，我到敦煌是 20 世纪 70 年代末

80年代初，敦煌还把骆驼用来作为生产工具、运输工具，灌一种中药，叫太黄或者叫大黄。

这都是表现佛经内容的，包括小精舍的图，商人队伍在中间休息的时候可以找小精舍休息。小精舍在佛经里面倒没有规定建设成什么样子，搞什么样子的接待，但是在壁画上面画的就是敦煌当地怎么接待这些东来西往的商客。在北魏时候就有专门的敦煌乐，是这么写的："客从远方来，相随歌且笑，自有敦煌乐，不减安陵调。"安陵调是什么调子呢，研究文学艺术的人到现在也没有答案，今天我到这里来，跟我们院的老师们把这个情况说一下，也希望有这方面的研究看看能不能找到一个解释。但是画里面的小精舍客人坐在那儿休息，除了吃的喝的还有歌舞表演，就像现在很多繁华城市里面的这些休闲生活。这幅画是公元6世纪后期的，下面还有一幅是隋朝的，时间也差不多。在那个年代敦煌当地人已经把这个地方经营得有声有色，特别是对来往的客人。

胡人驯马。骆驼车过桥。敦煌地处戈壁滩，所以桥下面也不是什么大河，都是小溪。这个牛车是一种享乐工具，要是用在生产里面，叫拉柴的柴车。但是在这里牛马是享乐的，就是《法华经》里面的"三车"：牛车、羊车、鹿车。这是备受推崇的牛车画面。

在山路上行走用到轿子，轿子是古代的交通工具了。但是这有一个什么问题呢？文献上记载，这种轿子是宋代以后才有的，那么在宋代以前轿子是什么样的呢？轿杆是直接放在底部，从底部直接抬起来，把人抬得高高的？但是这幅是莫高窟唐代的画，而且在同时期还有好几幅。这就说明这种轿子不是宋朝以后才有，最起码唐朝就有了。

船在壁画里面按照佛经内容都是在寻宝、探宝，也有一些是经商用的，还有运客人的。但是在敦煌那些地方，大戈壁滩没有见过海，大一点的湖都没有，就是一个小水池吧，可能有个十几米的小水池子，但是也画船，有些地方船画得还是很符合一些基本的原理。因为我刚才说乐器的时候说到常识问题。这些画家在画船的时候也是很注意这个问题的，尽量不要出现常识性错误。比如这个船按照文献记载是一个沙船，沙船特点是方头平底，而且沙船在古代是一种战船，主要还是在江河湖里面行走，如赤壁大战那样的水战。路径平稳一点，但是把它作为海船来描绘。大家看这个杆上有一个鸟，这个鸟按照记载是木头做的，这个木制鸟有重量的要求，重五两，所以它的名字就叫五两，五两的作用就是测风向。鸟的头朝哪边，风就是朝哪边吹的。他在画这个五两的时候和后面的帆结合。风从后面吹来，帆往后面张，这就比较符合普通的生活场景。敦煌人虽然在戈壁滩上，没有见过大海，但是他们画这样的船都没出错误。

现在介绍藏经洞。藏经洞的文物主要有这么一些东西：第一类是写本，都是手写的。以写经为主，有社会文书，还有一些历史文书。第二类就是美术品。第三类是印刷品。藏经洞出了好多印刷品，有经有画还有历日，刚才我们看的那幅有宅院设计图的就叫历日。

前年我在社科院历史所跟大家交流的时候，专门就草书写本给大家放了几张片子，每一个卷子的字形和结构都差不多，但是完全不一样，肯定不是一个人写的，为什么都差不多呢？因为草书也有草书的规矩，你只能照着这样去写，古人也不是乱写，所以这个还是有规矩的。做这个其中有一个目的，草书作为一种民族优秀文化，传承要注重正本清源的问题。

《大般若经》的写本，主要是看这个装订，它是卷尾有一个木轴，木轴长度大概 20 厘米，直径不到 1 厘米，古人在这个佛经保护方面还是很下功夫的，而且还用了很多装饰品。

日本前两年公布了一个分家契，也叫契约、分家书，这看你从哪个角度理解。这里面有个故事，这个老人下面有两个儿子，他感觉到身体不行了，快要死了，他就把他的财产从他的房子开始一直到所有的这两边的果园、菜园、劳动工具、生产工具、一件一件点清楚，画中除了两个儿子，还有一个估计是他的女儿。

为什么我要给大家介绍这个，现在有很多很有意义的东西，含有很多信息。他没有提到他的老婆。一个儿子是他哥的儿子，一个是他自己的儿子。可能是因为他哥死得比较早，他哥死了以后就留下一个儿子，把嫂子接纳下来变成他的夫人，这种状况在历史上叫作收继婚。因为是收继婚，不分家还好，再分的时候不是按照自己的两个儿子分，而是考虑他和他哥的因素。本来他哥在世的时候主要财产都是他哥留下来的，因为他哥在世的时候，可能他父母已经不在世了，那他哥就是这一家之主，那么他现在要把很多东西给他哥分配，所以这有很多其他方面的历史信息。我们原来有位老先生写敦煌民俗，也提到收继婚，说没有见到实例，实际这是有的。

藏文的文献，有非常重要的《吐蕃编年史》，哪一年赞普在哪里干啥，记得非常详细。为什么在敦煌发现了呢？因为在中唐的时候，吐蕃治理敦煌，敦煌一度成为吐蕃文化中心，我们按照汉族制度，后朝要为前朝修史，吐蕃的史就由敦煌人来修，那么敦煌文人就给吐蕃来修史。

还有当年的《吐蕃赞普传记》，后来作为吐蕃史的一个历史资料。现在我们看到的传世藏族文献《贤者喜宴》，就是写的吐蕃史。当时社会科学院有一个老师就是做这个翻译，他说写这部书的人肯定是见过敦煌文献的，因为好多东西跟敦煌文献里面记载是一模一样，有些是大段大段抄下来的，有些做了一些浓缩，但肯定见过这些文献，这就是敦煌的历史基础。《贤者喜宴》是 16 世纪成书的，敦煌这个是 9 世纪。

工匠讲五个方面的问题：基本情况，类别与级别，隶属与生活待遇，社会生产生活，石窟营造。

壁画上有一些工匠的图像的描绘，画家自己画自己，临摹佛像、修塑佛头，各种各样的工匠。有北朝时期、南朝时期、宋朝时期，只有画家穿着衣服，其他的工匠们都是上身没有穿衣服。大概可以分成两类：跟人们生产生活相关的，这是哪儿都有的；第二类从事敦煌文化艺术的，这就是敦煌特色。有一部分工匠也从事石窟营造和其他的艺术活动。

工匠技术级别分为四级：都料、博士、匠、生。

都料是一级工匠，博士是方言的把式，这个词汉代就有，作为官方文职，在敦煌文献里面就是叫“把式”。

一个僧人叫慈灯，要修一个佛堂，他雇了一个泥瓦匠，泥匠也是一个博士，是泥瓦匠里面的能手。这种受雇于专门工作的泥瓦匠，是一个身份自由，不属于官府也不属于寺院，也不属于谁家的奴隶。如果你要从谁家里面雇奴隶身份的工匠，是要跟人家主人去写协议的。这是直接跟工匠自己签协议。

这里还有一个信息，这个僧人不是在寺庙里面修佛堂，而是在自己家里面修佛堂。当时有很多僧人是不住寺庙，在家里住。这个情况通常比较复杂，文献里面记载，僧人有家有老婆、孩子，还可以喝酒、吃肉。所以现在好多人在津津乐道，说敦煌的僧人不受戒律，这是一个误区，其实他根本不了解历史背景，但是大家现在都这么说。

然后是日常生活待遇。这就是讲的工匠日常的吃食，我们有官府给工匠的一些支付账目。有一个很特殊的情况，午饭其他工匠是两个胡饼，铁匠是三个，可能铁匠劳动强度大，吃得多一些。还透露了一个信息，就是说这些工匠能免除一些徭役，比如要一些人去送东西，但是如果是工匠的话，可以不参与这些，但是就不能出远门，要好好干活。如果你干活出了差错，你就要跟其他的普通人一样去服徭役。而工匠和另外两个人一块干同样的活，两个人都没有把这个活干好，在这个情况下，两个人处罚程度是不一样的。不是工匠的是要挨板子的，如果是工匠就要来服徭役。所以可以看出来有技术就有了些特权。

敦煌很有名的《王梵志诗》，其中讲小两口是大户人家的工匠，女的给人家当劳力，“工匠莫学巧，巧即他人使。身是自来奴，妻亦官人婢”。他们小两口受不了这个日子，就跑掉了。跑完一圈觉得还不如这儿，后来又回来了，诗后面还详详细细地把这个情况给描述了一下。

现在我给大家介绍一下石窟营造的情况。

首先有一个过程，选择岩面，然后开凿洞窟，绘制壁画和塑像，然后修造窟檐。这是后来的，一开始最早期的石窟没有这些程序，洞窟上还留下一些开凿的痕迹，大家看一锤一锤开起来是非常费劲。

壁画制作在早期的洞窟里面用的是西域画法，叫凹凸法或者叫天竺法，到后来是用了中国传统工笔重彩六法。当时在画壁画开始之前，工匠在练笔的时候随性写的几个字，本来是被覆盖在下面的，但是后来画脱落了，就把他们写的字露出来了，可能这些字是工匠们自己的名字，也可能是他们写的一些其他的东西。

画家是给窟主画画的，画家跟窟主的关系每个时期都不太一样。

早期，画家画什么窟主基本上不管的，你画家照着画就行了，大概内容给你规定一下罢了。中期，窟主要跟画家进行商量，有一些情节怎么表现。到了第三个阶段，我让你怎么画，你就怎么画。

还有就是我们看各个时期的壁画，实际上看的不是普通民间工匠画的，而是艺术家们画的。为什么这么说呢？因为在现在认为画得水平高那就是艺术家画的，差的就是工匠画的，其实在以前不是那样的。绘画的水平不能代表身份，身份也代表不了绘画水平。但是有一个问题，时代标准，这个时代标准就要求作为一个手工业者，在每一个时代要达到一个标准才能出师。而且在这个时代都是这个风格，你要达到这个要求。所以我们看同时期的画，传世大画家画的跟工匠画的是分不出高低的，这是一个问题。

另外就是说作为艺术行业的工匠，艺术家是一种相对角色，平台不一样，身份不一样。这个塑匠是艺术家，但是有时候为了生活，要给人家泥火炉。泥火炉就是普通泥匠，做塑匠的时候就是艺术家。

现在把美术分为纯美术、实用美术、商业美术、工艺美术，我对这些也是感觉头大，不好分。但是我觉得用艺术和美术设计学的方法来研究敦煌的艺术是一个很有发展前途的方法。因为那个石窟从开始营造到最后完成，不管是绘画、塑像，它都是一个设计的过程。我很赞同那句话：搞创作的人是不受任何约束的，搞设计的人要受到很多的约束，但是设计出来的东西不一定比创作出来的东西差，可能比创作的还要好，最起码一样好。这等于说设计艺术工作者们是戴着镣铐在跳舞，要求他们跟没有戴着镣铐的人跳得一样好，甚至比不戴镣铐的跳得还要好，那么这一点在我们敦煌石窟艺术里面表现得是淋漓尽致。这是一个创作跟艺术设计之间的关系问题。

然后我介绍一下史苇湘先生关于敦煌艺术的地方特色的问题。实际上他有很多的论述，他有一句名言“一方水土养一方人，一方人造一方神”，他很强调美术的地方特色，他主要是讲了四个方面：第一，艺术是一个民族创造美丽的历史，它的使命是帮助广大群众认识自己的传统，发扬民族审美特征。第二，史苇湘先生认为美是创作，尽管受到各种各样的约束，但是在约束的大框架下，他仍然可以发挥自己的主观能动性。比如佛经规定你要画什么，但是佛经并没有规定怎么画细节，这完全靠工匠们自己的创作。那一笔怎么画这完全靠工匠自己。第三，求变，这是艺术设计的理论，就是说这么多壁画里面没有重复的，这就是一个创新和变化的过程。第四，信仰因素，这跟画家个人有关系。

2019 年 8 月 19 日，习近平总书记在敦煌研究院跟我们一部分专家座谈。他说道，敦煌文化是中华文明同各种文明长期交流融汇的结果。我们要铸就中华文化新辉煌，就要以更博大的胸怀，更加广泛地开展同各国的文化交流，更加积极主动地学习借鉴世界一切优秀文明成果。研究和弘扬敦煌文化，既要深入挖掘敦煌文化和历史遗存蕴含的哲学思想、人文精神、价值理念、道德规范等，更要揭示蕴含其中的中华民族的文化精神、文化胸怀，不断坚定文化自信。加强对国粹传承和非物质文化遗产保护的支持和扶持，加强对少数民族历史文化的研究，筑牢中华民族共同体意识。

那么我就说敦煌工作遇到了这样的问题：人家会问我，你们在这个地方做研究，这些东西不能吃不能喝，还花国家的钱，到底有什么意义？好长时间这个问题困扰着我们。人家说你把这个地方围起来，收点钱创造价值。有些问题提得很尖锐，时间一长我们就会考虑这个问题。实际上文化遗产是精神财富，社会虽然在发展和进步，我们以前的东西看起来是落后，但是永远也不会过时。无论社会发展到什么程度，这些遗产都是要靠人来研究保护的，人做事就需要这个精神，这很简单。

我把这个“敦煌精神”总结为三个方面：包容精神、奉献精神、创造精神。我重点给大家介绍一下包容精神。除了外来的佛教在我们的土地上生根开花以外，这里面还有一个突出例子，同样是反映一个观音救难这种情节和内容的故事，大概意思就是说，一个商队在路途中遇到强盗的时候，只要你商队里面有一个人合掌念观音，这些强盗们就不会抢你的东西，就会自动地退回去。他听见观音名号就会自动退回去，这几幅画就是这样一个场景。这是隋朝一幅壁画，看那些商人，也不知道是什么打扮，但绝对不是隋朝人。对面的强盗应该是隋朝的，个子也比人家低。

商队怎么出发怎么准备，从灌骆驼开始，走到路上遇到哪些艰难险阻，怎么战胜自然灾害，然后又怎么遇到强盗，跟强盗进行搏斗，最后被抓起来作俘虏，被押到强盗头子面前，这个商队头目就把口袋里面装的金银，他们千辛万苦赚的这些东西就给人家倒出来。这个强盗头目两边是列队的，排列很整齐。山里面还有很多整整齐齐的强盗，前面出来了几个，但是后面还有很多，也不知道有多少，好像有千军万马的样子。唐代第45窟壁画中的强盗们不像其他几幅那样穿着正装，是穿着便装。有这么几个问题：一是这几幅画产生的时代就是封建史学家们津津乐道的隋唐盛世。二是商队的人都是外国人，强盗都是中国人的面孔。三是除了一幅以外，其他的强盗都是全副武装的官兵，这个问题说明了什么呢？

首先从大的方面来讲，画画的人肯定是隋朝的画家、唐朝的画家，肯定是汉族的画家，而不是那些高鼻深目的外国人，那就是说画家可以暴露自己不光彩的一面，这是需要有一种非常有勇气的包容精神才能够做出来的。而且做出这种事的时代背景是在隋唐盛世，是在中国封建社会的最盛期。另外一个就是，反映了一个盛世，军队没事情了，没仗打了去做什么？当然我们说这个是学术问题，从壁画上看到后归纳一下，我们不是故意抹黑什么，我们说的是这个壁画描绘的这些内容，我们如何来认识和研究的问题。其他像奉献精神、创造精神就不作更多解释。我们做这个工作是为了什么？我们保护文物和研究文物目的就是要把它搞清楚，是什么，为什么是这样，是为了弘扬，让大家都知道，如果我们光是保护和研究，不对外进行宣传，保护和研究也没有什么意义了。但是弘扬和宣传是为了什么呢？是为了传承，传承我们中华民族的精神。

给大家看一些我们的老前辈在敦煌工作的场景。史苇湘先生和欧阳琳先生夫妻，他们到老还在继续工作。常书鸿先生在洞窟，这还是比较早的照片，跟他女儿的合影，是晚些时候的了。敦煌研究院第二任院长段文杰先生，年轻时候在洞窟里面作画的留影。那时候他们都很年轻，很多都是娃娃脸，现在基本上这里面的人都不在了。孙儒僩老先生还在世，他现在还一天天看微信，95 岁了，手不抖、眼不花，还写字，我每天朋友圈发很多东西，自己都没时间看，其实都是给他看的。

今天不好意思，占用大家时间了。

喻　静：这个讲座真的是非常精彩。因为我本人到石窟里去看这些风化的遗存的时候，我认为它们的消失是必然的，因为谁也抗拒不住这时间和空间的磨灭。但是今天听了马德老师的讲座，我觉得敦煌精神有点像佛教里说的“法身舍利”，只要有人在，一切都不是问题，一切都能传承下去。我经常去各地的石窟转，很想开凿一个当代的石窟。我觉得这些 1500 年前的古代的石窟是必然要消失的。而我们把它传承下去，甚至希望 1500 年以后的人接收到我们的信息，接收到今天我们为他们留下的物质遗产和精神遗产，我们需要继续开凿石窟，继续画壁画，继续古人的工作。今天我听了马德老师的讲座很受感动，这样的工作，他们已经做了好几代。我每天都看马老师在朋友圈里发很多有价值的链接，听了马老师的演讲，才知道这些链接都是发给他的前辈孙儒僩先生看的。马老师用最朴实的语言给我们上了一堂最华丽的课，然后又用最平易的语调来讲述一门最精深的学问，他的责任感和他的忧戚感，我想肯定会深深感染每一个人。我不浪费时间了，我们现在请其他在座专家就马德先生今天的讲座谈谈感受，或者和马德老师对谈。先请李海波老师。

李海波：真的是非常感谢马德老师分享了一场盛宴。因为今天早上我们在看一个明代的寺庙，我看的时候就在想我们保护得再好，眼看着它也会慢慢坏掉，就像佛法讲的“成住坏空”。那刚才那么多绚烂的东西我就不再多说了，我非常震撼，因为我自己也没有去过。

讲到最后这个，我是原模原样把马老师的话抄下来，马德老师这个话对我有一个很大的启示，“真正文化的弘扬、文化的传承是一种精神的传承”。我是搞生死学研究的，那么儒家讲的“立功、立德、立言”其实也是一种精神上的传承，那么肉身死了，还有一种精神的传承。其实各个文化都是这样子的，所有有形的东西都会化为无形的东西，尘归尘，土归土。但是精神的东西会一直传递下去，所以今天来我也查阅过一些资料，发现大家对工匠的探讨还有研究都特别肤浅，就是匠人角度。实际上我觉得马德老师本身就表现了一种工匠精神，因为我们从人类发展史追溯起来，你工匠不就是最早有技术的人吗？等于在列的工商士农，农是第一有技术的，到后来延伸出来的，那就是说还原到最后，也就更让我理解了在英语中“profession”和“job”的区别。也就是说现在讲的“一万小时定律”，你想获得成功，一万小时自然就够了。好的研究者也有好的专业精神，不管做任何事情，哪怕你拉个面条，像面条小哥那样，都是练出来的。就是你的技艺和你所从事的专业合为一体的时候，达到天人合一那个境界的时候，能打动你也就打动了周围所有人。所以我觉得马德老师的讲座给我是这种启发，包括我们做课题做研究，你能说服你自己的时候，你自己特别满意的时候，当然不是说这种满意是基于学术评判的满意，而不是自恋的满意，你会发现你会获得期盼的认可。

我也准备了一些内容，首先马德老师自己先展现这样一种精神，我们的努力方向在哪里，我们自己是否是以一种工匠精神去做自己该做的事情，包括好多的，我感觉停留于大的口号，停留于宏观的愿景，不足以解决我们现代社会呼吁的匠心精神、工匠精神，我觉得真正要呼吁的是关于平凡，踏踏实实做好自己的每一件事情。我们现在各种的教育或者引导都是让我们不平凡，我刚毕业就可以要一个天价的工资，这其实都是背离了本心。守住本心，我自己个人觉得就是一种工匠精神。所以真正的工匠精神落实在完善的人格上，也就是最终的升华。从我们个人来说也是需要不断升华的，所以感谢马德老师不仅从学术上展现了学术盛宴，也展示了什么叫工匠精神。我觉得他自己的人和学，自己和敦煌合一，倾注了所有情感。通过他的讲座，连没有一点艺术细胞的我，看这些图片还有很细节的一些资料都变得鲜活起来。我觉得有点像穿越了一样，我觉得这样的效果是你和你的研究对象是合一的，而这种合一是基于热爱的，基于还原的，非常感谢！

喻　静：下面请张鹏老师。

张　鹏：我非常感谢马德老师精彩的讲座，我们又上了一次敦煌学的课，很有感触。我就结合我的一个做道教文献的感受去讲和工匠有一些关联的想法。就是说我们为什么会出现工匠？因为有社会分工。为什么会有社会分工呢？所有人中有一部分人要去种地，粮食多了以后大家还会做其他的事情，但是不管是种地还是做其他的事业也好像都是一种生活的手段，工匠也是为了生活才去做不同层次的工作，所以我想宗教人员是不是也需要这个生活，他们也需要提供一些服务，从事专业性的宗教服务。

那既然他需要生活也需要养家糊口的话，那么他在自己的修身之外肯定也会提供一些类似工匠专业化的技术服务，所以我们从工匠的视角，不管是佛教还是道教的这个宗教活动当中会发现，他们会提供非常专业化的服务，这个宗教服务我倾向于把它当成是技术性的活动。所以从总体上来看，敦煌提供宗教服务的人员也是两种，一种是非宗教人士，就是马德先生讲的这个“工匠”，还有就是宗教人士，他们也会提供这种服务。虽然两种人员身份不同，但是服务对象是相同的，都是为了给有宗教信仰的这些人提供服务。所以我想他们之间虽然身份不同，一些是宗教人士，一些是非宗教人士的工匠，但是他们之间也有相同的部分。这对我们解读宗教文献是很好的视角。比如说一个宗教文献，比如说这个斋文，斋文制作肯定是有原因的，比如说斋文是谁出资所做的，包括洞窟也一样，有没有出资人自己的想法。所以我们讲一个斋文文献也是这样的，为什么有一些斋文会对出资人不断赞扬他的功劳，或者说给他许了很多愿，因为他是出资人，实际上是一种买卖性的活动。如果我们从工匠的角度、买卖的角度、市场的角度去看，与我们解读文本仅仅从一个宗教性的角度去看，视角是不一样的。

另外一点，和我昨天讲的有关。我们为什么会在实际的宗教活动当中发现佛教、道教共同性的东西这么多，还是因为市场指向性宗教服务。所以这种宗教服务它的指向、前进方向并不是宗教上的，而是市场的反馈。只有提供优质宗教服务，才能获得发展，才能有更多人去买你的宗教服务。所以我们讲在敦煌实践性的文本中我们会发现佛道教之间的交流是非常频繁的，而且是没有隔阂的。我想我们用这种视角去看宗教性活动，特别是用社会分工或者是用工匠角度去看，有没有可能会对理解这个宗教文献有一些作用，这是我的一个小的想法。

谢谢，谢谢！

喻　静：非常感谢张鹏老师，他提供了把实践性的宗教文本放在市场指向和宗教服务这么一种视角和框架之下重新解读的可能性。那下面我们请景天星老师。

景天星：特别感谢马老师带来这样一个讲座，我有两点感受。第一个是赞叹，第二个是感动。赞叹是因为我对敦煌学者以前了解不是特别多。通过今天进行一个梳理，了解特别多。再就是感动于马老师讲的敦煌精神，尤其是看到现代做学术的前辈，他们年轻和老了之后的照片对比，我看了之后特别震撼，他们真的是把自己的一生献给了敦煌，献给了艺术，他们身上体现的就是敦煌工匠精神。像马老师说的我们又不直接生产，国家还养着，有什么意义呢？我觉得这个意义就在于我们身上传承着这样一种精神，就是敦煌工匠的精神。这又让我想到了丝绸之路的高僧，我之前写了一本书就叫《丝路高僧传》。在写的过程中确确实实就感受到丝路高僧这样一种精神，当时搜集了从汉到宋1000多年间的900多名丝路僧人，分为三类：西域东来、印度东来，还有西行求法的三类僧人。900多位里面总共突出了28位，这其中就有竺法护。而且竺法护他对佛教这个经典确确实实作了很多突出的贡献。他当时在西安的敦煌寺，现在我听说是广仁寺要去修复。这是对他精神的一种感动。在这个过程中我对一个人记忆特别深，就是义净，因为中间他也碰上了强盗。刚才马老师讲到的那些强盗让我想到了义净。

就是在这一种过程中，我感受到丝路高僧的精神，我觉得和马老师讲的工匠精神是一样的，他们都是对人类文明精神的一种传承，是对我们人类崇高精神的继承，这是一个特别重要的感受。这个感受习近平总书记也讲过，他说中国唐代玄奘西行取经，历尽磨难，体现的是中国人学习域外文化的坚韧精神。我的导师李利安老师曾经也对这个精神进行过概括，他说即使僧人在当时的丝路上是最清贫的一族，但是因为他们信念的坚定、心灵的清净、精神的崇高以及对人类文明的重塑，和对民众智慧的启迪而被永远地载入史册，他们的生命也因此得到永恒。

所以说不管是丝绸之路的高僧精神，还是敦煌的工匠精神，我觉得都是中华民族的精神传承，这样的传承都是特别有意义的。这样一种精神的继承和发展到现在还能够给我们激励。前辈们一直就是在传承和发展，真的是我们晚辈们学习的榜样和力量，我是特别受感动。所以特别感谢马老师，也谢谢主持人！谢谢各位老师！

喻　静：谢谢景老师！他刚才采用表诠的方法强调了我们传承精神的重要性，那我用遮诠的方法再说一次，如果我们这些人文学者不去传承民族的真精神，不去传承人类精神的真精华，不去回答和不去关切人类共同命运，不去回答人类对于真理的深切的关切，那我们人文学者就是白吃饭，就是没有理由存在的。所以人文学者要坚守这么一条底线，我觉得这个传承以及关切以及对于终极真理的追求都是我们人文学者貌似在白吃饭状态下为我们人类做的最大贡献，所以马老师他这个照片确实很让人感动，一群娃娃脸变成了一脸沧桑，其实我也很想见到马德老师年轻时的样子。下面再有请赵玉平老师，她是比较小的真正的传承者。

赵玉平：我和马德老师认识比较久了，读硕士的时候就开始聆听马老师讲授敦煌学。十多年来，马老师给予我们后辈很多关爱和指导，包括我考博士时的推荐信，都是马老师给写的。马老师的这个讲座，不仅让我们感受到敦煌文化瑰宝本身的魅力，也向我们传播了老一代学者对学术孜孜以求的敦煌精神。马老师介绍的史苇湘先生等老一代敦煌学者的治学精神，将指引我们前行，并通过我们传承下去。我就说这些吧。

喻　静：刚才是不是还有一个问题要向马老师请教?

赵玉平：马老师，您刚才讲到的“散花”，也是出自敦煌文献中吗?

马　德：对，藏经洞里面出的。

赵玉平：是壁画中描述的那种天女散花场景吗?

马　德：不是，应该是做法会的，在道场上用的，敦煌文献里面不是有“散花乐”吗?就是唱的那个，一边唱一边跳，拿着那个花跳。

赵玉平：我感觉这好像和斋文也有关系?

马　德：对。斋文、散花乐都是抄在一个本子上的，把整个道场的主题仪式和其他相关要搞的一些活动，包括念经、讲故事都写在上面了。

赵玉平：因为《为太平公主五郎病愈设斋叹佛文》里面就提到了“天女散花”这个词，“散花乐”是唐代就已经有了吧?

马　德：应该是从吐蕃开始的。

赵玉平：好的。谢谢马老师!

喻　静：最后我们请崔老师发表见解，一并做一个学术总结。

崔红芬：好，谢谢喻静老师给我提供这么一个宝贵的机会，但我也是诚惶诚恐，今天听了我们马老师的讲座。应该说我是马老师的学生，我也是兰大毕业的，但是因为我在本科的时候是学外语的，所以我的专业就没有完全做到敦煌学这一块，而是与敦煌学相近的另外一个学科——西夏学。今天马老师给我们做的讲座，大家是不是觉得这个历史脉络非常清晰？马老师把敦煌学讲得很清楚了，内容丰富，信息量大不说，图文并茂，大家如果光看文字比较枯燥，图给大家一摆，整个是把敦煌历史、敦煌文化甚至文化遗存，还有这些文化遗存的创造者，也就是我们所说的工匠，都给大家讲到了，而且讲得非常细致。

我想大家对敦煌已有一个很深的了解了，因为陈寅恪先生就说过，一个时代的学术离不开新的材料，离不开新的问题。为什么现在敦煌学成为一个显学，那跟当时新材料的发现和新材料的研究有很大的关系。刚才马老师都谈到了，历史、宗教、经济、政治、民族、语言、建筑、艺术，甚至还有中外文化交流这方面，信息量非常大。

马老师也说了我们这些个“吃闲饭的人”有什么功劳？现在我们国家倡议发展“一带一路”，那“一带一路”到底是什么？发展“一带一路”不能光天天拿着这个名词说事吧？那现在敦煌学就是我们要研究的内容，西夏学记载丝绸之路，也在草原丝绸之路上，所以也是我们需要研究的内容。刚才提到海上义净这一块，这是海上丝绸之路的内容。

陆路也好，海路也好，我们要拿实质的内容来说话。

自汉代经营河西、西域以来，河西走廊逐渐成为东来西往的交通要道，应该说汉—唐时期，敦煌文化盛极一时。安史之乱的爆发，吐蕃借此机会北上和西进，对河西地区统治长达七八十年的时间。随着吐蕃统治者崇佛政策在河西地区的推行，河西地区的佛教文化呈现汉藏融合发展的局面。五代宋初河西走廊分别属于瓜沙归义军政权、甘州（今张掖）回鹘政权和凉州（今武威）六谷部吐蕃政权。而此时党项建立的夏政权攻下灵州（今灵武），迁都灵武，以此为中心谋划对河西地区的进攻。宝元元年即天授礼法延祚元年（1038）元昊正式称帝之前已经拥有了河西走廊，这样瓜沙、肃州、甘州、凉州等成为西夏的势力范围，西夏统治者设置机构，开窟造像，绘制壁画，佛教文化在原有基础上继续发展。所以说，敦煌学和西夏学两个学科有着密切关系，二者可以交叉和互补。

刚才马老师讲座里面放了很多的图片，大家可能不太了解西夏，不知道有很多图片是西夏时期的。所以西夏艺术也是非常的辉煌，研究敦煌的艺术也离不开西夏这一块。当时喻静老师说要讲一点东西的时候，首先我就想到了“水月观音题材图像”，因为观音信仰大家都很熟悉，敦煌的水月观音壁画有全部时期的。在黑水城，大家知道西夏出土文献最多的就是水月观音画。那么多精美的画跟工匠是分不开的。当然，西夏也有工匠。

在西夏的一个凉州碑上就记载当时西夏的工匠有百种

之多，大家想那个时候的分工有多细了是不是？那个工匠分工是特别特别细致的。我在这儿就不给大家一一列举了。

现在大家经常说敦煌研究了很多年是不是没有新的东西了，其实敦煌和我们西夏学的交叉研究仍然是一个新的学科。听了马老师的讲座，我们不仅看到了我们国家的文化博大精深，同时让我们也感受到了敦煌艺术的辉煌和研究敦煌人的伟大、艰辛和包容。你看我们每年开这个敦煌的会，不光是我们文化艺术的包容，就连现在敦煌文化学者也是很包容的，请我们各地学者去共同参与，共同进行研究。我想马老师的讲座还给了我们年轻人很大的压力和动力，甚至责任，这些文化怎么传承下去？马老师的图片也放了，过去一代的学者由娃娃脸到现在的沧桑老人，那我们现在的年轻人怎么传承这个文化，这个责任就落到年轻一代的身上了。我们现在作为一个学人也好，教师也好，其实我们就是所说的工匠，就是学术匠人，我们不同专业的这么一些学术匠人在传承着我们中华博大精深文化，所以我们就要把这种匠人精神继续弘扬下去。

马老师讲到传承，其实在古代就有了，大家知道在北魏的时候把凉州 3000 多个匠人迁移到大同去，大同的艺术就有了一个辉煌。而在西夏灭亡了以后，蒙古人又把西夏的匠人弄到蒙古去，继续做，这是一个艺术的传承，也是一个文化的传承。今天马老师的讲座真的开阔了我们的视野。我就说这些，谢谢大家！

喻　静：谢谢崔老师，在敦煌学之外又给我们"加餐"了，给我们勾勒了一个西夏学大致的轮廓。西夏学、敦煌学唇齿相依，所以我们等到2020年有机会会让崔老师给我们讲一下西夏学。我们今天向现场观众开放两个问题，大家有什么问题要提吗？

学生甲：老师好，我想问您一个问题，有一张您说的那个城门的图片，一个是有五个城门，一个是有两个城门，其中有两个城门的那个，我看这个城门好像有人头堆在一起。您能不能详细地讲讲这个图片的含义呢？

韩剑英：兜率天宫是五个城门的，是唯一五个城门的。

马　德：这个是《维摩诘经变》。

学生甲：那人头？

喻　静：那是两个人。

马　德：具体的内容在《维摩诘经》里面，好像这个叫“香积品”。

喻　静：《维摩诘经》确实有一品叫《香积品》。昨天我们开丝路论坛的时候秦燕春老师也讲到香的问题，在那个佛国世界里，众生相互沟通的方式不是语言而是香。

韩剑英：我也有一个问题想问一下，首先非常感谢马老师给我们呈现了非常绚烂的敦煌全景式的图，我觉得确实像刚才崔老师所总结的，马老师真的是给我们信息量太丰富了，很多东西没有消化得了，所以我开了一会儿小差，搜了马老师一篇论文。我对敦煌一无所知，您来之后我也明白了您来之前有几天喻静老师的兴奋，她非常兴奋地说，马老师要来了，要做一个报告，我当时还不知道她为什么这么兴奋，今天听完报告之后我就知道为什么了。

所以我就去搜昙猷的情况，我想补充一点的是，或者我不太了解的是，那篇文章我看得比较匆忙，是 2005 年马老师写的。我一下子就发现马老师又发现了一个问题，敦煌学和天台学的关系。我主要是研究宋代天台的，我从来没有意识到这个问题，包括我去新昌开过几次会，我觉得学者关注到很多问题，但是我觉得没有人会关心，从来没有一个人会讲到天台学和敦煌学可能存在着一种联系，而我觉得您是“创始人”。

马　德： 不是不是，如果你去国清寺，昙猷是开山祖师。

韩剑英： 大家都会提到昙猷，但是没有在敦煌学和天台学之间做一个连接。昙猷是知道的，大家也经常会提到他，所以我想您对昙猷，特别是您关注到天台学和昙猷之间的连接，说两句。

马　德： 是这样，有一个故事，昙猷本身的故事，他过那个横梁，始终没有过去。过了几年还过不去，有一个神仙过来问他你为什么过不去，是你身体里面不干净，你的肚子里面有韭菜。他说，我从小这个韭菜见都没见过，我身体里面哪来的韭菜。神仙说，你在你母亲肚子里的时候，你母亲在韭菜地里面走过，你就把这个味道闻进去了，不信你去看。后来他到赤城山顶上的一个地方，自己把肚子剖开，里面绿水就流到前面，至此前面变成了一个韭菜地，就是赤城山的顶上。但是我到山顶上找那个韭菜地我没有找到。回头昙猷回到他住的地方就圆寂了，变身绿色，这个《高僧传》里面都有记载的。就是跟敦煌有关系，他在母亲肚子里面的时候肯定是还在敦煌。在敦煌，如果是把韭菜种在沙漠里，那确实味道很冲。

韩剑英：好，谢谢，谢谢马老师！

喻　静：说到韭菜，想起今天正好是一个节日，是冬至，有的地方要吃韭菜馅饺子，跟过年一样。

学生乙：马老师您好！我主要是想向您提一个问题，您刚才提到了275窟窟顶上有一个帐的问题，您提到是汉武帝和汉代相关的内容，是神仙帝王居住的地方，汉画像石里面也有一种框纹叫作垂幛纹，我在想我们这些材料是孤例吗？还有没有其他类似的材料？

马　德：好像汉武帝记载就只有一条。

学生乙：是孤例？

马　德：基本上。

学生乙：如果我们自己去敦煌的话是可以参观到这个窟的吗？

马　德：因为是特窟，需要办特别的手续。国庆长假等一些节假日，人多没法看。

喻　静：今天时间不早了，有的老师还要赶车回去，所以论坛就到这儿，非常感谢大家！我们这个论坛会继续面向艺术考古、敦煌学、丝绸之路研究，还有各种冷门绝学开拓论题，希望大家持续关注，今后继续参加这个论坛。谢谢各位老师，谢谢各位听众！